亲爱的黎先生

下

前尘远歌 著

重庆出版集团 重庆出版社

目录
CONTENTS

第 11 章 / 317
他支持她的每一个决定

第 12 章 / 344
黎先生是在利用我吗?

第 13 章 / 369
于千万人中并肩

第 14 章 / 398
我想我也喜欢你

第 15 章 / 425
我只想让你相信我

第16章 / 452
仿佛在酝酿一场风暴

第17章 / 479
多希望出现的人是他

第18章 / 506
小遥,我们分手吧

第19章 / 535
就像是牵了手就能一起走到霜雪白头

第11章
他支持她的每一个决定

"黎少。"萧泽看向黎霂言。

"你知道规矩。"黎霂言平静道,又看向顾卿遥,"我们先走。"

顾卿遥犹豫了一下,还是跟了上去,一边轻声道:"那个人看起来真的不像是狗仔。"

"我不希望上次的事情再次发生。如果有媒体大张旗鼓地拍,我或许不会拒绝,可是像是这样的偷拍狗仔还是越少越好。"黎霂言淡淡道。

顾卿遥点点头应了。

"我只是想说……刚刚那个人像是有备而来。我们今天来这里的事情,黎先生和谁说过吗?"顾卿遥轻声问道。

黎霂言微微一怔,道:"大概是有人听说的……"

他的目光在不远处微微凝住,眉头蹙起。

顾卿遥也跟着看了过去,就见那人显然有点眼熟。

"我好像记得……"

"于小姐。"黎霂言的眼神很冷。

于菡岚的眼神掠过一丝诧异,和身旁的人笑着说了句什么,这才走了过来:"黎少,我记得黎少说过有设计需求,您之前说喜欢北欧风……"

黎霂言蹙眉,径自打断道:"这件事我是和于总联系的,于小姐是主要负责人吗?"

"嗯,对,最近我一直在公司安排这些工作,还是说黎少对我不放心?"于菡岚的笑容很是平和。

她的目光在顾卿遥身上掠过，含笑道："顾小姐，我们又见面了。"

黎霂言淡淡道："没关系，于小姐将设计师的联系方式直接给我就可以了。相关的协议我会让人带回公司去。"

"好，"于菡岚点头应了，似乎也没有在意黎霂言过度冷漠的态度，只是叫了不远处的设计师过来，道，"黎少，刚好我们的设计师今天也过来了。您如果需要风格参照的话，图册我已经发您邮箱了。"

黎霂言点点头，修长的手指在屏幕上划了几下，打开邮箱看了片刻，这才赞许地点了头："设计风格不错。"

于菡岚笑意渐深："黎少认可就好。你们可以好好商量一下具体问题。我这边刚好有件事想要请教顾小姐，不知道顾小姐可有空？"

顾卿遥微微一怔。

于菡岚的态度太好了，甚至带着点谦恭。

于菡岚比自己年长几岁，按理说正是女孩子骄矜的时候，哪里会有这样的态度？

更何况，顾卿遥清楚地记得，之前见到于菡岚的时候，于菡岚对黎霂言明显是有企图心的，然而现在看过去，于菡岚就像是变了个人似的，全然没有对自己的敌意了。

顾卿遥笑笑："于小姐要谈的是公事吗？"

"也不算，只是如果顾小姐有空的话……不知道可否一起喝杯咖啡？"于菡岚含笑提议道。

顾卿遥微微蹙眉，她有点摸不清于菡岚的心思。

这个女孩子，自己和她不过是寥寥数面，现在看着于菡岚含笑的模样，顾卿遥说不出自己该如何对待才是。

黎霂言却已经淡淡颔首："也好，小遥觉得呢？"

他唤得相当亲昵，然而于菡岚的脸色却没有半点波动，就像是这些都不会对她造成半点影响似的。

顾卿遥点点头应了："那我就和于小姐先去聊聊。"

"好。"黎霂言颔首，就见彼端的设计师已经走了过来。

"黎少，久仰大名。"那设计师笑道，"我看过您的房间格局，刚好有个不错的创意想请您参考。"

"那就有劳了。"黎霂言淡淡道，又看向顾卿遥，"等会儿我来接你，让萧泽跟着你。"

"好。"顾卿遥乖顺地点点头。

于菡岚的目光始终定格在黎霂言的背影上，直到黎霂言走出视线，这才微微笑了:"原来你和黎少是这样的相处模式,倒是让我有点意外。"

"意外吗?"顾卿遥看向于菡岚,眼神清澈无比。

"嗯,挺意外的。我印象中的黎少可不是这样的人。"于菡岚将顾卿遥带到了家居城的咖啡厅,跷着二郎腿含笑道。

顾卿遥看向菡岚,于菡岚的眼神不遮不掩:"你是知道的对吧?曾经……我是黎少的前女友。"

"前女友?"顾卿遥重复了一遍。

"嗯,没听黎少说过吗?也是,黎少将你当做小孩子,应该不会将这些事情说给你听。只是我心底也是奇怪,以黎霖言的性格,不该喜欢顾小姐这样的人才对。"

没有黎霖言在身边,于菡岚的语气愈发真实起来。

顾卿遥笑了:"于小姐……当真是演技高超。"

"一般而已。"于菡岚淡淡道,"你可知道刚刚黎少为什么没有及时去股东大会?"

顾卿遥挑挑眉。

"因为他和我在一起。"于菡岚浅笑嫣然,"刚刚黎少还在南城,可是为了你,黎少匆匆赶了过来。"

"是吗?"顾卿遥没多说。

前面白楚云的照片门已经让顾卿遥明白了,其实很多时候,女人之间的心机很是可怕。

只是顾卿遥并不明白,于菡岚为什么要和自己说这些。

她将咖啡杯放下,抬眼看向于菡岚:"于小姐,有件事您可能是误会了。"

"你是想说,你和黎少并不是那样的关系,还是想说你并不喜欢黎霖言?"于菡岚问道。

顾卿遥想了想,道:"首先,我并不相信你和黎少曾经是情侣关系,你们之间看不出哪怕一丁点亲密。"

"那是自然,黎少是什么样的人,你当真清楚吗?"于菡岚靠近了一些,问道,"更何况,顾小姐又了解黎少多少呢?"

"我的确是不了解,可是刚刚在黎先生面前都不敢说真话,不敢表露真实自我的你,反而让我觉得更加可悲。"顾卿遥笃定道。

于菡岚的笑容僵在了脸上。

"你将我骗出来,无非是为了动摇我的想法罢了。那么我可以告诉你,于小姐,我现在和黎先生的确不是情侣关系,但是我并不排除未来发展的可能,而到了那个时候……于小姐,你觉得一个戴着面具的你,有几成胜算?"
顾卿遥的笑容沉静而美好。
于菡岚静静看着顾卿遥,觉得自己的心跳都快了几分。
她不明白顾卿遥怎么会有这样沉静的笑容,仿佛她所有的情绪都不曾被波及一般。
顾卿遥冷静得过分。
于菡岚沉默了一会儿,将手机拿出来,挑了几张照片递过来:"你可以看一下。"
"合照。"顾卿遥看了一眼,笑了:"既然于小姐将这些拿了出来,想必于小姐应该也知道之前的所谓照片门。"
"你是说白楚云的。"于菡岚冷声道。
"的确。"
"你觉得我这个像是假的吗?"
"那么你认为白小姐的像是假的吗?"顾卿遥反问。
"你!"于菡岚咬牙,"或者我换个问题吧,你现在的行为,我可以理解为是在和黎少约会吗?黎少甚至不愿意和你一起被媒体拍到,他那么介意这些,你认为是真的喜欢你吗?喜欢一个人,不就是要昭告天下吗?"
顾卿遥看了于菡岚一会儿,微微笑了。
她慢条斯理地将手中的录音笔拿出来,放在了桌上,在于菡岚错愕的眼神里摁下了开始键。
于菡岚的声音从里面传来——
"黎少甚至不愿意和你一起被媒体拍到……"
顾卿遥含笑摁下暂停。
"于小姐是怎么知道的?"顾卿遥的声音满是好整以暇。
于菡岚的手微微发颤:"你什么意思……"
"媒体,你怎么知道刚刚我们被拍摄了?"顾卿遥看向于菡岚。
于菡岚低声道:"刚刚你们闹出那么大动静,我就过去看了一眼。"
"可是你没有和我们打招呼,而是在我们走到店里以后,你才走了过来。"顾卿遥靠近了一些,"于小姐,都是成年人了,倘若以后你要说谎,我建议你还是多修炼一下。"
于菡岚脸色煞白。
"你找来了媒体,这件事如果告诉黎先生,你觉得黎先生会有怎样的反应?"顾卿遥轻声问道。
于菡岚咬紧牙关,低声开口:"你不会的,你告诉黎少,对你没有任何好处，或许黎少还会认为是你借机炒作。"

"我?"顾卿遥笃定道，"不会的，黎先生从来都很信任我。"

于菡岚盯着顾卿遥看了良久，几乎咬破了下唇。

顾卿遥这句话说得理直气壮，甚至不带半点犹疑。

而她根本就不会知道，其他女孩子会有多么羡慕这样简简单单的一句"信任"。

黎霂言从不曾轻易相信任何人，更何况是这些女孩子。在黎霂言身边的女孩子太多了，莺莺燕燕，然而黎霂言从未曾真的亲近过谁。

于菡岚微微垂眸，低声道："今天就到此为止吧。"

她说着就要拎包起身。

顾卿遥抬眼看她："于小姐真的要走吗？等黎先生回来的时候只看到我一个人在这里，一定会觉得很诧异。到时即便我想要替于小姐瞒着，想必也瞒不住了。"

"顾卿遥……"于菡岚咬牙切齿。

她根本就不明白，自己好端端地来示威，怎么就被顾卿遥拿捏住了！

"你可以问黎少，当年是不是曾经和我有过婚约！"于菡岚沉声道。

"问什么?"黎霂言的声音从后面传来。

顾卿遥笑笑："于小姐刚刚说，曾经和黎先生您有婚约。"

她只字不差地将这句话重复了一遍。于菡岚转过头去，仿佛用尽了全身的力气看向黎霂言："黎少……"

"什么时候的事?"黎霂言蹙眉。

离得太近了，黎霂言眼中的疏冷和淡漠是如此清晰，让于菡岚避无可避。

"我也知道时间过去很久了，可是……这是当年顾老先生定下的。"于菡岚的眼神有种说不出的委屈。

"于小姐，慎言。"这一次，他的语气都带上了厌弃。

顾卿遥微微一怔，下意识看向黎霂言。

黎霂言却已经伸出手来："走吧。"

"嗯。"顾卿遥轻声应下，跟上了黎霂言的脚步。

直到走出去一段距离，黎霂言方才淡淡道："刚刚她说的话，你不必放在心上。"

"所以婚约……"顾卿遥还是忍不住问道。

黎霂言却是轻笑了一声，全然看不出刚刚的不悦："你很在意?"

"有点，"顾卿遥很是自然地说着。然而很快，她就反应过来不对劲，立刻结结巴巴地改口，"那个，不是，我是觉得很奇怪……毕竟她说那婚约是顾老先生做主。黎先生您和顾家的关系，应该没有多少人知道才对。"

黎霂言看着顾卿遥窘迫的模样，唇角微微弯起，习惯地伸手摸了摸顾卿遥的头，这才道："当时知情人并不少。"

"嗯？"顾卿遥一怔。

"当时顾老先生认为这是仁义之举，所以宣扬了一段时日。后来我和顾家关系愈发疏冷了，很多人便也就不再提及了。"黎霂言淡淡道。

顾卿遥说不出心底的滋味。

当年黎霂言最艰难的时候，顾远山却只将这件事当做是宣传名声的好手段。

没有人真正在意过黎霂言的感受。

"那时候你一定很难过……"顾卿遥轻声开口。

似乎是听出了顾卿遥语气中的心疼，黎霂言看向顾卿遥，眼神慢慢变得温柔："可是如果没有那段时间，也就不会有今天的我。"

顾卿遥微微一怔。

"所以我很少回头去想那些事。"黎霂言平静道。

他的眼神波澜不惊，仿佛真的没有被这一切困住。

顾卿遥心底却是愈发惊涛骇浪。

倘若不是因为记恨那段时日顾家的不闻不问，那么……

黎霂言究竟为什么要针对顾家？

还是说……只是自己想得太多？

顾卿遥不得而知。

黎霂言的声音却已经响起了："刚刚于菡岚对你说什么了吗？"

顾卿遥想了想，道："刚刚的记者，很可能是于菡岚找来的，我录音了。"

"嗯。"黎霂言微微一笑，"可以给我吗？"

"嗯？"顾卿遥有点诧异，却还是乖乖地将录音笔递过去。

黎霂言含笑道："这可以让于家卖我一个人情，终究会用得上的。"

顾卿遥笑了。"那看来我是做对了，"她轻咳一声，却是想起了于菡岚说的另外一桩事，迟疑片刻，问道："对了，刚刚来股东大会之前，你可是在南城？"

"的确在。"黎霂言的回答言简意赅。

"那……"

"的确是因为于小姐，所以耽搁了。"黎霂言很是平常地说着。

顾卿遥却是顿时怔住了。

她不知道自己该说什么。

有那么一瞬间，顾卿遥甚至有点手足无措。

也对……

自己其实没有资格过问这些的，这是黎霂言的隐私，而黎霂言最讨厌人们过问这些事情吧？

顾卿遥轻咳一声，道："抱歉，我也不是有意要问……"

见身旁小女孩的情绪明显低落下来，黎霂言无奈地轻叹了口气。

顾卿遥顿时更加紧张："那个，我们还是去逛逛家居城吧……你不是还要买东西吗？"

"你怕我？"黎霂言停住脚步，轻轻捏住了顾卿遥的下巴，强迫顾卿遥抬头看过来。

顾卿遥下意识摇摇头："我没有……"

她没办法抬眼直接和黎霂言对视，眼神中的情绪往往会暴露太多。

顾卿遥觉得自己真是没用，在任何人面前，自己都可以掩饰，只有在黎霂言面前不能。

似乎是因为太过在意，反而就不能肆意妄为。

"黎先生……"下巴有点疼。

而且电视剧里面，这种情节下面一般都是亲过来了。

顾卿遥几乎无法抑制自己天马行空的想象力。

就见黎霂言靠近了一些，松手帮顾卿遥抹去了脸上的一点蛋糕痕迹，这才淡淡笑道："我的确是被于小姐耽搁了，是因为她迟迟没有给我落实软装的设计图，他们家是负责室内设计的。"

顾卿遥眨眨眼，嗯？

黎霂言却已经拉远了距离，眼神中满是促狭意味。

"我不介意，只是因为于小姐刚刚提起了，所以我就问上一句。"顾卿遥紧忙解释道。

黎霂言的笑容更深了几分："嗯，好。"

怎么有种越涂越黑的感觉？

顾卿遥轻咳一声，不说话了。

黎霂言含笑道："以后不要一个人胡思乱想，如果有什么在意的事情，可以直接问我，还有，接下来的事情我会直接交出去，不会亲自来操持了。"

"那……"

"我不希望让在意的人误会。"黎霂言平静道。

顾卿遥的心跳猛地加快了几分。

在意的人……

黎霁言说的人是自己吗?

顾卿遥不敢问,只觉得脸上微微有点发热。

黎霁言却是没有再说下去,只道:"要回家了吗?"

"嗯?你还要再看看什么吗?"

"刚刚差不多了。"黎霁言道。

"那好,那我就先回去了,今天回去少不得又要被爸爸说。"顾卿遥叹气,脸颊鼓鼓的样子可爱得很。

黎霁言莞尔。

"今天谢谢你,黎先生。"顾卿遥一本正经道。

黎霁言看向面前的小姑娘,心情愈发好了起来:"不用,而且这也不能说是为了你,毕竟我也是顾氏的股东。倘若顾氏真的做出了错误的决定,那么受损失的人也有我一个。"

顾卿遥笑道:"不管怎样,如果没有黎先生,今天的事情想必也不会这样顺利。"

"不是你分析的问题,而是你本身年轻,在商界也好,在任何领域也罢,说出的话很难形成权威,换言之,很少有人会选择直接相信你。"黎霁言的语气很平静。

顾卿遥却是有点诧异:"黎先生这是……在安慰我吗?"

黎霁言窘迫地咳嗽了一声,像是在掩饰什么似的:"也不算,是经验之谈……"

"谢谢。"顾卿遥笑道,"我很高兴。"

黎霁言看了顾卿遥一会儿,这一次他的唇角微微上扬,微微笑了。

顾卿遥忍不住跟着笑了起来,两个酒窝看起来灵动而可爱。

她总是能让自己的心情情不自禁地好起来,黎霁言在心底想着,手几乎是不受控制地向前,却又很快克制地缩了回来。

还好……

黎霁言在心底想着,还好顾卿遥没有意识到。

顾卿遥回到家的时候,就见念宛如正沉默着坐在沙发上。电视开着,可是她的目光却完全没有落在电视上。

顾卿遥心底微微一沉,紧忙冲了进去:"妈妈?"

"嗯?"念宛如似乎是才回过神来,又像是被顾卿遥吓了一跳,"你这是怎么了?"

她笑着帮顾卿遥脱了外套："吓妈妈一跳。"

顾卿遥也觉得自己反应太激烈了。最近发生了太多事，顾卿遥只觉步步惊心。

她害怕失去，尤其是害怕再一次的失去。

所以她的每一步都走得无比冷静而自持。

因为她知道，自己那么不容易才得到了继续向前的机会，绝对不能有任何一丁点的失误了。

顾卿遥想着，就赖进了念宛如的怀里。

念宛如显然也有点惊讶，良久方才拍了拍顾卿遥的后背，温柔笑道："小遥这是怎么了？今天怎么这么爱撒娇？"

"嗯。"顾卿遥闷闷道，"妈妈，我今天在股东大会上提出了一个设想。"

"妈妈听说了。"念宛如轻声道。

她已经能够想象得到顾彦之回来之后的气氛了。念宛如将顾卿遥拉起来，认真问道："小遥，这件事是你考虑已久的，是吗？"

"对。"

"不是一时冲动。"

"不是。"

"那就好……"念宛如笃定道，"不用担心，既然股东都认可了小遥的想法，就意味着你的想法没有错，毕竟你说服了那么多人。"

顾卿遥的心跳快了一些："也是因为黎先生帮我说了话，所以……"

"如果真的有任何问题，到时候要追究到责任的话，妈妈虽然不懂这些，可是小遥也不用担心，还有念家在后面撑着呢。"念宛如的笑容有让人安心的力量。

顾卿遥忽然有点说不出话来。

仔细想来，这么久了，不管自己说什么做什么，念宛如从来都不曾阻拦过自己。

好像只要念宛如在那里，自己就有永远的后盾。

顾卿遥微微垂眸，低声道："妈妈放心，我这个决定一定不会出问题的。"

"小遥！"顾彦之人未至声先到，脸色却是难看得要命，"今天美国的房地产股份又全线涨停了，而我们刚刚决定放弃在美国的第二上市。小遥，你知道这个决定一下来，我们等于每天都在损失……你从来都没有考虑过，就敢在股东大会说这些，是我平日太放纵你了！"

顾卿遥抬眼看向顾彦之，沉声道："父亲对我的想法没有信心，至少也该对所有股东的决策有信心,这就是公司投票表决的意义。"

"彦之……小遥也是根据缜密计算得出的结论。如果不是因为这个原因,想必大家也不会全都选择相信小遥的说法,"念宛如认真道,"经济局势风云变化,也许现在的确是有了一时之失,可是那又如何?或许到了最后,就能够证明小遥的说法是对的。"

"你又知道了……"顾彦之长叹了口气,"宛如,你知道顾家是家大业大,但是也经不起这样大的折腾。现在房地产在全球范围内都蒸蒸日上,只有小遥告诉我即将出现拐点,你认为这有什么依据可言?"

念宛如沉默下来。

她的确是不太懂这些经济形势的变化,可是她愿意去支持顾卿遥。

然而现在顾彦之显然无比愤怒,咬牙开口:"小遥,你知道不知道现在海城的竞争多激烈?光是房地产开发商,就有很多家,甚至还有很多海外开发商在这里虎视眈眈。倘若这场所谓的金融风暴并没有真正爆发,那么你可知道有多少人在等着看顾氏的笑话?"

他的眼神带着满满的失望,咬牙道:"你是逞了一时之快,然后呢?等顾氏真的出了问题,到时候后悔的还是我们!这是我们顾家的产业。小遥,你日后说话做事的时候,还是多想想吧。"

顾彦之说完,没有听任何人的解释,甩手就上了楼。

念宛如显然有点不知所措,犹豫着轻轻拍了拍顾卿遥的手,轻声道:"好了,你也莫要听你父亲的。他……就是性子太差了些。"

顾卿遥微微垂眸,点头应了:"我知道。"

"任何决策都要伴随风险,妈妈虽然不知道其他,这一点还是知道的。你这次拗了你父亲的意,他难免会觉得心底不舒服。"念宛如轻叹了口气,道,"妈妈倒是要问你一件事,你要和黎先生一起出国参加比赛?"

"嗯?"顾卿遥微微一怔,"妈妈怎么忽然问起这个?"

"今天妈妈去参加茶会,白太太和我说的。"念宛如道。

白家……

"可是白楚云的母亲?"

"的确。"念宛如看向顾卿遥,"你认识白楚云白小姐?"

"有过几面之缘,她似乎不太喜欢我。"顾卿遥实事求是道。

念宛如就笑了:"她的确是会如此,毕竟她喜欢黎少这件事几乎是尽人皆知。"

白楚云并不介意在任何人面前表达自己对黎霁言的好感。想来也是奇怪,换做是其他家的姑娘,黎霁言表现得如此淡漠,早就该退后了。

可是白楚云没有,白楚云始终冲在最前面,即使黎霂言无数次说过对她并无好感,白楚云也从未在意过。

有些时候顾卿遥其实挺佩服这种人的,她将自己的尊严毫不犹豫地抛在脑后,因为喜欢,所以一往无前。

这样炽烈的情感,自己纵使有,也万万不敢再明示与人了。

顾卿遥微微垂眸,按捺下心底的情绪。

"嗯,白太太是想问……"念宛如看了一眼顾卿遥的脸色,"白楚云想要和你们一队,你觉得如何?"

顾卿遥一怔,旋即微微笑了:"原来白太太已经将工作做到妈妈这边来了。"

"也不是……"念宛如尴尬地轻咳一声,道,"是这样的,白氏之前就说过,想要与我们公司进行合作。其实他们也有其他的选择,只是,依着白太太的意思,倘若这次你们顺了她的意,让白楚云跟着一队,那么这次合作项目就会留给顾家。你爸爸想必也会很高兴。"

顾卿遥沉默下来。

她是第一次接触这些,从前没有人给她这个机会,而现在,顾卿遥忽然发觉原来这些都已经被暗中标明了价码,只等着自己上钩。

顾卿遥微微垂眸,道:"我不想答应。"

"小遥……哎,"念宛如轻叹了口气,"你之前说过要进入商界,妈妈从来没有对你说过,这些交易其实一直都是存在的。"

顾卿遥没说话。

"小遥,有很多事情不是那么简单的。更何况妈妈想问你一句话,你是单纯地不喜欢白楚云,还是不希望你和黎霂言的世界被人打扰?"

念宛如的声线依然温和,只是神色愈发凝重了几分。

顾卿遥有点迷茫:"有区别吗?"

"当然,如果是后者,小遥,你扪心自问,你真的不喜欢黎先生吗?"念宛如轻轻摸了摸顾卿遥的头,却是直截了当地结束了对话。

顾卿遥闭了闭眼,有种说不出的滋味。

她知道,如果是自己主动提出要白楚云入队,那么黎霂言一定会答应。

黎霂言对于大多数事情都是持无所谓的态度,但是……

自己如果真的这样做,黎霂言心底会失望吗?

顾卿遥什么都不怕,却还是害怕黎霂言失望的眼神。

沉默良久,顾卿遥还是发了条短信给黎霂言:"黎先生,到家了吗?"

"怎么?"黎霂言的短信很快回复过来,"是今天股东大会的事情吗?"

"不是，白夫人和我母亲联系了，说如果白楚云能够加入我们的比赛队伍的话，那么白家将会答应和顾氏的合作。"顾卿遥闭了闭眼，还是艰难地将这条短信发了过去。

良久，对面都没有一点声音。

顾卿遥有点慌了，又补充了一句，打字的时候手微微有点发颤，错了好几个字，又紧忙退回去重新修正。

然而黎霂言的短信已经到了——"你是怎么考虑的？"

"嗯……我是想着尽量不要吧，"顾卿遥慢吞吞地打着字，觉得心底慢慢安静下来，"有些事或许通过很多途径都可以做到，我没必要选择自己心底最不期待的一种。"

彼端的黎霂言微微笑了："我支持你的决定。"

顾卿遥抓着手机看了一会儿，这才轻轻叹了口气。

说是这样说……

可是做出这个决定的同时，也就意味着自己需要给父母一个完美的解释了。

果然，第二天顾彦之直接将顾卿遥叫到了办公室。

"听说白家的提议你不愿意。"顾彦之的目光紧紧定格在顾卿遥的脸上。

顾卿遥看了一眼旁边的慕听岚。慕听岚显然也很是尴尬，紧忙起身道："顾总，那我就先出去整理文件了……"

"不用，你在这里听着也无妨。"顾彦之不悦道。

他这是摆明了要给顾卿遥难看。顾卿遥站在原地，静静颔首："我了解白小姐的性格。父亲，这次我是要朝着夺冠而去的，换言之，我不能容许队伍中有任何人和我性格不合。白小姐的个性太强，不适合合作，所以我这次决定拒绝白小姐的合作意向。"

"你可知道这对于顾氏而言意味着什么？对于你而言，或许只是一个扮家家酒一样的比赛，可是对于顾氏而言，这是绝对的商业利益。能够用这样简单的比赛合作换来一次商业共赢，对于顾氏是机不可失时不再来。你这次拒绝了，往后和白家的合作基本也就断了。你一定要将我们和白家的关系闹得这么僵吗？你考虑过顾家的处境吗？"

"父亲可曾想过，为什么白夫人要提出这样的合作？"顾卿遥反问道。

"白夫人宠爱白楚云，而且也信任顾氏……"

"父亲也说了，商业合作不是那么简单的，换言之，白夫人再怎么宠爱白楚云，也断然不可能将资金砸在一个不可能得到回报的项目里面。既然白夫人这一次愿意向顾氏伸出橄榄枝，就意味着往后如果有机会，白夫人还是会做出同样的决定。既然如此，父亲在担心什么？"顾卿遥的神色很是淡然。

顾彦之闭了闭眼，似乎是在克制自己的情绪。

良久，顾彦之方才沉声道："你这是在强词夺理。"

"父亲觉得我哪里说错了吗？"

"你自己想想你最近做了多少事。你将凌特助逼走了，后来又让股东在股东大会上做出了错误的决定，至于现在……你又在阻碍公司的商务合作，全都因为你的一己私欲！"顾彦之猛地拍了一下桌子，道，"你让我太失望了。"

顾卿遥浑身发冷。

这是顾彦之第一次说出这样的话。

顾卿遥站在顾彦之面前，后背挺得笔直。

良久，她方才张了张嘴："我不明白父亲的意思。"

"不明白？"顾彦之淡淡道，"这样说吧，你现在年纪尚轻，我做这个决定也是为了你好。倘若到了这周末，还没有任何房地产市场崩盘的消息，小遥，你就先不要留在公司了。"

顾卿遥看向顾彦之，眼神很是平静。

"你应该明白，爸爸做这个决定也是为了保护你。我不希望你因为这一次的挫折而迷失了自己的本心。"顾彦之沉声道。

顾卿遥垂眸笑了："好。"

"嗯？"

这次轮到顾彦之诧异了。

顾卿遥算了算时间，点头应了："我明白爸爸的苦心。好，如果到时候我说的一切还没有成真，那么我愿意主动离职。"

顾彦之的眼底划过一丝说不清道不明的情绪。

顾卿遥笑了笑："我是认真的，父亲。如果到时候这一切依然没有成功，就意味着是我最初的设想影响了顾氏的发展，那么我愿意主动离职。"

"好。"顾彦之点头应了，"这也是为了你好。将来你长大了，想要回到公司随时都能做得到，也不是什么难事，但是现在如果你执意要留在这里，反而会让人非议。"

"我明白。"顾卿遥点头。

顾彦之的语气就像是笃定顾卿遥是不可能成功一样，这让顾卿遥心底有种说不清的异样感。

"还有。"顾彦之将快走出门的顾卿遥叫住，"白家的事情，你究竟是怎么打算的？"

"我问过黎先生了,黎先生不愿意。"顾卿遥想了想,直接将问题归到了黎霂言身上,毫无负罪感。

顾彦之的脸色果然僵了僵,蹙眉道:"黎先生若是不愿意,你直接和白楚云组队就是了。想来白家那边也有邀请函。"

顾卿遥一怔,道:"白楚云愿意和我单独组队吗?"

顾彦之也就那么随口一说,想到白楚云这么多年来对黎霂言的穷追不舍,顿时意识到自己说了个愚蠢的设想。

白楚云怎么可能是为了顾卿遥而来的?

倘若自己真的主动邀约,怕是要被白家当成是嘲讽吧。

顾彦之忍下心底的不悦,道:"算了,你先去吧。也许这就是你最后几天在公司的时间了,所以尽量将工作压缩一下,能转手的就转手,能交接的就交接。"

慕听岚甚至想帮顾卿遥说两句话,然而顾卿遥的脾气始终很好,她只好压下了心底的愤愤不平。

直到走出门去,慕听岚方才开口:"卿遥,刚刚顾先生的话……"

"没关系。"顾卿遥的声音很平静。

慕听岚咬住下唇:"这不合规矩,虽然有引咎辞职这样的说法,可是当时的事情也不是卿遥您一个人决定的。这明明是股东的决定,即使真的出现问题,也不能让卿遥一个人来承担。"

"这些我都明白。"顾卿遥平静地笑了,"你放心,不会有事的。"

她拍了拍慕听岚的肩膀,声线很是温柔:"谢谢你关心我。"

说完,顾卿遥就坐到了桌旁,继续做报表。

中午顾彦之出来的时候,淡淡开口道:"慕特助,这些天你和小遥交接一下工作,不要到时候太过匆忙。"

"可是现在还没有定论,顾总……"

"到了有定论的时候是不是就迟了?"顾彦之反问道。

慕听岚沉默下来。

"没关系,"顾卿遥笑笑,点头道,"我的工作一直都是一边做一边汇总的。如果要交接的话应该也很方便,只是……我想问一下顾总,倘若我的说法成真了,那么公司会对我的未雨绸缪做出怎样的奖励?"

顾彦之狐疑地看了顾卿遥一会儿,这才笃定地笑了:"如果成真了,按照你曾经说过的,这能给顾氏带来难以估量的利益,也能避免巨大的风险,那么,我可以给你一笔奖金。"

"我要一个高管的位置,相反,如果我失败的话,我主动辞职。"顾卿遥认真道,"这是军令状。"

顾彦之微微笑了:"好。"

顾卿遥抬眼看过去。

顾彦之淡淡道:"既然你都这样说了,那么我接受。"

顾卿遥唇角微微弯起:"谢谢爸爸。"

"嗯。"顾彦之淡淡颔首,心说顾卿遥高兴的日子怕是也就只有这么几天了。

他现在算是明白了,顾卿遥是不可能完全听从自己的意愿的。

她太执拗了,所以她理应吃点苦头。

顾彦之绝对不相信顾卿遥这一次的预测是对的。他的确很是疑惑,为什么在那种时候黎霂言会站出来,可是现在这些都不重要了。

纵使是顾卿遥和黎霂言一起设下了这个局,那么现在因为顾卿遥的冲动,他们的一切都毁了。

顾彦之微微笑了,顾卿遥的确是聪明,但是……也的确是太年轻。

慕听岚看向顾卿遥的眼神相当微妙,良久,方才轻声问道:"卿遥,你是有内部消息吗?"

顾卿遥一怔,摇头:"那倒是没有。"

"那你……"

"我相信我自己的判断。"顾卿遥将东西收了,笑道,"我先出去了,刚好有人约。"

"嗯,那等下要一起吃饭吗?"慕听岚笑问道。

顾卿遥想了想,道:"还是不了,今天还有点事。"

慕听岚没多说什么,只是点点头表示理解。

顾卿遥一下楼,就看到不远处林夏雪正揉着衣角,激动地朝自己挥手。

顾卿遥笑笑,径自走了过去。

林夏雪的语气都满是雀跃:"这些天约你真的不容易。我都以为你以后不想理我了。"

顾卿遥无奈道:"我哪里不理你了?"

"不是……你最近不是很忙吗?我都觉得和你愈发疏远了。"林夏雪轻声道。

顾卿遥轻笑道:"没办法,最近的确是有点忙。"

"嗯,我都明白,我就是想和你说声谢谢。毕竟我知道,是因为你帮我,我才能和学长组队。"林夏雪犹豫了一下,这才小声问道,"不过我还是想问你一件事。"

"怎么?"

"你曾经那么喜欢景峰学长,他都向你求过婚。你……你现在是真的不喜欢学长了对吗?我不想夺人之美,毕竟你帮了我那么多。小遥,如果没有你,我永远都不可能和学长这样亲近的……"

"我真的不喜欢了。"顾卿遥无奈道,"曾经我对学长也只是敬佩,是我误会成了喜欢。我很庆幸那时候岳少求婚阴差阳错没有成功,而现在……我有喜欢的人了。"

林夏雪的眼神顿时变了:"是那个黎先生吗?"

她几乎脱口而出。

顾卿遥倒是微微一怔:"你怎么知道?"

"是景峰学长和我说的。学长说起来的时候很难过。他说是因为他没有好好珍惜你,所以你才会喜欢上黎先生。"林夏雪说起这些的时候,眼眶微微红了。

顾卿遥差点笑出声。

她从前怎么没发现岳景峰这么会自作多情?

她轻轻拍了拍林夏雪的手背,道:"你不用想那么多,我是真的一直没有喜欢过岳景峰,所以才……"

"你能帮我一个忙吗?"林夏雪忽然开口。

顾卿遥有点诧异地看向林夏雪。

"我知道你是真的想要撮合我和景峰学长。小遥,我真的不知道该怎么感激你才好……"林夏雪咬住下唇,哑声道,"可是我最近真的没有时间和精力去想比赛的事情。小遥,如果我和景峰学长第一轮就被淘汰了,我都不知道要怎么继续和景峰学长说我喜欢他,我会觉得自己配不上他的。"

她有点语无伦次。

顾卿遥静静看着林夏雪,心底生起不好的预感。

"你已经写好了这次的项目稿了吗?"林夏雪的眼神充满了希望。

顾卿遥似笑非笑地看过去:"你想做什么?"

"我只是想要稍微借鉴一下。小遥,我知道你最近一直表现很亮眼,但是你本来就是顾伯伯的独女,你的未来是不需要担忧的。可是我不同,如果我没能嫁到一个好人家,或者没有办法在人群中脱颖而出的话,我这辈子都不会有出头的机会了。"林夏雪咬住下唇,低声道,"小遥,所以我求求你,你……"

"你想抄袭我的项目稿?"顾卿遥的心愈发冷了几分。

林夏雪的眼底满是泪水:"也不是抄袭……你对我那么好,就让我看一下，行吗？你说过会成全我和景峰学长的。"

顾卿遥看着林夏雪声泪俱下的样子，只觉得无比讽刺。

车祸时林夏雪的举动历历在目，她绝对谈不上无辜。

顾卿遥将自己从回忆中抽离，抬眼平静地看过去："对我而言，这也很重要。"

"啊？"

"我的确可以成全你和岳少，但是不包括这一次，"顾卿遥的笑容很是温和平静，"夏雪，抱歉，这次机会对我而言真的很重要。我未来的人生可能就寄托在这一次上面了。"

林夏雪目瞪口呆地看向顾卿遥。

顾卿遥几乎不曾拒绝过她任何事。

良久，她方才低声道："啊，这样，那……那就算了，也没什么。"

"嗯。"顾卿遥微微颔首。

"小遥……我真的没想到，我们的关系变成了今天这样。"林夏雪的笑容微微发苦，"如果是从前的你，肯定就不会得失心这么重。"

"夏雪，你是不是认为我理所当然应该让着你。即使明明这些我也很想得到，可是只要你开了口，我就该让给你，因为我们是朋友……可是我们是朋友，这些是我势在必得的，你也不肯为我让步。那么你不觉得我们的关系是畸形的吗？"顾卿遥反问道。

林夏雪几乎惊呆了："你什么意思啊？"

"我们既然是朋友，就该为彼此考虑。而在你我之间的关系中，我看到的只是我在不断地迁就你，你喜欢的东西我就该让给你，你喜欢的人我就理所当然该向后退。的确，在岳景峰这件事上我是退让了，因为我并不喜欢他。而且你喜欢，既然如此，我愿意成全你。但是对我而言，这次比赛有多么重要，我从最开始就说过。而只因为你我是朋友，所以你甚至不想和我公平竞争。"顾卿遥的眼底满是失落，"夏雪，我们认识这么久了，你怎么能这样对我？"

她的语气没有太多愤懑，只有满满的失望。

这反而让林夏雪有点慌了。

她下意识地伸手，想要拉住顾卿遥，又犹豫着缩回去了："那个，我也不是故意的……我就是想问问你行不行。"

"其实你这次能和岳景峰一起去，难道不也是因为我规劝了他吗？不然最初岳景峰也没有想过要邀请你不是吗？既然如此，夏雪，我以为你会更开心一些。"

"我的确……"林夏雪肠子都要悔青了,"是我不知足了,这件事的确是我不好。"

顾卿遥这才轻声道:"我以为你会高兴才这样做的,结果你却还想让我在比赛中让着你。"

"真的是我不好,是我错了。小遥,你对我好,我还说出这种话来……"林夏雪抓紧了顾卿遥的手,轻声道,"对不起,我自己准备。如果我和景峰学长真的赢了你,那也是我们的实力强劲,如果没有……我就认了。"

顾卿遥缓和了神色:"这才是我认识的你。"

林夏雪瘪瘪嘴,轻声道:"你刚刚的语气真是吓到我了。我以为你以后都不和我做朋友了。"

"我的确是在考虑啊。"顾卿遥眨眨眼,似笑非笑地说着。

林夏雪显然很是紧张:"你是说真的……"

"骗你的。"顾卿遥笑笑。

林夏雪有点迟疑地看向顾卿遥,然而顾卿遥已经笑着换了话题,"你家里最近还好吧?"

"啊……"林夏雪一边跟着顾卿遥往外走,一边垂头丧气地开口,"不太好,他们最近可能真的要离婚了。"

"有这种事?"顾卿遥有点意外,轻轻拍了拍林夏雪的手背,一边漫不经心道,"夏雪,有些事情不是我们作为儿女能左右的。父母的感情不顺利,离婚对于他们而言可能也是种解脱……"

"你懂什么……"林夏雪在茶餐厅坐了下来,哑声开口,"你根本就不懂,你从小家境好,家庭关系也和睦。你根本就不明白对于我而言,父母离婚是多大的事情。"

顾卿遥蹙眉看向林夏雪。

刚刚是她看错了吗?

林夏雪的眼底有那么一瞬间的哀戚和嫉恨。

"我的生活已经够惨了。其实每次站在你面前,我都会特别自卑。"林夏雪显然有点控制不住自己的情绪,低声说着。

顾卿遥静静地听着,帮林夏雪添了一杯茶。

林夏雪慢吞吞地说了下去:"其实之前我一直以为,我可以和你有差不多的未来,可能是因为一直在你身边吧,我什么都和你在一起。可是现在我才意识到……我和你之间有多大的差距。"

良久,顾卿遥方才轻叹了口气:"你恨我吗?"

林夏雪差点没拿住自己手中的杯子,干笑几声:"什……什么……"

"只是问一下。"

"你怎么会问出这种话？"林夏雪一脸的惊疑不定。

顾卿遥抬眼看了林夏雪一会儿，轻声道："夏雪，其实之前那次下药的事情，我怀疑过你，可是你一直否认，我想我总不能一直怀疑自己的朋友。"

顾卿遥的声音是如此温婉而平静，然而林夏雪的心底却是惊涛骇浪一般。

她的手不住地发颤："你疯了吗？我怎么可能……怎么可能那么对你！卿遥，我们是朋友，我们认识多少年了？这么多年的时间里，我虽然在有些事情上自私了一点，但是你不知道我的为人吗？你真的认为我会害你？"

她一叠声地说着，像是急于撇清嫌疑，也像是在指控顾卿遥。

然而自始至终，顾卿遥都无比平静。

良久，顾卿遥方才笑笑，将手边的茶杯推开了一点："所以我没有对谁说，我也希望这只是我不该有的臆测。"

"这就是你不该有的臆测！"林夏雪的声道高了一点，甚至有点发颤。

顾卿遥微微颔首："那就好。"

林夏雪咬住下唇，沉默着起身："我不吃了，你自己吃吧。你会这样想我，真的是太让我失望了。"

顾卿遥坐在椅子上，静静看着林夏雪夺门而出。

顾卿遥微微有点疲惫地闭了闭眼。

"这位小姐……"服务生过来上菜的时候，有点惊愕地看向对面空空如也的位置，"请问您还继续……"

"照常走菜吧，没关系。"顾卿遥揉揉眼睛，平静地笑了。

萧泽很快坐到了对面，啧啧感叹："还好林夏雪走了，我刚好觉得今天小姐点的松鼠鳜鱼肯定很好吃。"

顾卿遥托着下巴笑："一个茶餐厅有松鼠鳜鱼也是有点奇怪，希望不要踩雷，"她顿了顿，看向萧泽，"你的伤没事了吧？"

"都好了。"萧泽很是自然地晃晃头道，"还好我身体素质好。"

顾卿遥挑挑眉，就听萧泽继续说了下去："不然这些天我就不能跟着小姐吃吃喝喝了。"

他简直堪称没心没肺，顾卿遥笑出声，道："这次回去想吃什么，直接和梁叔说，梁叔也可以给你做。"

"嗯？不好麻烦梁叔的。"萧泽眨眨眼，神色凝重了几分，"不过……小姐刚刚为什么要告诉林夏雪？"

顾卿遥沉默了一会儿，道："你觉得我不该说出口？"

"不是不该说出口，毕竟我也觉得那件事就是林夏雪做的。"萧泽笃定道。

顾卿遥有点意外地看向萧泽。

在她的印象里，萧泽虽然行事机敏，可是不擅长勘测人心。

他始终活得很简单，也不知道是在怎样的环境里面长大的。

然而现在，萧泽说林夏雪有问题，倒是让顾卿遥当真很是惊讶了。

"你怎么会这样想？"

"这很让人意外吗？小姐，两个人做朋友，虽然小时候可能没有感觉，可是人越大，就会越发在意这些外部因素。两个人倘若家境或者个人差距太大，是很难做朋友的。"萧泽认真道。

顾卿遥的手指摩挲着茶杯。

"因为两个人的家境差异，很容易让劣势的一方产生不平衡感，这种感觉可能会发酵。你对她好，懂事的人会珍惜，而不懂事的人，可能就会在心底萌生不平，甚至会很扭曲地觉得小姐你是在炫耀，"萧泽认真道，"比如像是对岳景峰这件事上，你觉得你在撮合他们两个人，是为了他们好，因为林夏雪说了喜欢岳景峰。可是对于林夏雪而言，就是你将不要的丢给她，更何况她现在应该也知道，小姐你喜欢上了黎先生的事情。"

顾卿遥一口茶差点喷出来，有点无语地看向萧泽。

"咳……就是举个例子。"萧泽挠挠头。

顾卿遥无奈："以后这种例子还是不要举，我倒是无所谓，若是被人传出去，怕是黎先生要不高兴。"

虽然这样说，可是顾卿遥近来也愈发发觉，黎霂言对于这些事情好像并没有想象中的介怀。

甚至可以说是相当纵容。

萧泽眨眨眼，点头应了。

"这样说吧。"顾卿遥顿了顿，道，"关于林夏雪的事情其实我也想过了，从前的样子肯定是回不去了，往后……就要看往后林夏雪什么时候露出马脚。倘若再有上次那样的事情发生，我决计不会纵容。"

萧泽明显松了口气："小姐想通了就好。"

顾卿遥无奈地笑笑："这种事都发生了，我还能怎么想不通。"

林夏雪为了岳景峰，明显是可以不顾一切的。

倘若她还有回头的可能，那么……

顾卿遥微微垂眸，想起岳景峰求婚时，林夏雪靠近自己的样子。她的眼底满是不甘，却强忍着道出一声声恭喜。

一切都变了，一切又都没变。

顾卿遥回到办公室的时候，一眼就看到了顾彦之的办公室门开着，他的脸色相当不好看。见顾卿遥在门口，顾彦之就冷哼了一声，挥挥手示意顾卿遥进去。

"父亲。"

"你最近继续关注美股了吗？"

"出门前看了一下。"

"没有出现任何意义上的房地产低迷。你说要去参加比赛，什么时候出发？"顾彦之问道。

"这周五就要出发了。"

"嗯，那时间很紧了，"顾彦之长叹了口气，"小遥，爸爸还是要问你，你真的很喜欢那个黎霂言，是吗？"

顾卿遥微微一怔："我……"

"你不用解释，我都明白，是爸爸不好，"顾彦之的眼神带着满满的痛心疾首，"都说女孩子在这个年纪容易被骗。爸爸曾经也想过，给你找一个知根知底的如意郎君。他不需要多么富有，毕竟有顾家的底子在这里撑着，对你也是好事。可是爸爸忘了，你这个年纪刚好是叛逆的时候，你到底还是喜欢上黎先生了。黎霂言的公司没有赴美上市，也许有其他的原因，可是他用这个作为证据拖住了我们顾氏。"

顾彦之长叹了口气，拍了拍桌子，将面前的显示屏转过来："你自己看一下。"

顾卿遥看过去，便微微蹙起眉头。

"这是……"

"这是白家今天在美国上市的视频。"顾彦之道，"白家和我们一直是明面上的竞争对手，你知道为什么之前白夫人能这样颐指气使地和我们说话？因为她明显看得出来，我们做出了一个错误的决定！这个决定可能会导致我们顾家一落千丈。更重要的是，往后的很长一段时间里，我们可能连翻身的机会都没有了。看到了吗？小遥，这就是商界。"

屏幕上播放的，正是美国时间上午白家在纽交所上市的仪式。

仪式上白楚云的父亲白立轩谈笑风生，笑容满是笃定，而台下如雷的掌声昭示着人们对于白家未来的期许。

每个人的脸上都是喜气洋洋，顾彦之沉声道："如果不是因为你之前的那句话，再过一段时间，我们明明也可以站在这里。"

顾卿遥看向顾彦之。

"万事俱备只欠东风。现在因为你的一番话,因为你被黎霂言骗了,所以都没了。"顾彦之闭了闭眼,心底满是疲惫,"军令状都有时间点,你给个时间点吧,小遥。"

"下周一。"顾卿遥平静道。

"好,就下周一。"顾彦之轻笑一声,"你倒是聪明。这周五你就要出境了,下周一你人应该已经在美国了吧。"

"反正父亲都等了了,想必也不会在意这短短几天吧?"顾卿遥反问道。

"不是我在乎。"顾彦之的目光很是锐利,"高管都听说了那天股东大会的事情,我们将董事会排除在外,股东大会单独做出了这样重要的决定,难免要公示公告,说出当时股东大会的实情。换言之,所有人都知道,是我的女儿做出了这样的决定,而且背后支持的人是黎霂言。小遥,这件事爸爸瞒不住,爸爸也不希望你在公司受到冷言冷语。你可能不相信,但是爸爸之所以想要让你暂退,绝对是出于对你的保护。"

顾卿遥只是微微笑了笑,笑容温婉柔顺:"谢谢爸爸。"

顾彦之长叹了口气:"去吧。"

顾卿遥走出门去,就见副总经理站在门口,徘徊的脚步显然很是焦灼。见顾卿遥出来,他的脸色就微微僵了僵,旋即笑了一声:"原来是顾总的千金。"

那笑容如此古怪,甚至带着点敌意。

顾卿遥像是没有察觉到王副总的不愉神色一样,只温温和和地笑了笑:"您好。"

"顾小姐才思敏捷,商业天赋也是不容小觑,能够做出这样惊天地泣鬼神的决策,想必也是经过了缜密的测评的。"王副总笑笑,道,"真的希望顾小姐能够拯救我们顾氏。"

里面的顾彦之有点听不下去了,蹙眉开口:"王副,进来吧。"

"是。"王副总经理点头应了,面上还是带着那副皮笑肉不笑的表情。顾卿遥没说话,只是笑着让开了门边的位置。

王副总经理进了门,里面少不得又是一阵争执。

顾卿遥靠着门停顿两秒,这才若无其事地坐下了。

对面的慕听岚犹豫了一下,开口:"卿遥,你没事吧?"

"没事,放心吧。"顾卿遥笑笑。

"嗯,我给你倒杯茶去。"

"听岚,你看过那天我做的报告了吗?"顾卿遥忽然问道。

慕听岚一怔,道:"那天时间太紧急了,而且他们也没有给你机会让你全部报告完毕，但是后来我又认真看了一遍。"

"嗯，"顾卿遥点点头，眼神中带着点笑意，"觉得如何？"

"觉得……"慕听岚沉默了一下，道，"我觉得很有实际意义，尤其是很多分析都是很领先的思维，但是房地产背后毕竟有政策加持也有大资本家托盘，所以谁都不知道真正的拐点会在何时爆发。在看到卿遥的报告之前，我的确从未考虑到信用危机的事情，可是看完了……改变了我的很多想法。"

这就足够了。

顾卿遥诚恳地笑道："谢谢你，听岚。"

"可是……"慕听岚看向顾卿遥，眼底有明显的担忧，"如果这个拐点出现得晚了一点，或者说出现得平稳一些，或许就不会对市场造成那么大的冲击。这是很正常的情况，可是卿遥想过吗？倘若真的出现了这种情形，那么顾氏定然要问责，按理说是不会问责到卿遥您身上的，可是您现在主动站出来，那么……"

顾卿遥笑了："你放心，我既然能下军令状，就意味着我有百分百的把握。"

慕听岚看向顾卿遥的眼神，心底有种说不出的感觉。

她最初对顾卿遥不是没有轻视的。在大多人眼中，顾卿遥是顾彦之的独女，来到公司八成就是为了混脸熟的。

慕听岚虽然给了顾卿遥资料，却也不曾想过顾卿遥真的能够做出什么来。

可是现在，看到顾卿遥的努力，看到她不遗余力的坚持，慕听岚忽然就觉得有点感慨。

从前人们都说，富二代都有得天独厚的优势，可是顾卿遥分明是比其他人还要努力几分的。

顾卿遥从来不曾因为自己年轻，或者因为自己的特殊身份，而要求过任何不同旁人的对待。

她只是不断地努力向前，不管有多少阻碍。

慕听岚第一次认真地在心底想着，希望顾卿遥这次能成功，希望她口中的金融危机真的会爆发。

因为这样一来，顾卿遥定然会一战成名。

这几天顾卿遥的生活过得很是平静，白天在公司反正也在顶层，坐在这里也有好处，至少能够少听一些流言蜚语。

可是到了休息时间，到底还是会和旁人碰到的。

顾卿遥明显地感觉到，很多人的态度开始变得微妙了。

也有人开始窃窃私语，说着自己的事情，而当自己走近的时候，他们会立刻停下，露出窘迫的表情。

他们在说什么简直是不言而喻。

顾卿遥神色如常。尽管顾彦之说了好几次，让顾卿遥提前回家休息，或者提早办交接，顾卿遥都没有应下。

然而很显然，这一段时间，美股房地产股份的不断涨停，让所有人的心都跟着一点点坠落下去，直至深渊。

顾卿遥几乎每天都能在金融报纸上看到白家人笑语嫣然的模样，甚至还有白楚云在其中。他们得意扬扬，因为纽交所白家的股份又有了一天的飞涨。

白家的市场价值在短短三四天的时间里，已经超过了初始价格的四倍。

不过是几天的时间，曾经相差无几的白家和顾家，几乎是迅速地拉开了差距。

顾彦之每天脸色都不好看。有几次顾远山打来了电话，顾彦之的声线都是压抑的怒气。

念宛如也是提心吊胆，小心地劝慰着。

而这一切，在白立轩来了一个电话以后，彻底坠入冰点。

"什么？……哦，好，当然，那没问题，可以可以……很高兴能够接到您的邀请，对对对。"顾彦之将电话放下，然后低声咒骂了一声。

"怎么了？"念宛如忍不住问道。

"白家邀请我们去赴宴，私人宴请。"顾彦之看向顾卿遥，道，"黎先生也会去。"

"嗯？"顾卿遥到了嘴边的拒绝被吞了回去。

"我知道你是明天的飞机，可是明天黎霂言也要赴美吧，白楚云估计也是明天出发。既然大家都能去，那你也去准备一下吧。"顾彦之顿了顿，道，"可能是要说前些时日那个合作，你们那个比赛报名时间什么时候截止？"

顾彦之的眼底写满了期许。

顾卿遥顿了顿，道："按照美国时间算过来，是今天晚上十二点。"

"那就是了，这样说吧小遥，你总要为我们顾家想一想。倘若这一次他们还愿意提出和我们合作，那么我们无论如何都要应下，知道吗？"顾彦之抓紧了顾卿遥的肩膀。

他的手劲很大，顾卿遥有点疼，皱着眉头没说话。

念宛如上前一步："彦之，你别这样。"

"小遥还小，你也不懂事吗？你知道不知道，因为小遥强出风头，上次已经给我们顾家带来了多少损失？我看着他们在我面前炫耀，我就知道那些本来也该属于我们顾家！我们主动拒绝了SEC的审查，也就意味着短时间之内，我就算是跪着去求，他们也不会给我们机会让我们迅速上市了！都因为顾卿遥的一番话！现在怎么？就因为顾卿遥恬不知耻地喜欢上了她的小叔叔，你还想让我放弃什么？"

念宛如惊骇地看向顾彦之。

"那是你的女儿……"念宛如良久方才找到了自己的声音，"你这是说什么呢？"

她的眼底迅速地覆上一层泪雾。

顾彦之从未这样失态过。

可是现在，顾彦之就像是控制不住自己了似的，咬牙开口："我还能说什么？最近我每天每天失眠，我控制不住地去看他们白家的报道，我每天都忍不住翻好几次报纸，生怕哪家报纸得到了消息，知道我们当时做出了多么愚蠢的决定！人家都是未雨绸缪，我们呢？我们是杞人忧天！而这一切，都是因为我的女儿，是因为我将卿遥带到了商界。你看看我们的好女儿，给我们的顾家带来了什么？！"

念宛如将顾卿遥强横地拦在了身后，看向顾彦之，道："当时你也没有果断地拒绝，你甚至没能劝说得了那些股东。他们跟了你那么多年，都愿意去相信小遥的说法，那说明什么？要么是小遥的说法很有吸引力，要么……是你这么多年都没有给他们足够的信任感！"

顾彦之难以置信地看向念宛如："你这是在怪我了？"

"我只是希望你不要这样说小遥。小遥还年轻，她有这个能力站在台上，有这个办法说服那么多股东。我作为小遥的妈妈，我为小遥骄傲。"念宛如轻声道。

顾彦之冷笑一声："好，那我希望你就能一直这样护着你的小遥，等到有一天她闯大祸了，你也能这样护住她。现在，走吧，我们必须去吃饭。"

"父亲莫要忘了，那军令状还有另外一个条件。"顾卿遥轻声道。

"一个高管的位置，当然，"顾彦之的笑容满是讽刺，"你不要真的以为你拿得到，等到那一天，可能我们顾氏都破产了。"

顾卿遥没说话。念宛如死死拉住了顾卿遥的手，对顾卿遥摇摇头。

顾彦之的情绪很不稳定，念宛如也不想再继续刺激他。

顾卿遥上楼去换了一身黑色的小礼裙，看起来典雅而端庄。

顾彦之见顾卿遥打扮得体地下了楼来，神色这才缓和了三分："还好，刚刚想和你说别穿太艳色的。今天是白家做东，你总不好抢了人家白小姐的风头。"

顾卿遥明白顾彦之的意思,顾彦之这是想要尽量讨好白家,好能拿到一个合作的机会了。

换言之,顾彦之比任何时候都要笃定,顾家没可能在这次上市的事上翻盘了。

顾卿遥并不想多说,只是笑了笑,跟了上去。

白家订的地方是在市中心的锦绣宫。顾卿遥到的时候,一眼就看到了不远处黎霂言的车。黎霂言似乎是等了很久,见顾卿遥的车到了,这才让司机开了车门。

顾卿遥刚想走过去,就被顾彦之径自拉住了手腕。

"我说的话,看来你是没听进去。"

"父亲。"顾卿遥低声开口。

"我说过让你离黎霂言远一点!"顾彦之不悦道,"这次可以说是一个重要的机会,而且你可知道,过些日子有个政府项目招投标,白家已经放出话给我了。倘若你能够稍微退让一些,那么这个项目,他们稍微退让一些也是无妨。"

顾卿遥微微挑了挑眉。

白家为了能让白楚云顺利接近黎霂言,还真是不遗余力。

然而顾彦之能够管得了顾卿遥,却是没能管住黎霂言。

话音未落,黎霂言已经平静地走上前来。司机还没动作,黎霂言已经自然地将顾卿遥这边的车门拉开了,动作彬彬有礼:"小遥。"

他一身矜贵,却丝毫没觉得这样的姿态有何不妥。

不远处迎出来的白楚云下意识揪住了自己的裙摆,脸色相当难看。

她听说了黎霂言一直等在门口,所以径自跟了出去,然后呢?

看到的就是黎霂言这样绅士地对待顾卿遥的一幕!

白楚云咬紧牙关,还是向前走了几步,笑道:"黎少,顾小姐,你们都到了啊。"

她自然地靠近了黎霂言几分,然而黎霂言的眼中就像是只有顾卿遥一个人似的,很是自然地扶住了顾卿遥的车门,又伸手将顾卿遥牵了下来,这才转头看过去:"白小姐。"

"嗯……"白楚云有点犹豫。她看着这两人之间旁若无人的气氛,第一次打了退堂鼓。

"白小姐,有劳带路了。"顾卿遥开口道。

白楚云简直恨得牙痒痒。

这叫什么话?

你听听，这叫什么话！

简直就是将她当做侍应生了！

白楚云冷哼了一声，脸色登时落了下来。

好在顾彦之很快跟了上来，赔着笑开口："承蒙白小姐邀请，真是荣幸之至。"

大小姐面子找回来了，白楚云这才露出三分笑意来："顾伯伯客气了，家父也是想要找朋友好好聚聚聊聊天。整个海城，还是顾家和白家关系最为亲近。"

顾卿遥和黎霂言落后一步。看着前面白楚云和自己的父母谈笑风生，顾卿遥的唇角微微弯起，神色微冷："不过黎先生怎么会来？"

黎霂言登时就有点尴尬。

知道顾卿遥这次一定会过来，担心顾卿遥被人欺负，所以下意识地就答应了。

这种理由……似乎只能藏在心底。

然而黎霂言并不知道，自己的沉默已经在瞬息之间被顾卿遥解读出无数种意思。

顾卿遥轻咳一声，下意识问道："你是打算邀请她入队吗？"

黎霂言眉头微蹙："白家答应了顾家什么好处？"

顾卿遥低声将事情说了一遍。黎霂言淡淡道："那个政府项目，白家本来就无意参与，这根本算不上好处，至于其他的……"

他微微顿了顿，顾卿遥轻声道："我知道你能帮上忙，可是我不好麻烦你。"

"我并不想帮顾家的忙，可是……"黎霂言闭了闭眼，道，"再说吧。"

顾卿遥说不清心底的滋味，草草应了。

很快，众人便在桌前落座，白楚云很是自然地占据了黎霂言一旁的位置，下意识给黎霂言倒茶。

服务生伸手挡了一下，然而白楚云的脸色让她没敢继续说什么，只能提心吊胆地站在一旁。

倒是白立轩开口了："楚云，你看看你像什么样子。"

白楚云脸色一白，手上的动作僵住。

第12章

黎先生是在利用我吗?

换做是旁人,这个时候肯定已经伸手拦下了,至少也要将茶壶接过来。可是黎霂言依然没有开口,仿佛那已经刻进骨子里面的绅士风度在这一刻消散殆尽。他神色自如地和顾卿遥说着话,就像是没有看到旁边的白楚云。

白楚云咬紧下唇,觉得自己真是没受过这样的委屈。

白立轩微微蹙眉,将手上的杯子放在了桌上:"楚云!"

这一次,白楚云手微微一抖。茶水洒了出来,洒了白楚云一手。

她惊叫出声:"哎……"

"怎么了?"顾彦之差点从白立轩那边站起来。

白楚云一脸的哀戚:"烫到了……"

"没事吧?"顾卿遥终于看不下去了,忍不住问道。

白楚云却根本没有理会顾卿遥的问话,只是看向黎霂言:"黎少,我以为你答应来这次宴会,就不会对我这样冷漠……"

"楚云胡说八道的。"白立轩显然很是忌惮黎霂言,一股气地说了白楚云一通,这才道:"黎先生,您别放在心上。我家楚云也是从小被我们宠得太过,很多事情不太会处理。"

"无妨,现在的小孩子都是这样的。"黎霂言含笑道,"没事吧?"

短短三个字,却已经可以让白楚云破涕为笑了:"没事没事,黎少不用担心我。"

黎霂言哪里有半点担心她的样子,已经转开头去了。

白楚云显然也没烫到什么程度,草草地涂了些烫伤膏,倒是也无碍了。

酒过三巡，白立轩这才开口道："其实这次找顾先生过来，也是因为孩子的事情。"

顾彦之立刻将酒杯放下，点头应了："我知道，我明白白总的意思。"

"嗯，这么长时间了，楚云一直和我说，想要和顾小姐一组。毕竟和顾小姐一组，就意味着离她的梦想更近了一步。"

白楚云的目光定格在黎霂言的脸上，眼底满是娇羞。

黎霂言却只是和顾卿遥说着："你之前刚刚出过车祸，还是尽量少吃海产品，我有点担心。"

"嗯，好。"顾卿遥乖顺地应下，筷子递向不远处的小红椒牛柳。黎霂言看着无奈，道："辣的也不行。"

"哦。"这一声就真的带上百转千回的委屈了。

顾卿遥收回筷子，觉得自己真是很惨。

顾彦之都没有像他这样细心地管着自己，可是黎霂言这个时候倒是小叔叔气质十足了。

想到最近家里清汤寡水的营养汤，顾卿遥狐疑地看了黎霂言一眼："不过话说回来，家里的那些……不会也是你要求的吧？"

黎霂言很是自然地挑挑眉："你觉得呢？"

"是吧？"顾卿遥反问。

黎霂言笑了一声："你毕竟还小，毕竟你也算是出了点事故，之后的调理很重要。倘若调理得不够好，将来落下什么毛病，到了年纪大了才是最痛苦的。"

顾卿遥闷闷地笑："你还真的很像是一个长辈。"

"本来就是你的长辈。"黎霂言戳了戳顾卿遥的脸，道，"喝点汤。"

"我都……"

他们的声音不大，然而旁边的白楚云却依然脸色铁青。

这叫什么？

他们怎么能在自己的地盘上这样明目张胆地秀恩爱？这也太不将自己放在眼里了！

白楚云咬紧牙关，开口道："顾小姐。"

顾卿遥一怔，看过去："怎么了白小姐？"

"没什么，只是想要提醒顾小姐一下，这里毕竟是公共场合。"白楚云讥嘲道。

顾卿遥有点诧异地回忆了一下自己刚刚的举动，有哪里不妥当了吗？

白立轩笑了一声，道："顾小姐，楚云也没有别的意思。只是……我这个做伯父的也想问顾小姐一句,关于这次青年金融大赛,顾小姐是和黎先生一队吧?"

顾卿遥点头,心说明知故问。

"那顾小姐有没有考虑再加入一名队员进去?你看,白家和顾家也是交好这么多年,某种意义上也算是世交了。有这么个机会让小辈也彼此多加交流,对于未来我们两家公司的合作无疑也是有好处的。听说顾小姐是队长,不知道觉得我家楚云怎么样?"

白楚云不甘示弱地看过来。

顾卿遥喝了一口茶,微微笑了:"这是白伯父的意思,还是白小姐的意思?"

"当然是……"

"当然是我的意思。"白楚云立刻开口,重重地放下了杯子。

她看着顾卿遥的笑容就觉得碍眼,然而这一次顾卿遥是队长反而是好事一桩。白楚云知道最近顾家发生的事情。

她想着,就算是给顾卿遥一百个胆子,想必也不敢在这一次拒绝自己。

然而顾卿遥只是平静道:"情况是这样的,因为现在队伍筹备阶段基本已经过了,换言之,现在白小姐即使是加入了我们的队伍,也没有办法和我们一起准备了。这样的话白小姐进来接触到的就是既定的想法,我认为白小姐未必会喜欢。"

白立轩看向白楚云:"楚云,你怎么想?"

"我挺高兴的。"白楚云努力维持着自己脸上平静的神色,低声道。

顾卿遥就是不想让自己进队。

"这样说吧,倘若现在白小姐入队,无疑就是坐享其成。我有信心拿到这次的冠军,那么白小姐在团队中几乎是没有贡献的。"看着白楚云愈发苍白的脸色,顾卿遥微微笑了笑,看向彼端脸色高深莫测的白立轩,"白伯父,既然白伯父说了,顾家和白家是世交,那么我可以带上白小姐。只是……不知道白伯父能许给顾家什么?"

她这是在谈生意吗?

白立轩根本就不明白,顾卿遥哪里来的勇气说出这种话!

白立轩几乎要拍案而起了。

顾卿遥真的是年轻,太年轻了,甚至不知道圆滑一点说出这种话来,这叫什么说辞……

白楚云更是无法容忍了:"你说谁坐享其成?!顾卿遥你话说明白一点你!"

"楚云！"白立轩微微一怔，没想到白楚云反应这么大，"小遥，伯父这样对你说吧，有些事情不能看一时得失，你要将目光放得……"

"我不去了！"白楚云怒道。

白立轩怔住。

"你不要以为你很厉害。如果不是因为队伍里面有黎少，你以为我愿意和你组队！还冠军，我在乎个屁的冠军！"白楚云不悦道。

"白小姐，请注意你的言辞。"黎霖言脸色微沉。

白楚云顿时委屈得无以复加。

顾卿遥这样对她就算了，现在黎霖言也开了口，想必自己在黎霖言心底的形象也早就一落千丈了。

她说不出心底有多么难受，只能跺跺脚，道："爸爸！"

白立轩脸色难看得厉害。

他本来是觉得顾卿遥刚刚那番话就像是激将法，没承想自己的女儿这么快就将这些话都说了出来。一来二去，反而是白家不占理了。

这个顾卿遥……

难不成她是算准了白楚云的反应，这才会说出这种话来？

白立轩沉声道："行了，哪里有你这么说话的？！你顾伯伯和伯母都在这里呢！你说这种话的时候也不看看场合！"

白楚云难以置信地看过去，心说还不是顾卿遥先说自己坐享其成，怎么就是没有人说顾卿遥？

"白先生，最初不让人进队的想法是我定下来的。我和小遥两个人已经将整个项目基本过了一遍，对策也都制定好了。这种时候让人进队，对我们的队伍也是一种不负责任。之前白小姐自己也曾经和我说过这件事，我已经和白小姐交涉好了，所以这一次，我很意外白先生您又请了我过来。"黎霖言平静道，"这支队伍的队长是小遥，所以我在一切事宜上尊重小遥的意见。这也是我们两个人共同的意见，还请白先生莫要为难。"

白立轩没说话，只是微微垂眸看向地面。

他简直是说不出的窘迫。

这么多年纵横商场，哪里有过这样尴尬的时候？

白楚云原来已经问过黎霖言了……

这些话她从来没和自己说过！

白立轩长叹了口气，只好忍气吞声地开口："黎少，这件事我没有考虑周全，打扰二位了。"

他刻意将"二位"拉长了一点，观察着黎霖言和顾卿遥的表情。然而两个人都神色如常,这让白立轩心头的疑惑又深了几分。

出门的时候,黎霂言很是自然地拉了顾卿遥的手,全然没有在意后面人的反应。

直到走到酒店门口,顾彦之方才上前几步,脸上神色淡淡的:"刚刚白先生和我说了,就当做是赔罪,过些日子和我们顾氏签署合同。也算是因祸得福,只是……"他转头看向顾卿遥,将顾卿遥的手从黎霂言的手中强行拉了出来,这才脸色很是难看地看向黎霂言,"黎少,你到底是什么意思?"

"我以为顾先生明白,我不容许的事情,谁都不可能做得到。"

"我不是说这个!"看着黎霂言淡然自若的表情,顾彦之就觉得心口的气上不去下不来,"我是说你和小遥,你到底什么意思?"

黎霂言含笑道:"我是小遥的小叔叔,照顾小遥天经地义。我不明白顾先生的意思,顾先生是想到哪里去了?"

他的脸色满是好整以暇的意味,顾彦之咬牙切齿。

黎霂言却已经向后退了半步:"只是我很意外,顾先生先是想要用小遥的感情作为筹码,让小遥和岳家联姻,现在又想要裹挟小遥珍视的冠军。作为一个父亲,顾先生不觉得自己的做法太过分了吗?"

顾彦之咬紧牙关,沉声道:"那也是我们顾家的事情!"

"说来我也算是顾家人。"黎霂言淡淡道,"顾先生不要忘了,前几天顾老先生才刚刚去我父亲的墓前拜谒过。"

顾彦之几乎气到说不出话来。

黎霂言终于不说下去了,淡淡道:"我希望顾先生不要和我作对,毕竟……我从来都不在意这些。"

他看向顾卿遥,神色温和了三分:"晚安,小遥。"

顾卿遥神色复杂地看过去:"晚安。"

黎霂言像是想起了什么似的:"哦对了,前段时间拿走的东西,等从美国回来我再给你送回来,可以吗?"

"嗯,好。"

"那明天见。"

顾卿遥眨眨眼:"明天见。"

顾彦之的手微微发颤,直到看着黎霂言坐进车里,这才沉声道:"回家!"

一路上,顾彦之一句话都没说,而一进房间,声音就猛地提高:"他拿走了什么东西?"

"顾先生,请您稍微控制一下您的情绪。小姐前段时日刚刚出了事故。"

萧泽沉声道。

顾卿遥蹙蹙眉，道："萧泽，没关系。"

顾彦之看着萧泽果断的保护姿态，下意识地向后退了退。

此时听到顾卿遥的话，这才长叹了口气："什么时候开始，小遥，你和爸爸之间也有这么多秘密了？"

"我没当回事，所以就没和爸爸说。"顾卿遥平静地说着，"黎先生拿走了相簿。"

"他要拿，你就让他拿走了？"

"那些东西很重要吗？"顾卿遥有点诧异。

顾彦之轻咳一声，心说好像的确不怎么重要，只是不知道黎霂言拿这些东西做什么。

顾卿遥平静道："所以黎先生说要晚点送回来，我也觉得没关系，就这样应下了。"

顾彦之看向顾卿遥，良久方才道："小遥，这样说吧，爸爸最近的确是觉得离你越来越远了，你将你的房门锁了，你和黎霂言越走越近。爸爸说了你不要接近黎霂言，你也从未放在过心里，更何况……若是从前，小遥肯定会听爸爸的话，和白家好好地相处，可是现在呢？如果今天不是因为白楚云忽然暴怒，或许白总也不会这样轻易地答应这次合作，你到底在想什么？你知道不知道，在你现在这个年纪，所谓的青春叛逆期，最容易被有心之人利用！"

"爸爸是说，黎先生在利用我吗？"

"你难道不觉得吗？他为什么要对你好？"顾彦之不悦道。

"他不是我的小叔叔吗？"顾卿遥反问。

"你从前听过他的名字吗？就算他是你的小叔叔，他……怕是比陌生人还要厌恶我们顾家了吧。"顾彦之冷笑一声。

顾卿遥有点诧异，然而顾彦之显然没有打算再说下去。

"你若是想要和黎霂言交好，那么你就做好心理准备吧。他这个人阴晴不定，你也猜不出他的心思，可是在他面前，你就和个透明人差不多，他能看清楚你的所有想法，可是你呢？你根本不知道他心底在想什么。爸爸就是不明白，好好的人你不去喜欢，你一定要去喜欢这样的一个人！"顾彦之长叹一口气，脸色满是无奈。

"爸爸，为什么黎先生不喜欢我们顾家？我们虽然没有照顾他，可是按理说……"

"你不是和黎少关系好得很吗？你自己去问黎先生就是了。"顾彦之不悦道,起身回书房去了。

顾卿遥看向旁边的念宛如。念宛如始终一言未发,良久方才轻叹了口气,道:"妈妈其实也说不清楚,可是当年……你爷爷和黎先生大吵了一架。就是在那之后,黎先生就离开了顾家,也算是和顾家恩断义绝了。这些年是你爷爷为了公众形象,一直不敢和黎霖言直接断了。黎霖言那边是迫不得已,才配合着你爷爷演戏的。"

顾卿遥有点诧异,心底总觉得有种说不出的微妙。

"当年的事情你爷爷一直讳莫如深,不过仔细想来,想必是顾家亏欠了黎先生,不然以你爷爷和你父亲的性子,这件事不可能这样被压下来。"念宛如如是道。

她摸了摸顾卿遥的头,道:"都是老一辈的事情了,你还是不要问黎先生为好。不过你爸爸有一句话说得对,小遥,你不知道黎霖言为什么接近你,为什么这样毫无道理地对你好,所以你要学会提防。"

顾卿遥几乎是下意识地反驳了一句:"可是黎先生对我真的很好……"

"黎霖言知道你多少事?你好好想一想,你又了解黎先生多少?"念宛如问道。

顾卿遥就觉得自己像是被兜头一盆冷水泼下,顿时冷静了。

她慢吞吞地上楼,一边思考一边慢慢收拾东西。

萧泽在门外看着,心底百感交集。

顾卿遥挥挥手:"你来帮我看看,还缺不缺什么。"

顾卿遥神色如常,萧泽心底慢慢安定了一些,就听顾卿遥在那边噼里啪啦地敲起键盘。

"小姐,最近外汇整体形势不太好吧?"萧泽忍不住问。

顾卿遥笑笑,揉了揉发胀的太阳穴,半开玩笑地说道:"那要等到我和黎先生预测的金融危机了。"

"可是如果……"

"你也怀疑如果房地产没有崩盘,我这次所有投资都要出问题,是吗?"顾卿遥笑问。

萧泽迟疑着点头。

"都说经济学有个原理,叫做不要将所有鸡蛋放在同一个篮子里,说的就是要多线投资,可是小姐这次完全是将所有的都赌在了这里。"萧泽认真道。

"那是因为我相信我们的判断。"顾卿遥轻轻敲了敲桌案,"比赛第一天是座谈会吧?"

"对。"

"是在什么时候？"

"美国时间下周一早上九点开始。"

周一……

楼市暴涨，金融空心化，消费者物价指数、采购经理指数和固定资产投资指数都在暴涨。

在顾卿遥和黎霂言的预测中，所谓金融的拐点近在咫尺。

"座谈会上，我会重申我的观点。"顾卿遥笑了笑道。

萧泽一脸惊骇，犹豫了一下还是咽下了质疑。

顾卿遥和黎霂言在这件事上保持着惊人的一致，而黎霂言从不曾做过错误的决定。

顾卿遥转头去看指数图了，似乎也只有这样，才能让思绪平静几分。

她不想去考虑黎霂言为什么要处心积虑地出现在自己身边，不想去考虑那天黎霂言为什么会出现在医院的走廊。

至少现在，她不愿意相信黎霂言对她的好是假的。

眼底的笑容是假的，不受控制地弯起唇角是假的，那些关照是假的，下意识地来到自己身边护住自己是假的，在以为自己受伤时的暴怒是假的，知道自己安然无恙时的释然是假的……

怎么可能？

无论如何，她都不会信。

顾卿遥盯着指数图看了良久，这才将手中的事情放下，看向行李箱。

自己的东西并不多，她犹豫了一下，还是给黎霂言打了个电话。

那边很快接了起来："还不睡？"

是带着笑意的声音，一如既往。

刚刚瞬间的狐疑顿时被顾卿遥抛在了脑后，顾卿遥轻声道："你不是也还没睡。"

"我在看你传给我的东西。"黎霂言道。

顾卿遥一怔："我传给你的……"

"嗯？"黎霂言微微皱眉，手上已经将那邮件点开了。

"我没传给你什么啊……"顾卿遥下意识道。

彼端的黎霂言始终没开口，看着那封邮件，发现自己比想象中的更加冷静。

那是顾卿遥曾经和岳景峰的交集，里面有很多照片，是顾卿遥看向岳景峰时的眼神，那是他们的高中时代，也是他来不及参与的，顾卿遥曾经的人生。

他能够清楚地看到顾卿遥不经意的倾慕,然而……

都是过去了。

黎霂言面无表情地将邮件关闭了,道:"估计是传错了。"

"是不是有人以我的名义传给你什么了?"顾卿遥很快冷静下来,问道。

黎霂言沉默片刻,还是没有隐瞒:"的确,有人将你和岳景峰高中时代的照片传过来了。"

"啊……欸?"顾卿遥怔住。

顾卿遥的语气磕磕巴巴的——

"那……那个,那都是过去的事情了。那时候我还小不懂事,所以当时也没想那么多,别人说岳景峰人不错,我也就跟着多看了几眼,真的……"

听顾卿遥这样急迫地解释着,黎霂言微微一怔,旋即弯起唇角。

黎霂言觉得心情很好,比从前任何一刻都要好。

顾卿遥曾经说过无数次,也旁敲侧击地问过无数次。他的答案永远都是那个,模棱两可又平静的一句——

"我们是合作关系。"

合作关系,却依然让自己牵肠挂肚。

哪里有这样的合作关系?

黎霂言知道自己在意,在意她的一举一动,在意她的喜怒哀乐,可是这样的关系中,他想要看到顾卿遥的真心。

现在黎霂言终于觉得自己看到了。

顾卿遥很快恢复了平静,道:"不过倒也是奇怪,当年岳景峰在学校并不算什么风云人物。当时的我也一样……我不知道为什么这种事也会被传出去。"

黎霂言微微颔首:"这种事想必只能是熟人,而且从那时候开始,应该就已经准备好了要随时将这个拿出来作为筹码。"

顾卿遥叹气:"这也算是忍耐了很多年了吧?"

黎霂言蹙眉:"的确,可是如果有人真的从最开始就这样盯着你,往往从很久以前就怀着恶意。"

顾卿遥沉默下来。

她大概想到了一个人,只是还不确定。

"你要提防林夏雪,尤其是最近一段时间。"黎霂言道。

顾卿遥一怔:"你也认为在美国期间她会有动作?"

"她最近的情绪很不对劲,如果岳景峰再靠近你的话,她很可能会不满。"黎霂言说着。

顾卿遥下意识开口："可是你也在啊。"

"嗯？"

"我是说……你也在的话，他们应该不敢如何才对。"顾卿遥笑道。

她从来没有意识到，自己会如此淡然地说出这番话来。

像是下意识地依赖。

黎霂言沉默良久，然后轻声笑了："对，我在的话，你不用担心。她不会轻易动作，只要你在我身边，我定能护住你。"

顾卿遥的耳垂忽然有点热。

她抓紧自己的手机，良久方才发出了一声："我知道。"

声如蚊呐。

黎霂言低笑一声，带着气音的笑，有种说不出的温柔。

顾卿遥又是怔了怔，黎霂言却没有多言，只笑了笑道："早点休息。"

"嗯，好。"

"明天我来接你。"

"嗯？"顾卿遥怔住。

那边黎霂言却已经平静地开口了："差不多十点左右过来吧，时间上刚刚好，可以吗？"

"好的，那我在家等你。"

"晚安。"黎霂言的声音始终是含笑的。顾卿遥有种说不出的感觉，点着头放下了手机，便一头扎在了床上。

不知道为什么，顾卿遥觉得自己平时的冷静在黎霂言面前总会消失殆尽，习惯性地去依赖他，习惯性地去等黎霂言的安排。

顾卿遥闭了闭眼，仿佛连梦都是微甜的。

第二天一大早，顾卿遥下楼的时候，顾彦之已经出门了。念宛如一个人在翻东西，见顾卿遥下来，便笑了笑道："小遥，这个带上。"

"嗯？"

"这个是你外公让带给你的，是一包常用药。你以前不常出国，这次又是一个人，万一有什么不习惯的，还可以将这些用上。"念宛笑了笑，迟疑了一下方才说了下去，"还有，你爸爸今天出门前让我和你说，比赛这种事情，胜负都要平常心，别太放在心上，这样对你的未来也好，知道吗？"

这的确像是顾彦之会说出口的话。顾卿遥笑了笑，点头应了："妈妈放心，我都明白。"

"嗯，那就好。"念宛如摸了摸顾卿遥的头，心情说不出的复杂。

好像是在一夜之间，顾卿遥就长大了，和从前大不相同了。

没过一会儿，黎霂言的车就停在了门前。顾卿遥拉着行李箱就去开门，黎霂言自然地收回了敲门的手，微微笑了笑：“看来你已经准备好了。”

顾卿遥笑得眉眼弯弯：“嗯，我还是很期待的，昨晚收拾了一晚上行李。”

黎霂言几乎忍不住唇角的笑意，看向不远处神色微微复杂的念宛如：“念女士，那我们就先走了。”

“好，”念宛如应了一声，又下意识跟出来几步，"黎先生。"

黎霂言手中自然地拉着顾卿遥的行李箱回头看过去。念宛如的手松了又紧：“没什么，小遥还小，这也是第一次出远门，就麻烦黎先生了。”

“不麻烦。”黎霂言神色如常道。

念宛如犹自忍不住道：“小遥，有什么事情就和家里联系，直接给妈妈打电话，知道吗？”

"妈妈放心吧。"顾卿遥笑了，乖乖点头一一应下。

直到和黎霂言一起坐上车，顾卿遥还有一种恍惚的不真实感。

她侧头看了黎霂言一会儿，小声笑道：“其实我真的没想过，真的会和黎先生一起参加这个比赛。我以为黎先生那么忙，一定会拒绝我的。”

“你说的事情，我什么时候拒绝过？”黎霂言含笑反问。

顾卿遥的心跳又快了几分。

可是她仔细回想了一下，发觉一切好像真的如黎霂言所说的一样。

他从不曾拒绝过什么。即使再艰难的事情，只要自己说出口，黎霂言都一一做到了。

分明之前说过这不过是等价交换，可是真正走到了这里，顾卿遥方才发觉这根本就是说笑罢了。

黎霂言从自己这里拿走的只有一份名单，可是自己从黎霂言那里获得的，顾卿遥几乎数不清了。

顾卿遥刚想开口，手机就响了起来。

"卿遥，你在哪里？"慕听岚的声线明显带着焦灼。

"怎么了？"顾卿遥蹙眉问道。

“顾先生说你的交接出了问题，让你尽快回公司一趟。可是我看了一下，交接得没有任何问题，你都已经发给我了，这……”慕听岚显然也很是疑惑。

顾卿遥淡淡道：“嗯，没关系，你开一下我的电脑，我的电脑密码是……"

"多少？"顾彦之直接将手机接了过来，沉声道，"小遥，如果不行的话，你回公司一趟。"

"没关系，我已经提前整合好了，都分门别类做了文件夹。其实交接的时候也交接了这些，但是细节部分我另外做了一份，密码是20201234。"顾卿遥的声线无比冷静。

顾彦之脸色微沉，蹙眉道："我让你回来，你不用找那么多理由……"

他将文件夹点开，手上的动作就微微一顿。

顾卿遥微微笑了："父亲觉得还满意吗？"

顾彦之盯着那份文件夹看了一会儿，神色有种说不出的意味，良久方才淡淡道："可以了，你不用回公司了。"

"父亲满意就好。"顾卿遥语气如常。

"嗯，一路平安。"

顾彦之很快将电话放下了，像是担心再说下去，自己会说出什么不该说的话似的。

黎霂言看向顾卿遥，忍不住微微笑了："你给他看了什么？"

"一些他本来就该看到的东西。"顾卿遥含笑道。

她本不想要这样直接地威胁顾彦之的，如果顾彦之肯向后退让半步，那么顾卿遥就不希望事情会发展到这个地步。

可是顾彦之没有退让，也好像永远不会退让。

那些曾经的宠爱还在，可是却又像是遥不可及的海市蜃楼。

顾卿遥笑笑，道："也不是什么重要的事情。不过我之前的确是没有想过要拿出来，我以为他不会再这样阻拦我。"

黎霂言知道顾卿遥没打算多说，便也没有继续问下去，只是轻轻摸了摸顾卿遥的头，道："都解决了就好。"

顾卿遥垂眸低笑。

这一路的旅程是如此漫长，顾卿遥毕竟不太适应长途旅行，偶尔几次睁开眼，都看到黎霂言正平静地看着书，仿佛永远不知道疲倦。

她下意识地打量着旁边的人，黎霂言的神色淡淡的，睫毛倒是很长。

顾卿遥几乎是不受控制地盯着看了半晌，忍不住微微弯唇笑了笑。

黎霂言笑了笑："怎么？觉得无聊了？"

"没有。"顾卿遥小声说着，带着困意的声音很是软糯。

黎霂言笑意更深了几分："累了就不用撑着，多睡一会儿。调整时差这种事下了飞机再去做就好了。"

"可是下了飞机，就快要第一次座谈会了。"顾卿遥打了个哈欠，将手稿拿出来准备再看一遍,"我还是有点紧张,毕竟也是第一次。"

"第一次当众说出你的观点吗?"黎霈言平静地问道。

"嗯?"顾卿遥一怔,"那倒不是。"

"你只是在叙述自己的想法而已,这些想法都是出于你的本心。你为此也做了很多准备,而你要做的,就是将你的想法传达出去。既然你的想法和众人不同,那么你就该做好被质疑的准备。可是这都没什么关系,这只是一个探讨的过程。"黎霈言说着。

顾卿遥微微怔了怔,下意识地看向黎霈言。

在她的印象里,黎霈言不是一个擅长劝说人的人。

可是现在……他的的确确在劝慰着自己,在认真地给自己讲道理。

顾卿遥点点头,认真应下:"我明白,而且这些人和我其实没有利益关系。我只是将这里当做一个发布消息的平台,倘若将来我说的话真的成真了,那么……一切也许就会变得不一样。"

"会成真的。"黎霈言笃定道。

顾卿遥没说话,只是垂眸笑了。

她相信这一切会成真的。可是这些话从黎霈言口中说出来,就莫名地带了三分甘甜的意味。

顾卿遥轻声道:"我先休息一会儿。"

"嗯,好。"黎霈言点头应下,将顾卿遥身上的毛毯拉高了一点。

他的动作细致而温柔,看向顾卿遥的眼神也温和无比。

顾卿遥睡梦之中都觉得一切都是暖融的,美好得无以复加。

顾卿遥是在一阵摇晃中醒来的。

她眨眨眼,只觉得自己的头疼得厉害,茫然地看向眼前的黎霈言,嗓音都有点沙哑:"怎么了?是到了吗?"

"你梦到什么了?"黎霈言盯着顾卿遥,眼神中有让顾卿遥看不懂的东西。

顾卿遥不知道,明明睡着的时候一切都那么温柔,为什么醒来的时候自己浑身都是冷汗。

思绪像是被刀子切割了似的,顾卿遥下意识地抿紧下唇,想起的却是梦中的情景。

那是曾经在病床上挣扎的自己,而迎面而来的,是每个人可怖的脸。

仿佛所有的人都化作了恶鬼,在对自己笑着说——

别挣扎了,你逃不掉的。

顾卿遥狠狠闭了闭眼,哑声道:"没……没什么。"

"真的没事?"黎霂言狐疑道。

"嗯,没事。"顾卿遥下意识拉紧了毛毯,勉强笑道,"只是有点太累了,可能也是太紧张了,所以做了个噩梦罢了。"

"是吗……"黎霂言看了顾卿遥良久,这才道,"没事就好,喝点热饮料可能会好一些。"

"好,谢谢你,黎先生。"顾卿遥低声道。

黎霂言看了顾卿遥一会儿,忽然问道:"你想听听我的梦吗?"

"嗯?"顾卿遥捧着热饮的手微微一顿。她倒是很少听黎霂言说起自己的事情,点点头应下,"你说。"

"我有一个梦,断断续续地梦到过很多次,可是我从来都没有淡忘过其中的剧情。"黎霂言似乎是在克制着自己的情绪,手指微微蜷紧,慢条斯理地说了下去,"我梦到我的父亲对我说,他其实根本就没死,这些年他一直受尽折磨,而这一切都是因为当年轻信了一个朋友。他希望我能够帮他查明真相,还他一个公道。"

顾卿遥惊骇地看向黎霂言,良久方才哑声问道:"这只是个梦吗?"

黎霂言的眼神很是复杂。

"还是说……都说日有所思夜有所梦,如果你一直梦到这些事情,或许是因为你也对令尊当年的死因有所怀疑……"顾卿遥低声道。

她的手微微发颤。

她不知道黎霂言说这些是何用意。

难道这也和黎霂言接近自己的原因有关?

如果这一切是真的,那么那个黎霂言的父亲信任的朋友,又究竟是谁?

然而黎霂言很快恢复了平静的神色:"后来仔细想来,父亲早就离世了,这些事情也无从查明。当年的案子警局的人也给我看过,父亲是因公殉职,走得很安详,这大概只是一个梦而已。"

"只是一个梦。"顾卿遥下意识跟着重复。

"的确,不然呢?"黎霂言摸了摸顾卿遥的头,"快到了,准备下飞机吧。"

"好。"顾卿遥说不出心底的滋味。

直到到了酒店,顾卿遥方才后知后觉:"等等……"

"嗯?"黎霂言神色如常。

顾卿遥张了张嘴,顿时觉得无比窘迫:"那个,酒店这次关于住宿的安排定下来了吗?"

"顾小姐是吧?已经定下了。"工作人员立刻迎了上来,微笑道:"都是给选手安排的套房，为了方便团队交流，所以都是安排的同队一个套房，因为您所在的队伍只有两人，所以我们这边为二位安排了两室一厅的房间。"

黎霂言没开口，只是看了顾卿遥一眼。

顾卿遥的脸色有点红，低声道："大家都是这样安排的吗？"

似乎是意识到了顾卿遥的顾虑，黎霂言开口道："有没有女孩子一起的套房，可以给小遥安排一下？或者这间酒店里面还有其他的空余房间吗？"

"啊……"工作人员微微一怔，顿时意识到了这的确是个问题。

顾卿遥尴尬地开口："那个，我不是这个意思。"

"酒店这边的确是已经满房了，如果顾小姐需要的话，我可以再和主办方申请。如果有其他战队选手也面临了同样的问题，我们可以内部调和，顾小姐先去休息可以吗？"工作人员笑容可掬地说着。

顾卿遥颇为狼狈地看向黎霂言："黎先生，我……"

"我在这边有一处房产，如果你觉得不舒服的话，我可以出去住。"黎霂言神色平静地说道。

"不用那么麻烦的。"顾卿遥紧忙道，"我其实只是问一下而已。"

黎霂言微微笑了笑："不管如何，先上去休息吧。"

"嗯。"顾卿遥轻声说着，紧紧跟在黎霂言身后。

没记错的话，刚刚看到岳景峰和林夏雪的房间在1303号。

经过1303时，顾卿遥还是忍不住停住脚步看了一眼。

黎霂言蹙蹙眉："这边是……"

"哦，没什么。"顾卿遥很快回神，笑了笑跟上去。

萧泽追上去几步，小声在黎霂言耳畔说了句什么。黎霂言若有所思地看了一眼顾卿遥，倒是没说话。

然而真正到了房间，看到房间门口站着的人时，顾卿遥的脸色还是微微沉了下去。

黎霂言蹙眉："你们怎么在这里？"

岳景峰看着黎霂言就有点恐惧，然而林夏雪更加夸张，径自躲到了岳景峰的身后。让岳景峰没了法子，只能硬着头皮开口："那个，也没什么，就是刚刚夏雪说想要和顾小姐一起住。"

已经叫夏雪了吗……

顾卿遥还没回应，黎霂言却已经开口了："这是主办方决定下来的事情，也是为了方便战队讨论。倘若林夏雪真的住到了这里，我很担心林小姐会窃取战队资料。"

林夏雪的脸顿时涨得通红："黎少，我怎么可能……我和卿遥是最好的朋友，我害谁都不会害卿遥啊！"

"这是我基于比赛规则而产生的合理怀疑，所以我拒绝接受你的建议。"黎霂言淡漠道。

林夏雪咬牙："可是……"

"听听顾小姐的意思。"岳景峰拦住了林夏雪。

林夏雪只好沉默下来，看向一言不发的顾卿遥。

她觉得有点诧异，也觉得理所当然。

一向伶牙俐齿的顾卿遥看来在黎霂言这里也没有讨到什么好处去，不然怎么能一句话都说不出来？

顾卿遥却只是平静地笑了笑，道："我觉得这样还是挺不方便的，如果我和夏雪一间房，那么我找不到一个合适的讨论场所。比赛这样安排，一定有这样安排的用意。而且……夏雪，你该知道为什么我不和你一间房。"

林夏雪没说话，只是讪讪地低下头去。

"顾小姐，我真的是看错了你。"岳景峰咬咬牙，低声道，"男女有别，你现在怎么可以和黎先生如此……"

"我相信黎先生，换言之，岳景峰学长，每个团队一个套房，也是主办方的安排。你说出口的时候，脑子中装着的都是什么龌龊的念头？"顾卿遥的声音很冷，目光毫不动摇地定格在岳景峰的脸上。

黎霂言的唇角带出三分笑意。岳景峰一个字都没说出来，狼狈地看向顾卿遥。

他根本就没有想过，顾卿遥会这样伶牙俐齿地反驳他！

龌龊……

这个词居然会从曾经那样倾慕他的顾卿遥口中说出来，岳景峰简直措手不及。

良久，他方才咬咬牙："走了。"

"学长……"林夏雪一脸的惊疑不定，却还是责备地看了顾卿遥一眼，径自跟上去。

顾卿遥垂眸笑了笑："黎先生，抱歉耽搁你休息了。"

"我没关系。"黎霂言笑笑，忽然伸手摸了摸顾卿遥的头。

顾卿遥有点诧异地抬头看过去。

黎霂言淡淡道："刚刚做得很好。"

"像是在夸奖小孩子一样。"顾卿遥小声嘀咕道，觉得心底的阴霾一扫而空。

"为什么没答应？"见门开了，黎霂言忽然问道。

"嗯?"顾卿遥一怔。

"我以为你会很高兴和林夏雪同住。"黎霂言平静地说着,"比起和我一起而言。"

"怎么会……"顾卿遥眨眨眼,笑了,"和黎先生一起住,我就不用提心吊胆了。和林夏雪的话,我根本没办法安心。"

"你相信我?"黎霂言的语气有种说不出的动摇。

顾卿遥倒是没多想,点头应了:"当然,我怎么可能不相信黎先生。"

良久,黎霂言方才微微弯唇笑了:"好好休息。"

他拿起手中的包就要出去,顾卿遥想都没想,伸手就将人拉住了:"你去哪里?"

"我说过我在这边还有房产,我出去住。"黎霂言含笑道。

尽管有点折腾,可是有了刚刚顾卿遥的一番话,他心甘情愿。

顾卿遥倒是怔住了:"没有这个必要。"

她的声音很低,手上的动作却是半点没有放松。

"嗯?"黎霂言一怔。

"我是说,没有这个必要,你不需要出去住的。"顾卿遥咬了咬牙,坚定地说了出来。

黎霂言的动作微微顿住。

"反正是套房,中间还隔着这么大的一个客厅,你真的不需要为了我去那么远住。本来就已经很麻烦你陪我来比赛了,现在还要劳烦你到处折腾,我心底也过意不去……"顾卿遥抬眼看向黎霂言,一叠声地说着,她顿了顿,认真道,"更何况,我相信黎先生,黎先生是个好人,和其他人不一样。"

是个好人。

被发好人卡简直猝不及防。

顾卿遥的话像是在脑海中无限循环了一样,黎霂言略微气结。

看着黎霂言表情不对劲,顾卿遥呆了呆,倒是没意识到自己说错了什么:"黎先生?"

"你说我是什么?"黎霂言含笑问道,稍微靠近了一点。

他带着满满压迫感的气息。顾卿遥看向黎霂言的眼,仿佛要被那黑曜石一样的眼眸吞噬了一般。

她下意识向后退了半步,被黎霂言的手臂半圈住,这才轻声道:"是个好人?"

居然还真的重复了一遍……

黎霂言有点哭笑不得。

明明在旁人面前都那么聪明,怎么在自己面前有时候这么呆?

"以后不要给我发好人卡。"黎霂言压低声音道。

"嗯?"意识到黎霂言在别扭些什么,顾卿遥闷笑出声。

"怎么?"黎霂言无奈。

"我没想到黎先生也会在意这些。"顾卿遥揶揄地看过去。

黎霂言挑挑眉:"当然。"

"不过我是认真的,在黎先生身边的时候,我很安心。"顾卿遥认真而笃定地说着。

这句话倒是顺耳多了,黎霂言笑了笑,有条不紊地将东西都安顿了下来。

再出来的时候,就见顾卿遥正霸占着客厅的电话给家里打电话。她的背影看起来瘦瘦小小的,黎霂言没打算听,却还是隐约有那么几句话入耳:"嗯,对啊……妈妈放心吧,黎先生在呢,一切都很好。"

"嗯,好,都有黎先生照看着呢,刚刚岳景峰学长过来想要找麻烦,也被黎先生给打发回去了。"软糯的声音,带着一点嘚瑟。

顾卿遥浑然不觉自己的话都被后面的黎霂言听到了,犹自认真说着自己的日常。

她自己似乎都没意识到,自己的每一句话中都带着黎霂言的影子。

仿佛是一种习惯。

黎霂言沉默了一会儿,笑了笑,故意弄出些声响来。

顾卿遥果然换了个话题,回头看了黎霂言一眼,很快将电话放下了。

"在和家里报平安?"黎霂言笑着问。

"嗯,对啊……"顾卿遥想要象征性地寒暄一句,然而却发现这句话无法回问过去,毕竟……黎霂言已经没有家人了。她只好别扭地换了个话题,"等下出去吃饭吗?"

黎霂言神色都带着三分笑意,仿佛听懂了顾卿遥的欲言又止,道:"别出去了吧,你现在精神还很亢奋,可能是因为年轻,也是因为第一次调整时差。如果明天你倦怠了,反而会影响表现。明天起的进度很赶,还是先好好休息为好。"

"好,都听你安排。"顾卿遥说着说着,也觉得有点倦了,打了个哈欠颇为懵懂的样子。

黎霂言笑出声,道:"你先去休息吧,到了晚上我让人给你带吃的回来。"

"跟黎先生一起出门真好。"顾卿遥笑眯眯地说着，眼底眉心全是真心实意。

黎霂言看着顾卿遥摇摇晃晃地走进房间，这才松了口气，轻轻捏了捏自己的鼻梁。

他从未想过，自己也会有和顾卿遥这样亲近接触的时候。

小姑娘的语气都是甜的，带着困意的声音软糯而好听。他需要无数次警告自己，他是她的小叔叔。顾卿遥的心底或许记恨着那些差点害了她的人，可是更多的，是关于未来的渴望和无限的可能。

这样的小姑娘……和自己是不可能在一起的。

黎霂言沉默良久，这才恢复了眼底的平静。

霍文斌站在黎霂言的身旁，良久方才低声问道："黎少。"

"嗯，我知道。"黎霂言闭了闭眼，掩去眼底的波澜，"不必多言。"

"黎少您失控了，您本不该和顾小姐走这么近的。"

"我说过不必多言。"黎霂言的声音带着淡淡的警告意味。他抬眼看向霍文斌，良久方才叹了口气："这是我自己的决定，我能对自己负责就足够了。"

"黎少……"霍文斌的声线带着点压抑的无奈，"我们也都是为了黎少您好。"

黎霂言轻笑一声，道："我知道。"

见霍文斌不开口了，黎霂言方才问道："顾彦之那边没有什么动静吧？"

"黎少看看今天的美股，大概也能想到顾彦之那边的情形，"霍文斌叹了口气，"黎少，您真的相信美股会崩盘吗？"

"我原本不相信，"黎霂言的手在桌上轻轻叩了叩，"但是我愿意相信顾卿遥。更何况，纵使美股没有崩盘，我们和港城的证监会也基本洽谈完毕了。倘若美股这边遇冷，在那边第二上市也是一样，而且还有政策上的辅助，对于黎氏而言没有太大的打击。"

"所以黎少一早就做好了准备……"霍文斌有点惊讶。

他真的以为黎霂言这次是破釜沉舟，就是因为对顾卿遥全心全意的信任。

哪里能够想到，其实黎霂言从最开始就已经做好了准备，倘若真的出了任何问题，他依然能够全身而退。

换言之——

"黎少，您一早就想过要让顾彦之承担这次的结果……"霍文斌一脸的惊骇。

黎霂言将手中的东西收了，淡淡道："你想多了，我这次只是为了表明我的态度，我是和顾卿遥站在同一战线的。"

无论这个计划听起来多么不可思议，至少……

所有人都知道了这一点，这就足够了。

霍文斌微微垂眸，没有再说下去。

顾卿遥迷迷糊糊被叫醒的时候，已经是天色微沉。

她从前并没有怎么出过国，仔细想来，距离上次来美国也是好多年的事情了。

顾卿遥直到坐在餐桌前，还是有点懵懵懂懂的。

"还困？"黎霂言好笑地问道。

"嗯，有点。"顾卿遥乖乖点头。

"虽然都说倒时差应该严厉一点，白天强忍着不要睡，晚上就能一夜好眠。不过我看你现在这样困倦，想必晚上也能睡得很好，不用担心。"黎霂言平静地笑道。

顾卿遥眨眨眼，道："我也觉得。"

说完就又掩饰不住地打了个哈欠。

顾卿遥觉得简直无比窘迫，怎么在黎霂言面前，自己就如此放松了呢？

黎霂言闷笑了一声，挥挥手示意霍文斌将餐食端过来。

是很华丽的法餐，萧泽在旁边看得口水直流。黎霂言见了有点无奈，索性让萧泽也端了一份去旁边了，这才道："刚刚林夏雪过来过。"

"嗯？"正在准备吃前菜的顾卿遥一怔，"她来做什么？"

"想要见你一面，说是一起出去吃晚餐。"黎霂言道。

"那……"

"我和她说你在睡觉，不好打扰。"黎霂言挑挑眉。

顾卿遥看了黎霂言一会儿，有点想笑。

她多少能够想象得到林夏雪的反应，听黎霂言说这一番话，林夏雪不知道要想到哪里去。可是顾卿遥还是没说什么，只是微微扬唇笑了："谢谢。"

"你不介意？"

"我介意什么？"顾卿遥反问，眼底满是促狭。

黎霂言轻咳一声，下意识地摸了摸下巴，心说一定是自己多想了。

顾卿遥好整以暇地看了黎霂言一会儿，见黎霂言又恢复了一本正经的神色，这才好笑地看向面前的餐点。

从前菜头盘到沙拉汤品一应俱全，正餐是煎得很嫩的小羊排。顾卿遥尝了一口，眼睛都亮了："我真的没有想过这种外卖的餐点能做到这种程度。"

"将厨师都跟着一起外卖的话，就可以了。"黎霂言平静道。

顾卿遥差点呛到："厨师也……"

"黎先生为了让顾小姐喜欢，所以请了厨师过来，在酒店的厨房现场制作的。小姐觉得还满意吗？"霍文斌含笑问道。

顾卿遥下意识看向黎霂言："谢谢。"

她都不知道黎霂言为了自己费了这么多心思。

黎霂言笑道："没有多么麻烦。"

对于所有的准备，黎霂言始终只字未提。

顾卿遥沉默了一会儿，这才轻声道："我其实还想知道，林夏雪他们究竟去哪里吃了。"

"因为你拒绝了，所以他们去了主办方安排的餐厅。"黎霂言说着，将一张纸推了过来。

顾卿遥诧异地看过去："你怎么知道我会要这些……"

"如果是我的话，我会有点好奇。"黎霂言慢条斯理地擦了擦手，道，"这是岳景峰原本订了位置的餐厅，听说他们要求主厨将牛排做得淡一些。我们询问的时候，主厨还说觉得很诧异，因为一般牛排都是保持原滋原味，后加工的部分并不多，需要将牛排变淡的要求倒是第一次见到。"

顾卿遥静静看了一会儿，将那张纸折叠起来。

他们明显是在盘算着什么，而顾卿遥不想坐以待毙。

黎霂言蹙蹙眉开口道："小遥？"

"嗯，嗯？"顾卿遥立刻回神。

"吃饱了吗？"黎霂言的笑容很是温和，"还有一道甜点。"

"我想了一下。"顾卿遥顿了顿，道，"过几天可能还是要和他们一起吃一顿饭的，我……"

她绞尽脑汁地想要找到一个合适的理由。

黎霂言并不喜欢自己和岳景峰接近，顾卿遥太了解了。

可是她无论如何都想不出自己该如何解释才能让黎霂言答应下来，只能小心地看了黎霂言一眼，这才说了下去："就是……"

"好。"

"欸？"

黎霂言答应得如此果决，倒是让顾卿遥怔住了。

她说不出心底悄然无声的失落感从何而来，只小声道："我以为你会不高兴的。"

黎霂言轻笑一声，声音好听得很："我不会，你若是做了决定，我自然会支持。那是你的朋友圈,而且你也意识到了岳景峰和林夏雪的不对劲,想要彻底断交并不是一天两天的事情,你需要把握好每一个机会。"

顾卿遥抬眼看过去。

"带上萧泽,有什么需要帮忙的随时给我电话。"黎霂言如是道。

顾卿遥这才没忍住笑了:"好。"

有些时候顾卿遥总觉得,有黎霂言在身边真是太好了,仿佛每一步走出去都变得无比踏实,她不再畏惧,因为身后永远有黎霂言在。

自己所有的担忧,都可以在黎霂言这里化为乌有。

顾卿遥正要开口,门就被人叩响了。

萧泽出去看了一眼,蹙眉道:"黎少,是于小姐。"

"于菡岚?"顾卿遥诧异地看了黎霂言一眼。

她直接找上了门来,倒是让顾卿遥有点意外。

顾卿遥看过去,黎霂言神色如常:"让人进来吧。"

于菡岚穿着一身拖尾礼裙,显然是刻意打扮过的。一进来见两人如此家常的氛围,登时就是一怔,旋即笑了:"黎少,刚刚在下面没看到您,就过来看看,没想到您真的陪着顾小姐在这里啊?大家都在下面准备舞会,顾小姐年纪太小可能不适合,黎少不去参加吗?"

她对黎霂言款款地举了举杯,笑意微微。

顾卿遥其实很不喜欢这样的于菡岚,于菡岚和他们说话的时候,基本上是习惯性地对黎霂言一个人开口的,将自己完全视若无物。

相比于白楚云的气急败坏,于菡岚的模样分明就是完全没有将自己放在眼里。

顾卿遥微微笑了笑,就听黎霂言开口了:"小遥还在适应时差,就不过去了。"

语气之中的亲昵和维护不言自明。

顾卿遥顿时就觉得愉快了些。

于菡岚果然僵了僵,道:"顾小姐不去热闹一下吗?这次舞会也是大家第一次交流的机会。如果我没记错的话,顾小姐的朋友也都过去了。只是他们平时也不怎么参与这一类的活动,看起来有点面生。"

"于小姐对我倒是很关注,让我有些受宠若惊。"顾卿遥含笑道。

于菡岚轻笑:"顾小姐谬赞了。"

"我还是不过去了,今天的确是有点倦了。"顾卿遥道。

"顾小姐也是的,"于菡岚浅笑嫣然,"顾小姐虽然还小,但是也该知道不要霸着旁人的道理。顾小姐这样依赖黎先生,倒是让黎先生都白来一遭了。"

"我只是来陪着卿遥一起的。"黎霂言言简意赅，眉头微蹙，显然并不怎么喜欢于菡岚的说辞。

于菡岚原本打算敲打顾卿遥一下，然而见黎霂言这样的反应，顿时就有点窘迫地轻咳了一声："既然如此，那看来是我多言了。"

"于小姐既然认为这样的社交场合很是珍贵，不如就尽快去参与吧。也免得误了事。"黎霂言端起杯子，显然已经准备逐客了。

于菡岚的脸色有点泛白，却还是勉强笑了笑："那我就先下去了。黎少，顾小姐，明天见。"

黎霂言没有再回应。顾卿遥轻咳一声，正想开口，手背就被黎霂言摁住了。

他的手指微凉，触碰到顾卿遥的手背，让顾卿遥整个人都微微一怔，到了嘴边的话也吞了回去。

于菡岚自己讨了个没趣，讪讪地出去了。

直到于菡岚走出门去，黎霂言方才若无其事地将手缩了回来："不用理会她。"

"于菡岚的手段比白楚云要高明三分。"顾卿遥轻声道，"不过当时爷爷居然会希望黎先生您和于菡岚联姻，倒是让我有点意外。"顾卿遥微蹙眉头道。

黎霂言淡淡道："很多人都是如此壮大自己的事业的。"

"那你……"

"我不需要。"黎霂言的语气带着三分倨傲。可是顾卿遥知道，黎霂言有这个本钱。

他凭借自己在这个领域闯出了一片天地，也同样凭借自己走到了这里。

黎霂言这样的人，根本无须凭借任何交换而来的助力，更何况是用感情作为筹码——

那对于他而言，无疑是一种侮辱。

顾卿遥没来由地觉得心情不错，笑了笑道："不过于菡岚从前也这样紧着追在黎先生身后吗？"

黎霂言微怔，还真是仔细思考了一下这个问题。

他发现自己其实并不是很能想起来。

海城的名流并不算少，很多人都曾经考虑过和黎霂言结盟，而结盟最简单的方法，无疑是联姻。

黎霂言的家世背景很干净，至少看起来如此，更何况背后还有一个顾远山。

这层关系是否脆弱倒是没有人在意，人们在意的是这明面上的关系，只要不撕破脸皮，这层关系就有可用之处。

年轻有为，丰神俊朗又有绅士风度，几乎所有的褒义词用在黎霂言身上都不为过。然而真正接触起来，人们方才发觉黎霂言这个人，委实是太难亲近了。

不让媒体跟拍就算了，素来为人所喜的商业炒作，黎霂言几乎一次都没沾上过，绯闻更是几乎没有，哪里有八卦小报敢报道黎霂言的绯闻？

上次白楚云一事发生后，白家付出了那么惨痛的代价，人们又没有忘记……

一来二去，黎霂言形单影只，也就成了一种习惯。

可是尽管如此，缀在黎霂言身后的女孩子始终不少。这些人大多家世背景不错，却又心心念念，喜欢着这位黎公子，像是憧憬着一个难以企及的梦。

而这一切，黎霂言虽然知晓，却从未表现出任何倾向性。

除了顾卿遥。

顾卿遥笑着看向黎霂言问出这个问题时，黎霂言就真的认真地想了想，然后莞尔："应该是吧，我没怎么放在过心上。不过现在我和你在一起的时间比较多，想来于菡岚和白楚云都是感觉到了危机，这才会愈发不安分起来。"

顾卿遥一怔，脸上有点烫。

"嗯……不过我们之间，也不是那种关系吧……"

"我从前很少这样亲近于人，"黎霂言忽然开口，顿了顿，语气仿若添了三分认真，"你对我而言很特别。"

"那当然，你是我的小叔叔啊。"顾卿遥心情复杂，也不知道是在骗自己，还是在骗谁。

黎霂言靠近了一点，眼神带着三分占有欲，微微弯唇，"或许吧。"

顾卿遥就听到自己的心跳快了几分。

然而黎霂言很快自然地向后退了一点，淡淡笑道："明天就要第一次座谈会了，你预测的经济崩盘节点在什么时候？"

"嗯？"顾卿遥还没反应过来，怎么这话题就开始了一个大转弯？

"我是说，你预测的经济崩盘节点是什么时候？如果明天你提出了这个设想，但是在我们的讨论会结束之前，这一切还没有发生，那么……想必不会有这几天就出现拐点来得更让人震惊。"黎霂言道。

顾卿遥点头应下，神色有点犹豫："最好的结果就是明天，今天是周末，很多风波都在酝酿之中。"

　　黎霂言的手指在桌上轻轻敲了敲,道:"即使是经济学家,也很难将时间预测得如此精准。一般只会推断到上下半年,最多就是到某一个季度。这次比赛会持续一周的时间,倘若当真是明天股市崩盘,你又刚好在之前便提出了设想,定然会引发轩然大波。倘若是我们回国以后……效果虽然差了一些,但是依然可以引起众人的注意。"

　　顾卿遥神色愈发凝重,点头应下:"我明白,你放心。不管是哪种结果,我都做好了充分的心理准备。"

第13章

于千万人中并肩

　　黎霂言笑意渐深,摸了摸顾卿遥的头:"我也希望明天就是所谓的拐点,你定然会因此而一战成名。"

　　顾卿遥浑身微微一颤,下意识看向黎霂言。

　　黎霂言却只是笑了笑,摸了摸顾卿遥的头:"好了,你去休息吧,明天再来考虑这些。"

　　"嗯。"顾卿遥回到房间,却还是没有半点睡意,在床上翻来覆去地折腾了好久。安静下来倒是能听到外面轻轻的敲打键盘的声音,她知道,那是因为黎霂言还没睡。

　　不知道为什么,在这样毫无节奏的声音中,她竟然也就迷迷糊糊地睡着了,睡得很是踏实。

　　第二天一大早顾卿遥和黎霂言一起到达会场的时候,一眼就看到了门口的于菡岚。

　　于菡岚站在门口,似乎是在焦灼地等待着什么,见顾卿遥来了,于菡岚这才明显松了口气:"顾小姐,你可知道你父亲找了你多久了?"

　　"什么?"顾卿遥微微一怔。

　　"顾小姐很少离开家。大抵是不习惯,顾先生将电话都打到我这里来了,实在是让人忍不住跟着担心。"于菡岚蹙眉说着,将手中的手机递过去,"顾小姐,您还是尽快回应一下吧。"

　　顾卿遥将自己的手机拿出来,上面显示的的确是飞行模式。她觉得有点奇怪,毕竟之前她的确是调整好了,也不知道现在是出了什么状况。

顾卿遥刚想将电话拨过去，黎霂言就伸手拦了一下："马上就要开始了。"

"嗯，可是……"顾卿遥看着一封封电子邮件，道，"好像是公司我之前经手的项目出现了什么问题。"

"你当时不是已经交接了吗？"黎霂言有点诧异。

他对顾卿遥的工作态度很是了解，顾卿遥是断然不会放着一个未竟的项目就直接出国的。

所以现在还会出现问题，显然是旁人那边出了纰漏。

顾卿遥还是有点担心："是一个很大的项目，当时只是在我这边过了初审，好像现在合作方的文件丢了一个。"

黎霂言道："那你尽快，还有五分钟左右就要开幕式了。"

"嗯，我知道。"顾卿遥匆匆走了出去，拨通了顾彦之的电话。

她并没有看国内的时间，然而顾彦之还是很快接了起来："你还知道让我联系到你。"

"抱歉父亲，我没有注意到手机的情况。"顾卿遥直接道歉。

顾彦之叹了口气："小遥，虽然你是我的女儿，但是这种事的确不该发生。你人在国外，自己的交接没做好，结果就这样草率失联，你知道我们这边有多焦心吗？"

"我明白，父亲，我之前所有经手的文件都有记录，而且都标注了编号。如果出现了问题，你可以在我的电脑里面找编号下辖的文件夹，都会找到来龙去脉……"顾卿遥的话被顾彦之直接打断了。

"你知道这是多大的项目吗？"

"我知道，是三亿七千万的。"顾卿遥微微一怔，便道，"是和兰象建筑公司的合作。"

"既然你知道，那么你就该明白，这样的文件需要被单独拿出来，而不是简简单单地丢在那里了事！你甚至没有让我二次复核。"顾彦之沉声道。

顾卿遥微微垂眸："父亲，现在文件找到了吗？"

"找到是找到了，可是你知道你浪费了多少人力物力财力。这才是你在公司应该学会的东西，而你现在根本没有珍惜这样的机会……"

顾卿遥叹了口气："还有一分钟就要开幕式了。父亲，我需要先进去了。"

顾彦之不悦道："你现在连爸爸的话都不愿意听完了？"

"抱歉。"顾卿遥隔着门，已经能看到里面的人都在准备了。

她匆匆说着，手已经探向了门把手。而顾彦之却说了下去："你可知道，今天结束，就是你下军令状的截止日期。"

"我知道。"顾卿遥蹙眉道。

"小遥……你也二十二岁了。既然你口口声声说自己是完全民事行为能力人，那么，你也该为自己的决定负责了。"

顾彦之的话在顾卿遥耳畔炸开，而顾卿遥却没心情继续听下去了。

她轻声道："爸爸，不好意思。我这边信号不太好，我一会儿散会了给您打过去。"

无视了那边的"喂"声，顾卿遥径自推开门。

黎霂言正在前面和主办方说着什么，一口流利低沉的英语说得很是好听。

见顾卿遥进来了，黎霂言这才微微笑了笑。说了句抱歉，拉着顾卿遥入席。

开幕式因为个人缘故耽搁了差不多三分钟的时间。虽然主办方决定给黎霂言这个面子，可是人们的脸色都不怎么好看。

顾卿遥看向黎霂言，眼底满是歉意。

黎霂言拍了拍顾卿遥的手背，在手机上写下一段话："刚刚于菡岚那边一直没有闲着，这个电话估计是于菡岚让你父亲打给你的。目的就是让你在众人眼中的第一印象变得很差。"

顾卿遥一怔，下意识看向黎霂言。

可是黎霂言替自己说了话，那么众人的矛头所向岂不是……

"我没关系。"像是看出了顾卿遥的担忧，黎霂言微微一笑，平静道。

主办方紧锣密鼓地开始了，然而时间本就掐算得很准确，现在因为这个小插曲，一切就都向后推迟了三分钟。

开幕式并不算长，嘉宾和选手致辞结束后，便到了研讨会环节。

大家都不痛不痒地说着本国近来的经济发展趋势，虽然都没什么纰漏，然而听起来也是无趣得很，让顾卿遥都有点昏昏欲睡。

直到于菡岚开口笑道："不过说起来，最近我倒是听闻我们国内，房地产公司的顾家放弃了在美国第二上市的计划，刚好这个决定是由顾小姐提出的。我也一直没有机会请教顾小姐，请问顾小姐为什么会做出这样的决定呢？"

所有人的目光都聚焦过来，于菡岚的笑容沉稳而温柔，笑道："如果是涉及商业机密的话，那么是我失言了。顾小姐，您可以为大家解答这个问题吗？"

顾卿遥微微一笑，站起身来。

有人开始窃窃私语。

顾卿遥今天的打扮很是好看,黑色的西装带着一点燕尾服剪裁的样式,极衬顾卿遥白皙的皮肤。

而她的发型是今早黎霂言请了设计师来设计的,妆容更是精致而得体,偏偏又显得极为青春靓丽。

有人开始翻看顾卿遥的资料,当发现顾卿遥只有二十二岁的时候,众人忍不住有点感慨。

二十二岁啊……

那怕是连所谓的"这个决定是由顾小姐提出的"都是另有隐情吧?

怎么可能有人在这个年纪就能主导公司的动向?

不可能的……

顾卿遥却只是含笑开口了:"的确,这个决定的确是由我提出的。我个人认为,美国的房地产市场即将出现拐点。换言之,长此以往的信用危机会在某一个时间节点集中爆发,而这个拐点,应该近在眼前了。"

她的英语相当不错,发音低沉而流畅,然而这一番话简直不亚于一颗重磅炸弹,简简单单,却已经让所有在座的人都沉默了。

这一次来的人来自各行各业,有券商的孩子,有房地产商的公子和千金,也有金融界华尔街赫赫有名的人物,更何况现在嘉宾还没走呢!

嘉宾中甚至就有顾卿遥口中信用危机影响下的信用评级机构……

顾卿遥这一句话,几乎让所有人都怔住了。

蒸蒸日上的房地产市场会出现拐点,所以顾卿遥才主导顾家放弃了在美国的第二上市?

这可别是失了智吧?

美国的房地产市场现在简直是如火如荼,用华尔街人们经常说的一句话就是——

就连脱衣舞女都有了五套房子。

每个人都在拼命地借贷,银行也在抵死放贷,是无数资本上托起了这个盘子,让美国的房地产市场愈发红红火火。

尽管因为房价崩盘,有人开始违约不再偿还银行贷款。

尽管有的小银行已经撑不住走进破产程序了……

可是这丝毫不影响众人的狂欢。

然而顾卿遥一句话,就要将这些都否认了?

"事实上,我并不是在杞人忧天,我只是根据数据的周密计算,得出了这样的结论。我为此做了一个简短的研讨报告,如果大家有兴趣的话,我想在这里给大家看一下。"顾卿遥的声线很是平稳,笑容笃定一如既往。

然而已经有人开始笑了:"顾小姐的意思,是说金融危机近在眼前吗?"

"没错,顾小姐的确说了金融危机。"

"哎呀,那么我们岂不是会见证一个大事件?"

"这将会是一个跨时代的大事件,我们荣幸在一起见证了。当然……"那男生做出了恍然大悟的表情,"这一切的前提是,顾小姐说的话成真了。"

"可是这种事怎么会轻易成真?你们又不是没看到房地产市场的蒸蒸日上!"

"顾小姐,您有什么依据吗?"主办方见气氛很快热络起来了,却还是下意识看向了顾卿遥。

他的眼底也满满都是怀疑。

顾卿遥年纪尚轻,他倒是趁着刚刚喧哗的时间看了顾卿遥的资料。

或许正是因为这样年轻,才会这样喜欢哗众取宠。

在众人面前博得关注度,这大概就是顾卿遥的目的吧?

主办方如是想着,向后微微靠了靠。

"当然。"顾卿遥含笑应下,"我这边有具体的数据分析,包括美股指数、小的投资银行破产分析,违约率分析,还包括各大洲房地产价格的走势,信用评级机构的操作方式,甚至也有和国内的走势对比,如果各位有兴趣的话……"

"当然。"其中一位嘉宾点头应了,"既然顾小姐信心满满,那么我想我和在座的各位一样,都很乐意听听顾小姐的高见。"

"不敢当。"顾卿遥款款起身,刚好看向旁边的黎霂言。

黎霂言对顾卿遥笑了笑,顾卿遥就觉得心底鼓噪的节奏慢慢平稳了下来。

她也回应了一个自信的微笑,这才走上台去。

这是一个绝好的机会,或许是永远都不会再有的机会了。

顾卿遥在台前站定,打开了幻灯片——

她不知道自己说了多久,她只知道,台下的每个人都看向自己,甚至连作为特邀嘉宾的股神都在看着自己。

顾卿遥的语气始终很平稳,不卑不亢,认真地阐述着自己的观点和见解。

良久,台下方才有人笑了一声:"顾小姐。"

"请讲。"

"这样说吧,金融领域的魅力之处就在于,任何事情都有偶然性和必然性，和外在世界一样。可是金融瞬息万变，换言之，没有人能那样准确地预测。的确，现在美国的房地产市场价格增速放缓，甚至有的大洲房地产交易已经出现了疲软，可是单纯凭借这些元素，就笃定地说今年的金融市场会出现崩盘，甚至认为会出现金融风暴……顾小姐，不得不说，您真的是勇气可嘉。"

"这位先生，我解释过，现在最大的问题存在于次级贷款上，信用评级的不确切，甚至是对于借款人真实情况的难以把握，才是……"

"我不相信。"另外一位美国房地产大亨的女儿站起身，笃定道，"顾小姐，现在我们公司的市占率告诉我，这一切都是不可能发生的。如果顾小姐有兴趣，我可以给顾小姐展示我们公司的季度财报，这一切都是对外公开的，而这几年持续飙升，意味着我们公司没有任何问题。"

"就是……"

"我也认为。"

"这个想法简直太荒谬了。"

"顾小姐，你说最近会发生，那么最近是多久？"白楚云扬声道。

"不会超过今年，想必我们在比赛后仍然会保持联系，我相信……"

众人的喧哗声已经将顾卿遥的话音淹没了。

"顾小姐，你刚刚预言了一场金融风暴。"主办人微笑着开口。

他其实已经开始有点怀疑了。

顾卿遥刚刚说的话，还有信贷评级机构的反应，让他不得不多想几分。

顾卿遥的很多话，其实有足够的道理。很多因素独立看上去或许还是风平浪静，可是却已经暗藏汹涌风波。

可是精确到今年……

主办人轻叹了口气，道："顾小姐，我想在座的各位房地产经营者应该也有话要说。"

顾卿遥站定台前，神色淡然自若："自然，这只是我的浅见。我很愿意倾听大家的意见。"

主办人忽然有点不忍心为难这个小姑娘了。

一个二十二岁的女孩子，有勇气站到这里，有勇气当着这么多人的面说这些话，不管是出于什么目的，确实是不容易。

更何况，刚刚顾卿遥的表现是真的好。

即使是再不利的局势，顾卿遥说的话都是有理有据，神色也无比冷静，丝毫不见半点失措模样。

这样的女孩子，让人刮目相看。

主办人甚至已经开始欣赏她了。

他沉默片刻，这才道："顾小姐，您的报告已经结束了吗？"

"是的，已经结束了。"顾卿遥温和地笑着回应。

"那好，那么就请顾小姐先回到自己的位置上。老实说，我也很想知道，顾小姐的话会不会被验证。如果顾小姐的预言被证实了，那么或许我们会见证到一个时代的到来。"主办人很是自然地给了顾卿遥一个台阶。

顾卿遥笑了笑："谢谢您。"

她将U盘拔下来，一步步走了下去，回到了自己的位置。

有人侧过身来看她，神色都是不屑和怀疑。

像是在看一个骗子似的，顾卿遥有点想笑。

其实也不是不紧张，只是这一步，顾卿遥早就想过了，能够有这样的机会站在这些人面前将这一切阐述出来，对于顾卿遥而言已经是让人无比激动的一件事了。

似乎是察觉到顾卿遥的紧张情绪，黎霂言微微蹙眉，拍了拍顾卿遥的后背。

白楚云正绘声绘色地和大家说顾卿遥是如何阻拦顾氏在美国第二上市的全过程。她像是亲自经历了一切一样，语气充满了戏剧化。

众人一阵哄笑——

预测金融危机？

在一片大好的时候预测经济崩盘？

这样的人，根本就是在哗众取宠！

有人已经露出了讥嘲的笑容，也有人开始窃窃私语起来。

主办人眉头微蹙，美国经济崩盘，自然是他不想看到的，可是看到顾卿遥的表情，他竟然有点替顾卿遥惋惜。

然而他还没有开口，黎霂言就已经起身了。

"任何金融预测和分析，都不应当会集聚在一个时间点，"他的语气很平静，目光扫过众人，"刚刚顾小姐的分析中，大数据的提供者是我。我可以很肯定地说，顾小姐所说的经济崩盘是绝对会来临的，只不过是时间的问题，即使并不在今天，也一定会在近期。"

顾卿遥诧异地看向黎霂言。

这个时候，黎霂言何必要为她出头？

黎霂言站出来，不就是两个人一起站在风口浪尖了吗？

在她的印象中，黎霂言从来都不是一个会冲动的人，那么……他是一早就做好了准备，要做自己的后盾吗？

"黎先生,你的话……"有人开始忍不住反驳。

"什么……"

适才开口的房地产大亨的女儿捧着手机惊呼。

"怎么可能!"

"这不可能!"

"怎么会这样……"

顾卿遥难以置信地睁大眼睛——

仿佛连上天都在悄然眷顾,她竟然真的赌赢了!

她几乎是下意识看向身旁的黎霂言,手指也无意识地抓住了黎霂言的衣角,眼底写满了惊喜莫名,还带着点求表扬的意味。

黎霂言轻笑一声,径自反握住了顾卿遥的手。

一切不言自明,台上台下一片哗然。

这个研讨会,看来注定是不可能平静的。

不知道是什么时候宣布的散会休息,人们疯了一样地找顾卿遥,也有人紧忙和家里联系,试图找到一个可行的解决途径。然而人们这才发现,顾卿遥和黎霂言不知何时已经离开了。

顾卿遥坐在咖啡厅的卡座里,笑吟吟地开口:"我倒是没想到,最后你会站出来支持我。"

黎霂言没说话,只是挑挑眉。

他自己也觉得奇怪,那不是平常的自己会做出来的事情。

就像是一瞬间失去了理智一样,他想要维护她,即使可能会让自己也跟着陷进去。可是他没办法看着顾卿遥一个人站在那里,手足无措被万夫所指。

"谢谢你,黎先生。"顾卿遥认真道。

黎霂言轻笑一声:"这次不发好人卡了?"

他的语气带着分明的促狭,顾卿遥轻咳一声,有点尴尬。

"今天的事情发生后,未来的一周时间,你少不得要被围追堵截了。"

"他们不一定有空,"顾卿遥含笑道,"这件事发生后,他们的生活也就一片大乱了,这次对于每个领域的人影响都很大,是连带效应。"

"的确,银行甚至面临破产清算的危机,这已经不是房地产危机,是一场典型的金融危机。"黎霂言沉声道,"小遥,如果不是因为你,这一次黎氏也难逃一劫。"

"可是之前我已经听说了你要赴港上市的消息……"顾卿遥平静开口。

黎霂言的手指微微一僵:"你听说了?"

"嗯，"顾卿遥点头应下，"虽然如此，可是你当时在股东大会上用这个理由切身实地地帮我解释了，我还是很感激。如果当时没有黎先生的话，想必也不会那样轻易地让所有人都认可。"

她的笑容温柔而平静，仿佛根本不在意自己的隐瞒一样。

黎霂言却是觉得心头剧震。

纵横商海，很少有人能一直说真话。

或者说，即使说的都是真话，也不一定会将所有的事情尽数告与人知。

这是潜规则，也是默认的习惯。黎霂言在这里沉浸这么多年，以为自己早就习惯了，却不承想，还是会在这一刻觉得亏欠。

他张了张嘴，刚想开口，顾卿遥的手机就响了起来——

顾卿遥看了一眼，笑了："是我父亲。"

顾彦之根本无法形容这一刻的心情。

在国内听到消息，并没有比美国慢上多少。

几乎是美股崩盘的瞬间，顾彦之就接到了消息，人们奔走相告，甚至忘记了时间。

这是逃过一劫。

如果没有顾卿遥当时笃定的一番话，顾氏怎么可能逃过这一劫？

人们忘记了之前是怎样说顾卿遥的，开始轮番轰炸顾彦之的手机和办公电脑，说着顾小姐是多么地料事如神。

顾彦之看了一会儿，说不出是怎么样的心情。

顾卿遥……

是怎么做到的？

他都不得而知。

可是顾彦之知道，这一次唯二的受益人，是自己和黎霂言。

难不成是黎霂言有什么内部消息？

可是黎霂言真的会愿意分享给顾卿遥，那说明顾卿遥对黎霂言的影响力真是太大了。

顾彦之缓和情绪都缓和了好一会儿，这才鼓足勇气给顾卿遥打了个电话："小遥。"

"父亲。"顾卿遥的语气听不出多少激动的意味，反而无比平静。

这让顾彦之觉得有点说不出的怪异："你……应该也听到消息了吧。"

顾卿遥这才笑了："是啊，爸爸，我厉害吧？"

她的语气带着满满的撒娇意味，一瞬间，就像是之前那些隔阂和矛盾都不复存在了似的。

顾彦之庆幸顾卿遥给了个台阶下的同时,却也有种说不出的感觉。

他轻咳一声,道:"小遥,这次你做得真的很好。你回来以后,少不得要接受媒体采访,很多人会问你为什么会做出这样的决定。你……做好心理准备。"

"嗯,好。"顾卿遥轻飘飘地应了,浅笑问道,"爸爸,如果这次我们没有做好准备,去了美国上市,我们会怎么样啊?"

顾彦之已经能够想象,明天在国内市场,顾氏的股份定然会一路攀升,在所有人的悲惨遭遇下,顾氏一定无比稳健。想到白家之前的嚣张嘚瑟,顾彦之都有点想笑了。

然而此时,他却只是轻描淡写道:"估计至少避免了上千万的损失吧!对于顾氏而言,至少一年的营业额。"

不……不止。

顾卿遥计算过,也看到了现在的白家。倘若经历了股价暴跌,顾氏很可能会直接破产。

现在被顾彦之这样轻飘飘地说只有千万的损失,顾卿遥是真的有种说不出的感觉。

她笑了笑,很是沉得住气地开口:"爸爸,那我之前军令状下要求的,爸爸可不要忘了。"

"高管的位置,当然,"顾彦之心情不错道,"等你回来,我们让董事会开会讨论一下。"

"好,谢谢爸爸。"顾卿遥知道,事情被拿到董事会讨论,基本上也就十拿九稳了。

这一次自己对顾氏做出了多少贡献,在顾氏内部有多大的影响,顾卿遥都了然于胸,现在是真的一点都不担心。

将电话放下,顾卿遥这才看向对面的黎霂言,笑道:"我倒是觉得挺意外的。如果当时我做出的这个决定没有被散播开来,或者之前没有被群嘲的话,也不会有这样好的宣传效果。现在可好,基本上整个海城都知道了。"

萧泽在旁边点头:"小姐您还没回去,现在国内的媒体都争先恐后地开始报道了。"

顾家这一招棋走得太漂亮,尤其是操盘人是顾卿遥这样年轻的女孩子,更是成为了媒体争相报道的焦点。

黎霂言微微一笑道:"最初消息是我散播出去的,后来应当是顾先生借机让人带了一波舆论,让人嘲讽了你的预言不可能成真。"

顾卿遥一怔:"是你……"

"嗯，我相信你的预想，所以将这件事散播了出去。"黎霂言笃定道。

顾卿遥了然地笑了。

什么都比不上今天上午，在她已经开始怀疑自己的时候，身旁的黎霂言站了起来，那么笃定地站了起来，毫不犹豫地说出了支持她的话。

那一瞬间，他就站在自己身边，语气波澜不惊，却又仿佛在她的世界里闪闪发光。

黑暗无边，他却做了她唯一的光。

"我不知道以后会发生什么。"顾卿遥顿了顿，轻声说道，"但是今天，我真的很高兴。"

黎霂言一怔，心中仿佛忽然空了一块。

他不知道顾卿遥是不是意有所指。

顾卿遥却已经含笑道："谢谢。"

"你在担心什么？"黎霂言几乎是脱口而出。

"没什么，"顾卿遥宛如无事地笑了，"明天就要开始第一轮比赛了，我可能要先去准备一下。"

"好。"黎霂言颔首，想了想又补充了一句，"我陪你。"

习以为常的那一句"我陪你"。

顾卿遥知道，这一切或许只是大梦一场，等到自己察觉到黎霂言的真实目的，或许这一切都再也不会重来了。

可是她只想求一个好梦如旧，若是能永远沉沦于其中，纵是梦境又何妨？

顾卿遥和黎霂言研究了一下项目，又将其中的一些细节部分改动了。顾卿遥写了一小段，再抬起头，就见黎霂言已经睡着了。

他的眼下有明显的黑眼圈痕迹，顾卿遥怔了怔，旁边的萧泽有点尴尬地轻咳一声道："小姐，您可以叫黎先生起来的。以前黎先生也都是这样，下属叫醒都不生气的。"

顾卿遥紧忙做了个噤声的手势，心说那怎么行。

她记得昨晚一直连绵到深夜的键盘声。黎霂言说着让自己多休息倒时差，可是自己怕是根本就没有理会这些，今天又是撑着陪自己一天。想来如果不是因为自己，黎霂言工作那么忙，根本就不会来美国的。

自己仿佛是黎霂言所有的例外，顾卿遥不知道怎么去形容那种酸酸甜甜的感觉，只能轻轻帮黎霂言盖上了毯子。

黎霂言却是伸手，猝不及防地抓住了顾卿遥的手腕。

顾卿遥微微一怔，下意识低头看过去。

然而黎霂言显然没有醒，他困顿的样子顾卿遥很少看到。认识黎霂言这么长时间，几乎习惯了黎霂言掌控全局的模样，却鲜少看到黎霂言这般不设防的样子。

顾卿遥忍不住有点想笑，轻轻将毯子往上拉了拉，想要抽出自己的手腕。

黎霂言就像是察觉到了顾卿遥的心思似的，眉头微微一蹙，反手就将顾卿遥的手抓得更紧。

顾卿遥有点吃痛，鬼使神差地抬手，用另一只手摸了摸黎霂言的额头。

她发现黎霂言的手上有茧。想来也是奇怪，黎霂言一直以来虽然谈不上养尊处优，但是也没有吃过什么太大的苦楚，至少在黎霂言的档案里面是如此。

可是倘若一个人真的没有吃过苦的话，那么想必也不会有这样的手茧了。

顾卿遥还在想着，就见萧泽已经上前一步，笑容如旧："小姐。"

"嗯？"

萧泽一出声，黎霂言倒是醒了，眼神满是清明，哪里有半点刚刚昏沉的模样？

他恍若无事地松开了顾卿遥的手，道："抱歉，刚刚睡着了。"

"啊，没事，我记得你昨晚睡得也很迟，本想让你多休息一会儿的。"顾卿遥浅笑道。

黎霂言笑笑："几点了？"

"十一点了。"

"你要去休息了吗？还是说要和我一起最后核对一遍？"黎霂言关切地问着，"我记得你刚刚修正过，还没有最后确认。"

顾卿遥有心要将所有的资料再和黎霂言一起过一遍，这一次她在研讨会上开了个好头，顾卿遥想要将这样的优势继续下去。

可是黎霂言显然已经很是疲倦了。

想到这里，顾卿遥笑了笑，道："不用了，我想还是早点休息的好，可以保持一个好状态。"

"也好。"黎霂言撑着头应了，"那你早点休息。"

"嗯。"顾卿遥乖乖应下，转身进了房间。

她折腾到了半夜。中间萧泽进来送了一次宵夜，顾卿遥其实没什么胃口，可是看了一眼，就知道那肯定是黎霂言安排的，样式和之前那个法国大厨的正餐如出一辙。

她不好浪费黎霂言的苦心，便也尽数吃下了。

接下来的比赛其实并没有什么悬念。

顾卿遥本就做好了充分的准备，又有黎霂言在旁，顾卿遥每次阐述项目的时候，一旦有实践方面的问题，都会由黎霂言不紧不慢地在旁补充。

一来二去，很快，顾卿遥这一队便脱颖而出。

从前人们还认为，项目策划这种事其实很难界定输赢，也很难界定谁更胜一筹。

可是不知道是不是因为最初顾卿遥的举动太过惹眼，接下来的比赛，顾卿遥和黎霂言几乎是一路过关斩将，从未有过半点失手的时候。

其实来参赛的队伍实力都很强劲，然而顾卿遥清楚地知道——

没有人有自己和黎霂言这样缜密的配合。

几乎完美无缺。

顾卿遥忽然意识到，其实这样的配合是会让人上瘾的。

她太容易沉迷于这样的感觉了，甚至只需要一个眼神，一个停顿，黎霂言就会了然自己的意思，从而顺利地将话锋接过去。

他们几乎是毋庸置疑的冠军，很多评委看他们的眼神都充满了期待。

决赛到来之前，林夏雪果然按捺不住了。

她直接找上门来，看向顾卿遥的眼神写满了期许。

"小遥，我们之前不是一直说要一起出去吃点东西吗？结果小遥你这段时间一直都这么忙，再这样下去，我们都要回国了。"

顾卿遥笑笑，看向面前的林夏雪，道："好啊，你想好要去哪里了吗？"

"当然，我和景峰学长都问过了，有一家餐厅特别棒。我们去过好几次，这段时间简直是将那家餐厅当做食堂了。"林夏雪的语气带着点炫耀的意味。

顾卿遥便垂眸笑了："那好，那就去那家吧。"

"你答应啦？那我们今晚去行吗？我让景峰学长订位置！景峰学长知道你答应肯定特别高兴。他都不好意思来找你了，怕别人说我们故意影响你的状态……呃……黎少好。"林夏雪说得兴高采烈的，一抬头就看到面无表情的黎霂言，登时就被吓了一跳。

黎霂言平静地看了林夏雪一眼，眼神中带着冷淡的厌恶。

林夏雪有点不自在，往后轻轻退了半步，干笑几声："小遥，那晚上我们直接大厅见好吗？"

"嗯，好。"顾卿遥像是对林夏雪的不自在浑然不觉，只是笑着点头应了，"几点？"

"五点半吧，我们约的是五点四十。"林夏雪笑道，"挺近的。"

"皇冠西餐厅的12A桌,你们还真是很喜欢这个位置。"黎霂言忽然开口。

林夏雪的脸有点窘迫地涨红了,轻声道:"那个……是景峰学长订的。我也不太清楚,不过那个位置的确挺好的。"

视觉死角。

顾卿遥清楚地记得昨天自己看过,那是一个绝对意义上的视觉死角。

其实那家西餐厅讲究的是开放式的用餐环境,所以三面沙发环绕,在角落里面的12A桌其实很有特色。

顾卿遥本来很享受那种私密的空间,可是现在……

她忽然意识到这一切的古怪之处。

"那就晚上见了!"林夏雪匆匆道,显然是不想在这个有黎霂言的地方多待哪怕一分钟了。

顾卿遥平静地笑笑:"好,晚上见。"

林夏雪离开后,黎霂言方才冷哼了一声。

顾卿遥忍不住有点想笑:"怎么?"

"明知山有虎,偏向虎山行,你的做法倒是和之前差不多。"黎霂言的眼神仿佛能够洞悉一切。

顾卿遥有点尴尬,轻咳一声道:"你怎么知道?"

"他们这些天的确是经常去那家餐厅,可是口味都是要的正常。今天却又和厨师说要少加调料,将牛排做得清淡一些了。"黎霂言冷冷道。

顾卿遥眨眨眼:"所以你这些天一直都帮我关注着他们……"

黎霂言掩饰地低咳一声。

顾卿遥的心情忽然变得很好。

她浅笑道:"我也觉得林夏雪或者岳景峰有问题,上次去吃火锅的时候我就意识到了,但是我更想知道的是,他们究竟在这里面参与到了什么程度。"

黎霂言显然有点费解:"这有什么好确认的?如果你觉得他们有问题,最好的办法就是远离他们,将来他们的生活圈离你不会很近。"

顾卿遥颇为诧异地看向黎霂言,唇角微弯笑了:"我以为你不是这样的性格。"

"嗯?"

"我以为……你会直接让他们暴露出来,然后斩草除根。"顾卿遥小声嘀咕。

黎霂言被顾卿遥逗得直接笑出了声:"你将我当做什么了?悍匪吗?"

顾卿遥没说话，只是促狭地看着黎霖言。

黎霖言道："如果是我自己，或许会这样做。"

这句话只说了一半，黎霖言没有说下去。

的确，如果是自己，他会这样做，可是换做是顾卿遥，他不想让她去冒险，一点都不想。

顾卿遥眨眨眼，笑了："不过也没关系，我大概知道他们要做什么，也是好事。"

"他们既然说了要口味清淡，想必是要在调料上做文章，今晚让萧泽一直跟着你。"黎霖言道。

顾卿遥听着黎霖言难得琐碎的关切，一边笑一边答应。

晚上林夏雪果然早早就在楼下大厅等着了，顾卿遥下去的时候，林夏雪眼神就亮了亮。看到顾卿遥的衣着，林夏雪的脸色微微变了，轻声道："你真是太好看了……"

"怎么？"顾卿遥笑着反问。

"嗯……我如果说想让你穿得平常一点，你肯定又要说我自私，我不说了。"林夏雪嘟着嘴小声道。

顾卿遥笑了一声，没有理会林夏雪的话。

她今天穿着一身天蓝色的小洋裙，看起来既不失青春气息，又添了三分端庄。

相比之下，林夏雪的裙子就很是普通了，简简单单的日常款。尽管林夏雪很是努力地用了点小心机收了腰线，却依然显得平淡无华。

林夏雪心底有点不舒服，想起之前顾卿遥的反应，却也只能忍下来没有说什么，跟着顾卿遥往外走。

岳景峰就在门口等着，见顾卿遥来了，立刻松了口气放下手机："顾小姐，真是太好了，我真的不敢想顾小姐会来。这几天顾小姐真是太忙了，我想要找顾小姐聚聚都没有办法。"

顾卿遥微微笑了笑："这几天都在比赛。"

"对啊……我也不敢打扰顾小姐。"岳景峰尴尬地笑了笑。

他很是自然地走在了顾卿遥一侧，一路上都在努力地和顾卿遥搭话。

尽管找到的话题都相当日常，却也掩饰不了空气中的尴尬。

林夏雪在旁边一路走，一路轻轻踢着小石子，微微垂着头，脸色相当不好看。

三个人走在一起，总会有一个被冷落的，可是林夏雪无论如何都不愿意相信，这个人就是自己。

岳景峰的眼中，是真的没有自己。

直到在皇冠西餐厅坐下，林夏雪这才松了口气："小遥，你快看看喜欢吃什么？"

"可是这家餐厅是要提前预订的，我已经将餐点都预订好了。"岳景峰有点尴尬地说着，"顾小姐，我点了三份不同的主餐，是这家的三款经典款，到时候顾小姐可以看看喜欢哪一套……夏雪学妹也是，喜欢哪一套就别客气，你们挑剩下的给我就是了。"

顾卿遥笑笑："那我就要这一份海陆盛宴吧，夏雪不怎么喜欢吃海鲜的。"

"嗯，那我要这个肋眼牛排好了。"林夏雪笑道。

"那剩下的就是我的了。"岳景峰笑着说，一边看向顾卿遥，一边在心底焦灼地寻找着话题。

林夏雪却已经开口了："我真的没想到这次小遥你能表现得这么好，简直是深藏不露啊！以前虽然都听你说喜欢金融，可是谁能想到你能做到这么多……"

"就是啊，而且顾小姐和黎先生一组真的是无懈可击。"岳景峰紧忙道。

林夏雪笑了一声："黎先生喜欢我们小遥啊！你没看那么多次，好的观点都是小遥给说出来的吗？那是人家黎先生宠着我们小遥，将自己的想法都贡献出来，让小遥来做主要陈述人，这样一来，所有的光芒和功劳都是小遥的了。"

顾卿遥听着这句话有点不对味。

林夏雪说这句话的时候虽然神色如常，可是顾卿遥总觉得，她的语气里带着淡淡的嘲意。

似乎是察觉到了顾卿遥的心思，林夏雪紧忙改口："哎呀小遥，你别误会啊，我不是说你和黎少的合作方式不对，我只是说我们都挺羡慕的。毕竟谁不想找一个这样的大佬带飞啊。"

"你这叫什么话？"顾卿遥还没开口，岳景峰先不乐意了，"虽然黎少的确是很厉害，可是这些想法肯定是顾小姐自己的。顾小姐为了这次比赛付出了多少心血，你又不是不知道。"

林夏雪忽然被岳景峰抢白，脸色顿时不好看起来："我也没说什么啊……学长你凶我做什么？我只是说说我自己的想法，我和小遥这么多年的朋友，我还能刻意诋毁小遥吗？"

岳景峰轻咳一声，刚好头盘上来了，开口道："算了算了，先吃东西吧。你看顾小姐都没说话，夏雪学妹，不是我说你，这种话是真的不该说。"

顾卿遥微微垂眸笑了一声:"我倒是觉得没关系。的确,在这次比赛中,黎少帮了我不少,我也很感激黎少。"

"就是啊!这都是两厢情愿的事情。如果我们小遥一头热,人家黎少那边都没反应就是了,这不是两个人都很信任彼此,才能这样吗?"林夏雪一门心思地说着。

顾卿遥淡淡弯起唇角。

"顾小姐,"岳景峰终于沉不住气了。他将叉子放下,在瓷盘里碰出清脆的响声,"所以顾小姐是真的喜欢上那个黎先生了?"

他的声音不小,有人忍不住看了过来。

"有点喜欢。"顾卿遥沉吟片刻,轻声应了。

林夏雪忍不住跟着笑了。

顾卿遥竟然当着岳景峰的面承认了!

她不知道前情,此时也只是暗忖自己真的没有竞争对手了!

岳景峰的脸色愈发苍白:"我以为顾小姐只是骗我的,那时候顾小姐还说,我也会有机会……"

"我想我应该不曾说过这种话,岳少,你可是记错了?"顾卿遥微微有点诧异。

岳景峰的脸色愈发难看,抓着刀叉的手几乎在微微发颤,可是顾卿遥却依然神色如常,甚至自然地和林夏雪说起话来。

顾卿遥的余光却一直保持着对岳景峰的关注。

她是故意的,故意激怒岳景峰,故意让岳景峰彻底失去希望。这样一来,她倒是要看看他会做出什么事情来!

然而岳景峰只是沉默着,再沉默着,良久,方才从嗓子里面发出一声干哑的笑。

刚好餐前酒上来了,岳景峰伸手抓住杯柄,轻轻晃了晃,这才开口:"顾小姐,毕竟我也是这样真心实意地喜欢过顾小姐一回,敬顾小姐一杯酒,顾小姐可否赏脸?"

"我的酒量并不好,就以饮料代酒了。"顾卿遥挑了桌上唯一的一杯饮料,在唇边却是迟疑了一下。

"怎么了?"林夏雪关切地问道。

"没什么,"顾卿遥随手招呼了一个服务生过来,问道,"有苏打水吗?"

"小姐需要苏打水吗?请稍等。"

很快,侍应生就将一杯苏打水端了过来。顾卿遥的笑容带着三分歉意:"我最近不怎么喜欢喝甜腻的饮料。"

"哦，那好那好。"岳景峰很快反应过来，点头应了。

顾卿遥看过去，就见岳景峰几乎没有和林夏雪对视，只是平静地和顾卿遥碰了杯，这才继续慢吞吞地吃起了东西。

中间顾卿遥和林夏雪聊得热火朝天，可是岳景峰只是含笑看着，几乎没怎么说话。

顾卿遥喜欢苏打水，原因很简单，一般的药物很难做到彻底的无色无味，倘若是换做甜腻的饮料，还能在饮料中下药，可是换做苏打水，透明的水中想要下药简直是难上加难，更何况这是直接从餐厅侍应生那边接过来的，相比之下要安稳多了。

"不过小遥，有件事我是真的想要求求你了。"林夏雪低声说着，"关于明天最后的那个命题，我和景峰学长想了好多天，一点头绪都没有，基金啊股份啊这种理财的事情我是真的一点都不了解，我看你对美股那么了解，你能给我讲讲吗？"

"只剩最后这一天了，"顾卿遥有点诧异，"你想让我讲哪些？"

林夏雪尴尬地轻咳一声，偷觑了一眼顾卿遥的神色，这才小声道："我也不需要什么特别厉害的答案，你能给我一个大纲吗？就回应的大纲就可以了，我明天就能直接拿上去那种。"

顾卿遥看向对面的岳景峰。岳景峰立刻窘迫地开口："我之前一段时间刚刚接触公司的业务，的确没什么时间来准备这次比赛，而且，而且……"

"而且景峰学长之前也很笃定，肯定能让小遥你加入我们队伍的，这样的话我们就真的什么都不用担心了。"林夏雪抱着顾卿遥的胳膊撒娇，"没想到小遥你后来那么狠心地抛弃了我们，我们就只能自力更生了。现在只剩下一天时间了，小遥你那么好，肯定不舍得让我们在大家面前当众出糗吧？"

顾卿遥差点笑出声了。

他们想得倒是简单。顾卿遥平静地开口："其实基金投资这一块，尤其是这一次设计的ETF（即交易所交易基金），很多人都不能理解，你们可以按照自己的想法去解释，今天晚上临时查看一下概念，其实多少也足够了。"

"啊？"林夏雪简直惊呆了，"那怎么能够？就算是我今晚谷歌、百度都用上，明天肯定也是去给人打脸的份啊。"

"你在来之前没有考虑过这些吗？"顾卿遥自然地反问。

"我……"林夏雪几乎是求救似的看向了岳景峰。

岳景峰却只是摸了摸鼻子，道："顾小姐，主餐来了，我们边吃边说吧？"

"也好。"顾卿遥微微颔首。

海陆大餐被摆到了顾卿遥的面前。岳景峰很快拿起刀叉先尝了一口自己的那份，旋即蹙起眉头："怎么还是这么淡？"

"是啊……没有味道的。"林夏雪也跟着皱眉，"昨天好像也是这样。"

"是吗？"深知来龙去脉的顾卿遥看着他们表演。

"是真的，不然小遥你尝尝？"林夏雪怂恿着。

顾卿遥点点头，依言尝了一块，果然没有什么味道："我让厨师过来吧，返工一下。"

"不用不用，我带了调料盒的，你试试看。这是我妈妈在家做的！"林夏雪笑道，"海盐黑胡椒粉还有一些混合酱料，配牛排超级好吃的！"

顾卿遥若有所思地看向林夏雪。林夏雪已经不由分说地将顾卿遥面前的餐盘端走了："你试试看，你肯定喜欢！"

林夏雪将调料加好，也给自己和岳景峰的盘子添上了，这才看向顾卿遥："你尝尝看嘛，不喜欢的话，我再让人给你调整。"

顾卿遥眨眨眼，正在想着自己接下来的对策，就见不远处的萧泽径自走了过来："小姐，我也想尝尝！"

"啊？"

别说林夏雪和岳景峰，就连顾卿遥都没反应过来。

萧泽神色如常地将那餐盘端过来，轻轻嗅了嗅，感慨道："好像的确很好吃的样子。"

"可是……你是哪位啊？"林夏雪一脸狐疑地看过去，总觉得这个萧泽有点眼熟。

"我是小姐的保镖。"萧泽认真地说着，毫不客气地在岳景峰旁边坐下了，"我一般都不会让小姐吃这些来路不明的东西的，如果不是从餐厅直接端出来的，那基本都是我来吃比较好，林小姐不介意吧？"

萧泽笑了，露出一口白牙。

林夏雪简直不能更介意了！

她目瞪口呆地看向萧泽，然而还没找到一个好理由，就见萧泽已经开始大快朵颐了。

岳景峰的脸色难看无比："顾小姐，您的保镖的确是没什么规矩。这是我们吃饭的地方，保镖怎么能说上桌就上桌？"

顾卿遥微微一怔："在岳家这样不可以吗？"

"那当然不可以！这不过是一个保镖，保镖就该清楚自己的身份！"岳景峰紧忙道。

顾卿遥笑了："现在又不是旧社会，大家都是平等的，所以……"

"唔……"萧泽捂住肚子,脸色不太好看。

"怎么了?"顾卿遥下意识问道。

"肚子疼。"萧泽哑声说着。

林夏雪已经下意识地开始缩回手,想要将调料瓶从桌上拿下去了。

然而顾卿遥怎么会给她这个机会!

可是让顾卿遥也无比诧异的是岳景峰的反应,岳景峰几乎是毫不犹豫地抓住了林夏雪的手:"你做了什么?"

"我……我什么都没做啊。"林夏雪几乎要哭了。

她抓着那个调料瓶,拼命地想要收回去,然而岳景峰已经冷着脸将那调料瓶拿走了,对她说道:"你什么意思?你以为你真的能瞒得住我吗?当着我的面,你想要对顾小姐做什么?亏你还说你们是最好的朋友!"

林夏雪这次是真的哭了,眼泪大颗大颗地落下来:"我真的,真的不是我想要这样做的。小遥,小遥你相信我啊……"

顾卿遥面无表情,看了林夏雪片刻,道:"是谁让你这样做的?"

"是……"林夏雪说了一半,忽然沉默下来。

顾卿遥打电话给警察,让救护车一起过来,这才看向林夏雪:"林夏雪,我给你最后一次也是唯一一次机会,是谁让你这样做的?"

"没有谁。"林夏雪没说话,只是微微垂下眼去,"我只是太嫉妒你了。小遥,你什么都有,你拥有所有我没有的机会,你的人生本来就比我顺遂,你还不愿意让着我一点,我们是朋友啊小遥。你真的将我当做你的朋友吗?"

这番话林夏雪之前也说过,可是放在此时,顾卿遥只觉得无比怪异。

"你简直,简直不要脸!所以你就想要坑顾小姐,你想让顾小姐去不了决赛是吗?你知道不知道这可能会断送顾小姐的前途!你还好意思叫顾小姐朋友,怎么会有这样的朋友!"岳景峰脸红脖子粗地骂道,"我真是看错了你!"

"景峰学长……"林夏雪的眼底满是哀求。

"怎么了?"黎霂言从不远处大步走进来,径自站在了顾卿遥的身侧。

他看向林夏雪的眼神满是狠戾,一反手将人摁住了。

"等警察来。"

"嗯。"顾卿遥点点头,低声道,"林夏雪可能是想要给我下药,结果因为萧泽过来查看,就被萧泽给吃了,不会有事吧?萧泽的状态看起来很糟糕,我也不知道要怎么办才好……"

岳景峰看着黎霂言过来三言两语,顾卿遥就下意识地转了过去,那一刻,他的心底满是凄凉。

他比不上黎霂言，无论如何都比不上。

黎霂言能给顾卿遥的安全感，他一点都给不了。

黎霂言看过去，萧泽的状态的确很差。他的手死死抵在胃部，唇角已经有了隐隐的血迹。

"不会有事的。"黎霂言握紧了顾卿遥的手，像是在给她力量，又很快松开了，"不用担心。"

"嗯，那就好，我信你。"顾卿遥哑声道。

很快，警察就到了现场，救护车也跟来了。小心地将萧泽抬上担架，医生冷着脸察看了一会儿，沉声道需要洗胃。

然而萧泽立刻开口了："能查明吃进去的东西……有什么毒吗？如果洗胃不能查的话，我接受其他诊疗方法。"

"你少说几句，听大夫的。"顾卿遥听不下去了。

萧泽笑了笑，轻咳几声，唇角又渗出些血丝来。

顾卿遥看着都觉得触目惊心。

"自从萧泽跟了我以后，总是出现各种事情。"顾卿遥看向黎霂言，哑声道。

"不用想那么多，不会有事的。"黎霂言说着。

顾卿遥微微垂眸："谢谢。"

黎霂言没有说保镖本职工作就是如此，让顾卿遥的心底愈发熨帖了几分。

黎霂言摸了摸顾卿遥的头，过去和警察说了几句话，警方立刻派人将林夏雪带走了。

林夏雪走的时候神色很是颓靡，看向顾卿遥的眼神也满是求救意味。

可是顾卿遥没有开口，任由林夏雪被带离了现场。

良久，岳景峰方才低声开口骂了一句："我他妈真是看错人了。"

"岳少没有参与其中吧？"黎霂言淡淡问道。

岳景峰一脸的错愕："黎少，你这是说什么呢？哪里有这样平白无故污蔑人的？我知道黎少厉害，黎少您能做到的，我都做不到。可是我喜欢顾小姐这件事，您总该知道吧？我们家和顾家是世交，我无论如何都不会做出这种丧心病狂的事！如果，如果刚刚不是那保镖挡了灾，我都愿意替顾小姐受苦的！"

黎霂言轻笑一声，眼底满是淡漠的讽刺。

他伸手将顾卿遥护住，道："走吧。"

顾卿遥和黎霂言离开的时候，岳景峰一脚踢在桌角，声音有点大，整个西餐厅的人都忍不住有点想离开了。

顾卿遥的唇角有一丝笑容，说不出什么意味。

黎霂言无奈地看过去："没吃饱吧？"

"我怎么会一心想着吃东西……我们去医院吧，我在这里还是不放心。"顾卿遥低声道，"是你让萧泽这样做的吗？"

"不是。"黎霂言沉吟片刻，道，"我只是给萧泽提供了一个思路。不过即使没有我，萧泽想必也会这样做，这样是铁证。"

"而且如果只是察觉到了毒药，她或许还有狡辩的可能。可是现在有人受伤了，就不仅仅是投毒罪了，很可能演变成故意伤害罪。"顾卿遥低声说着。

"这倒也是。"黎霂言点头应了。

他看向顾卿遥，轻声道："伤心吗？"

"嗯？"顾卿遥微微一怔。

"我是说，你一直以为的朋友其实暗藏祸心，你……会觉得难过吗？"黎霂言说这句话的时候，其实有那么一点点的忐忑。可是他掩饰情绪的能力果然是太强大，顾卿遥半点都没有听出来，只是闷闷地笑了一声。

"我之前就觉得有点微妙。"顾卿遥轻声说着，"我被医院诊断为高位截瘫的那一次，林夏雪的态度也很奇怪。"

黎霂言挑挑眉。

"所以也算是有预兆，就不会那么伤心。"这一句话，顾卿遥也是意有所指。

黎霂言的心跳忽然快了几分。

顾卿遥道："走吧，我们去医院看看。"

"不用过去，医院那边有我认识的人，是我以前的老同学在这边做主治医师，有任何情况他们会直接和我们联系。刚刚和我联系说没有生命危险，很快就可以出院。按照这边的办案习惯，是不会让你现在接近病人的。"黎霂言道。

顾卿遥一怔，点头应了。

"不过话说回来，这一次虽然是只有林夏雪一个，我并不认为那个岳景峰是无辜的。"黎霂言冷冷道。

顾卿遥轻叹了口气："我明白你的意思。"

岳景峰今天始终表现得很是义愤填膺，甚至还帮忙拿到了林夏雪的证物，这一切的表现和火锅那天如出一辙。

顾卿遥微微垂眸，道："我其实之前一直怀疑是岳景峰和林夏雪的合谋。可是仔细想了想，我又想不出他们这样做的动机。"

"你大概不会明白那种心态，岳景峰或许是觉得自卑。"黎霁言道。

"自卑？"

"和林夏雪一样的自卑，只是岳景峰的更带有目的性。如果你变得太优秀，那么他就会觉得自己愈发配不上你，这样将来能够在一起的概率就太小了。"黎霁言平静道。

"所以他不想着要好好进步，反而想着要拖我下水？"顾卿遥呆了呆，心说这人什么逻辑。

"不像吗？"黎霁言好笑道。

顾卿遥眨眨眼："不是很能理解。"

黎霁言笑着揉揉顾卿遥的头："你啊……还是太年轻了，很多事情就是如此，所以你一定要多加防备。其实林夏雪也是一样，如果不是出于嫉妒心，那么就是为岳景峰做事。毕竟不暴露岳景峰也是因为太喜欢岳景峰了。"

顾卿遥沉默下来。

她明白黎霁言的意思。

很快，念宛如的电话就打了过来。

她的语气很是惶急："小遥，你没事吧？"

"妈妈放心，我都好。是萧泽帮我吃了那份食物，现在萧泽可能要洗胃，还好没有生命危险。"顾卿遥轻声说着。

"那孩子……哎，小遥没事就好，真是吓死妈妈了。刚刚还是你爸爸从岳家那边听到了电话，这么大的事情，你这孩子怎么也没和妈妈说一声？"念宛如忍不住道。

顾卿遥小声道："不是不想让妈妈担心吗？"

"那也不能这样啊！"念宛如简直无奈，也不知道是该夸奖还是责备，"可是妈妈真是没想到，这件事居然是林夏雪做的。她以前来我们家玩的时候，我还觉得你有个这样亲近的朋友是好事呢，谁能想到现在变成了这样……"

顾卿遥没说话，只是静静听着。

念宛如又说了一会儿，顾卿遥这才笑问道："对了妈妈，岳家的电话是怎么说的？"

"岳少听起来是真的挺关心你的，而且也害怕被你误会，毕竟那么多事情，都是他在的时候发生的，所以他第一时间给家里去电话了。还说那关键证物也是他一手拿到的，有这么回事吗？"念宛如问道。

顾卿遥笑笑："后来黎先生也去了的。"

"哦，那就是了。"念宛如笑笑，"那岳少说你和人走了，都没怎么理会他。"

顾卿遥没说话，心说岳景峰还真是心机深沉。

就连这种事都要先告状的。

念宛如又絮絮地说了几句，这才有点尴尬地轻咳一声，道："对了，你爸爸本来是想要问你几句话的，可是公司临时有事就回去了，现在不是美股这边出问题引发了全球的经济问题吗？你爸爸这边最近也挺忙的，你回来就知道了。"

顾卿遥点头应了："嗯，我明白。"

"明天就是比赛最后一天了吧？之后妈妈记得你还要在美国玩几天，然后就回来了？"念宛如的语气都是满满的期待。

顾卿遥听着就觉得心头暖暖的，点头应了："是啊，等我回去给妈妈带伴手礼。"

"你这孩子……不用费心为那些事情跑，这边什么没有。"念宛如虽然这样说着，可是语声也是带笑的。

顾卿遥笑着答应，念宛如又叮嘱了几句让顾卿遥尽快去医院探望萧泽，这才恋恋不舍地挂了电话。

顾卿遥看向旁边眼底含笑的黎霖言，就见黎霖言开口道："主办方已经和我联系了，取消了林夏雪他们队伍的比赛资格。之后主办方可能会进一步介入，也会配合警方调查。小遥，你希望林夏雪这个案子移交国内还是在这里审？"

"嗯？犯罪地是这里的话，会被移交国内吗？"顾卿遥诧异道。

"如果想想办法，也不是做不到。"黎霖言平静道。

顾卿遥刚想开口，门就被人敲响了。

顾卿遥微微蹙眉，就见门外的人是岳景峰。

岳景峰的脸色有明显的尴尬，低声道："那个，我刚刚发现顾小姐的东西落下了，就想着给顾小姐送过来。"

黎霖言站在门口，静静地看了岳景峰一会儿。

岳景峰总觉得浑身上下压力剧增，轻咳一声，道："我先回去了，今天想必顾小姐也受惊。真的很不好意思，让顾小姐遭遇到这种事。"

"遇到岳少，好像卿遥就一直会遇到各种问题。"黎霖言的声线偏冷。

岳景峰脸色微白："我也很难过没有保护好顾小姐。不过其实这件事也不能都怪我，毕竟顾小姐和夏雪学妹是朋友，也是曾经最好的朋友。我就算是设防,都不可能对顾小姐的朋友设防吧。"

"是吗?"黎霖言低笑一声,"只可惜……"

岳景峰顿时紧张起来:"什么可惜?"

"没什么,我听说今天林夏雪招供了不少事情,"黎霖言抬手看了一眼时间,道,"岳少,左右时间也还早,不如岳少也去配合一下调查吧?"

"配合调查?"岳景峰简直要惊出一身冷汗,"我没听说什么配合调查啊……"

"的确是有的。"顾卿遥在旁补充道,"之前警察说过,要让我们一一配合调查。这次是投毒事件,而且萧泽已经入院了,是很严重的恶性事件。"

顾卿遥的脸色相当难看,岳景峰登时更紧张了。

他沉默了一会儿,小心地点了点头:"好,那我……我明天就过去,今天也太晚了些。"

"没关系,你作为证人,警方会直接派车过来接你,"黎霖言抬手看了一眼时间,道,"我已经和警方联系了,他们很快就会到。"

岳景峰简直不知道说什么才好。他在原地逡巡了几圈,手心全都是汗。

"黎少,那个……"

黎霖言看过去。

"我想了一下,还是要先回去拿点东西。"岳景峰尴尬地笑了笑。

黎霖言轻笑一声。"去吧,哦对了,"他的话让岳景峰的脚步顿住了,黎霖言便说了下去,"忘了和岳少说上一声了,今天林夏雪的讯问还没结束,据说给岳少安排的房间就在林小姐的隔壁,你们可能会被交叉询问。"

"怎么会这样?!"岳景峰几乎失声。他紧忙看向旁边的顾卿遥,"顾小姐,旁人不知道,您还不知道吗?我是真的什么都没做啊!如果不是有我在,林夏雪甚至要销毁罪证了!"

"警方调查了之前的证据,找到了之前火锅那一次下药的事。更何况,如果岳少真的什么都没做,那么岳少紧张什么?"顾卿遥浅笑问道。

岳景峰顿时沉默下来。

也是……

既然自己行得正走得直,这些事情根本就是无所谓的。

岳景峰微微攥紧拳头,表情看起来有点紧张。

他不知道林夏雪在绝望之下会说出什么话来,而这种感觉让他无比惶恐。

很快,警方就将岳景峰带走了。

黎霖言低声和顾卿遥说了两句话,顾卿遥将人拉住了:"你别去。"

黎霂言无奈，伸手宠溺地摸了摸顾卿遥的头："你早点休息就是，这些都交给我。"

"都这个时间了，明天又要忙一整天。"顾卿遥小声道。

黎霂言没忍住笑了一声。

"我以为你害怕。"

"就算是我害怕也没关系，你别去。"顾卿遥认真道。

黎霂言看了顾卿遥一会儿，唇角始终微微弯起。他将顾卿遥送回房间，道："好了，你先休息。"

"可我还想去一下医院。"

"医院现在有警方看着，暂且还不能过去，不过我可以让萧泽和你通话。"黎霂言道。

顾卿遥一怔："可以吗？"

"当然，如果你想要的话……"黎霂言话音未落，看着顾卿遥的眼神倒是也明白了，无奈地笑了笑，拨通了电话说了几句，这才将手机递过来："有监听的，你可以问你想要问的问题。"

顾卿遥紧忙将手机接了过来："萧泽。"

"小姐，我已经没事了。"萧泽的声音听起来果然生龙活虎了。

顾卿遥这才松了口气："你那时候真是吓死我了……之前你刚刚出了事情，结果这次陪我来美国又闹出这种事来，我都不知道如何是好。"

她的声音带着一点压抑的哭腔。萧泽被吓了一跳，紧忙道："小姐，您没事吧？"

他的语气小心翼翼的。

顾卿遥蹙眉道："这话该我问你，你真的没事了吧？"

"嗯，东西已经被送去检验科了，应该会作为一手证据，"萧泽顿了顿，轻声道，"我的体质挺好的，小姐不用担心。"

听着萧泽没心没肺的语气，顾卿遥就越发觉得心酸。却也听得出来萧泽强撑着的语气，只好紧忙叮嘱了几句，将电话放下了，催萧泽去休息了。

黎霂言看过来，笑了笑道："现在放心了？"

"嗯。"顾卿遥低声应了，想了想忽然问，"萧泽和我说，他体质好，是字面意思吗？"

黎霂言暗叹顾卿遥聪明，道："不能算是，萧泽之前……经过一些特殊培训，其中包括对毒物的鉴别，也包括一些简单毒药的抗体。"

顾卿遥眨眨眼："现在的特助训练都这么专业的吗？"

"是啊，现在工作压力大，尤其是萧泽，不能算是特助，应该算是绝对安保级别了。"黎霂言神色如常。

顾卿遥对这些似懂非懂，只好迷茫地点了点头。

黎霂言看出顾卿遥眼底的疑惑，却也只是笑了笑，道："不用想那么多。你放心，有萧泽跟在你身边，不会有事的。"

顾卿遥微微垂眸，鬼使神差地开口："黎先生，你从前认识我吗？"

黎霂言微微一怔，道："认识。"

"嗯？"顾卿遥诧异地抬头。

"之前我们重逢的时候我说过，我曾经几次出现在顾家的宴会上，那时候我还没有建立黎氏，我们有过几面之缘。"黎霂言平静道，想了想又笑了笑，"只是那时候我并不算活跃，所以一直以来和大家的接触也不多。"

"那那个时候，你记得我是什么样子吗？"顾卿遥小心地问道。

黎霂言看了顾卿遥一会儿，忽然笑了："人都是会变的。"

顾卿遥怔了怔。

黎霂言平静地说着："有人说，人最大的改变，就是在人生发生巨大的变故的时候。会让人的性格也发生剧变，有很多人说，你和从前不一样了，是吗？"

顾卿遥茫然地点点头，心说那是一定。

自己经历了那么多血泪的教训，又差一点就惨死在医院，倘若还像是从前一样简单而良善可欺，那么自己真是白活这一回了。

黎霂言却只是平静地笑了笑："这是好事，下定决心改变并不容易，可是对我而言，我更喜欢现在的你。"

顾卿遥的心跳微微紊乱了几分。

她抬眼看向黎霂言，刚好撞进黎霂言含笑的眼底。

"现在休息吧，明天还要决赛。"黎霂言靠近了一些，牵起顾卿遥的手，将一个温热的吻落在了顾卿遥的手背。

他的姿态如此绅士翩翩，可是顾卿遥还是呆住了。

顾卿遥呆呆地看向黎霂言，看着黎霂言平静地起身，看着他拉开门走出去，而顾卿遥还沉浸在刚刚的吻中不可自拔。

晚安吻……

历来都是要吻额头或者脸颊的吧？

黎霂言这个吻手礼，又是什么意思？

顾卿遥沉默良久，小心地抬手，将手指在唇边不安地蹭了蹭，意识到自己在做什么，径自缩进被子里。

这一次，她是真的能够听到自己的心跳声，跳得很快。

她不知道的是，黎霂言也在门口站了好一会儿。

他静静地站在门口，闭了闭眼，良久方才轻叹了口气。

顾卿遥越来越频繁地问起这些事情了。

他可以面不改色地拒绝其他人的问题，可是顾卿遥……他做不到。

只要看到顾卿遥的眼睛，他就仿佛沉沦其中了一样。

黎霂言沉默良久，这才静静抬步——

"黎少。"

"去警局。"

岳景峰和林夏雪果然在接受讯问。

交叉询问最重要的，其实就是人们耳熟能详的囚徒效应。

因为两个人都知道对方说的话关系着自己的切身利益，所以会造成双方的心理压力，最终达成目的。

黎霂言一去就明白了，因为过去的一次次事件，岳景峰已经从证人转化为嫌疑人了。

警局的人看到黎霂言，微微一怔，倒是打了个招呼："黎先生。"

"你好。"黎霂言含笑用英语作答。

"黎先生要过来看一下吗？您作为顾小姐最亲近的人，我们也希望听听您的意见。"警方的负责人约翰开口道。

黎霂言毫不犹豫地颔首。

单面玻璃的设置，外面的人可以看到实际的情景，也可以通过外放听到声音。

黎霂言看到里面的岳景峰双手抓着头发，哪里还有平时风流倜傥的模样？他的脸上也写满了暴躁和不安："我说了多少次没有没有，我真的没有做这种事！"

门被拉开了，一个女警官从外面走进来，看了岳景峰一眼，又对座位上的警官附耳说了句什么。

岳景峰顿时愈发焦躁起来。

很快，女警官出去了，岳景峰迟疑了一下，开口："是不是林夏雪说什么了？"

黎霂言的唇角微微弯起。

囚徒效应开始发挥作用了。

在深夜这样的强光下，人的心理很容易崩溃，更重要的是，林夏雪和岳景峰……岳景峰并不曾那样相信林夏雪。

这个主意是黎霂言拿的，而现在看来……

旁边的警官无不赞许地看向黎霂言。

果然是太有效了。

"警官，我就和您照实说了吧，这件事真的不是我做的。我是真心喜欢顾小姐，我怎么可能做这种丧心病狂的事情？倒是林夏雪……她不是喜欢我吗？所以一直都嫉妒顾小姐，之前其实也是，林夏雪想要让顾小姐将决赛的答案分享一下，顾小姐不是没同意吗？当时我就觉得林夏雪那表情不太对，是我不好，我最后也没能阻止。"岳景峰哑声道。

他几乎声泪俱下地说出了这一番话，记录员翔实地将一切记录了下来。

而此时，隔壁的林夏雪看着面前的人来来去去，就听面前的女警官开口了："你应该知道，你和岳景峰先生只有一墙之隔。"

"我知道。"林夏雪揉着太阳穴叹气。

"那么你也应该明白，现在我们在怀疑岳景峰先生。"

"我不是应该被引渡回去吗？你们还有权力审查我的事情吗？"林夏雪忽然开口。

她显得出奇地冷静，很是奇怪的感觉。

黎霂言微微蹙眉，看向里面的林夏雪。

"你很期待被引渡回去？"

"我需要一个优秀的律师，而不是在这里和你们打太极。"林夏雪道。

愈发微妙了……

黎霂言的眉头死死蹙起。

林夏雪从来都不是一个思维缜密的人，可是她现在一言未发，甚至在要求请律师。

警官的动作微微一顿。的确，她有权利要求一个律师，她倒是聪明。

"不过……"警官还没起身，就听林夏雪开口了，"我可以说一件事，你们放了岳景峰先生吧。他说的都对，这件事和他的确没有半点关系，我喜欢岳少，所以就对我自己的朋友做了这种事，这件事我是承认的。"

林夏雪的笑容微微发苦。

不像……一点都不像。

警察看了林夏雪良久，还是沉默地应了："这件事也不是你能决定的，抓人与否，要看证据。"

"你们应当没有任何学长接触了那些毒药的证据吧。东西是我带来的，毒是我下的。是，我就是嫉妒了。"林夏雪苦笑道，"只是这番话，请你们转告学长……就这一句话就好，我喜欢他，以后也还会喜欢下去，希望学长记得他欠我的一切。"

外面的黎霂言冷着脸起身。

第14章

我想我也喜欢你

第二天顾卿遥醒来的时候,还有点迷迷糊糊的。她能听到客厅里面黎霖言压低的声音,似乎是在打电话。

犹豫了一下,顾卿遥还是慢慢走了出去,黎霖言猛地回头——

黎霖言的眼神是顾卿遥从未见过的锐利。

顾卿遥微微怔了怔,在原地站住了,尴尬地轻咳了一声,用口型道:"早。"

黎霖言眉宇之间的棱角仿佛软化了三分,笑了笑道:"早。"

他加紧了语速,将事情说完了,这才看向顾卿遥:"吃点早点,我们差不多该过去了。"

"萧泽好些了吗?"

"医生说他康复得很快。今天只是留院观察,明天就可以出院了。"

"那就好。"顾卿遥松了口气。

黎霖言步履如常地向前,似乎是想要帮顾卿遥端一杯咖啡,却在靠近吧台的时候微微一踉跄。

顾卿遥吓了一跳,三步并作两步冲上去,紧忙将黎霖言扶住了:"你没事吧?"

"没什么,刚刚绊了一下。"黎霖言的语气无比平静。

倘若不是因为太了解这人的性子,顾卿遥觉得自己就要信了。

她蹙眉将黎霖言摁着坐下,开口道:"你昨晚睡觉了吗?"

"嗯?"黎霖言一怔。

"睡了吗？"顾卿遥沉声问道。

黎霂言很少听到顾卿遥这样严肃的语气，无奈叹道："当然，我昨晚很快就睡下了。"

"不可能……你去了警方那边，是吗？我就该和你一起。"顾卿遥轻声道，心底暗恼自己太早就歇下。

这些事情都是针对自己而来，倘若没有黎霂言在身旁，本该由自己事无巨细地做好的。

可是现在呢？

她近乎心安理得地享受着黎霂言的好，享受着黎霂言的关照，可是自己却没有什么能够给他的。

沉默良久，顾卿遥方才轻声道："谢谢。"

"不用。"黎霂言笑笑，"今天是决赛了，过几天就要回国。你是第一次出国，总要好好享受一下旅程，不该让心情都被这些事情破坏了。"

顾卿遥眨眨眼。

所以黎霂言呢？

黎霂言为了自己而来，这一次的比赛对于走到黎霂言这个高度的人而言，已经不算是什么不可或缺的机会了。

这一切，都是为了自己。

顾卿遥沉默了一会儿，倒是想到了一个好办法。

她刚想开口，就见黎霂言将咖啡端了过来："有什么话边吃边说，要稍微快一些，时间赶不及了。"

"唔……"顾卿遥连忙点头应了。

她紧忙将早餐吞吃入腹，一边听着黎霂言说道："这次的事情，林夏雪的态度始终很明确，倒是岳景峰说了很多关于林夏雪的事情。上次的下药事件也是针对你而来，这次也一样，而且林夏雪自己也认下了。调料瓶上面有林夏雪的指纹，也找到了林夏雪的网上购买记录，岳景峰表示对此全部不知情。目前看来，这一次的事件是林夏雪一人所为了。"

"嗯，我明白。"顾卿遥微微垂眸。

"可是，最后林夏雪让人给岳景峰带了一句话，"黎霂言的脸色不太好看，沉声道，"她让人对岳景峰说，希望学长记得欠她的一切。"

欠她的一切。

岳景峰从未亏欠过林夏雪什么，至少自己从不知情。

换言之，倘若真的有什么，那一定是见不得光的交易。

顾卿遥微微垂眸冷笑了一声，点头应了："这件事很可能是两人合谋。

只是岳景峰和林夏雪做了什么交易,让林夏雪一个人担负这些了。"

"没错。"黎霂言道,"你是怎么打算的?"

"我不想让林夏雪缓刑,我希望她这几年都待在牢里面。"顾卿遥轻声道。

"应该可以,她不是自首,也没有良好的认罪态度。这次投毒事件属于故意伤害罪,放归国内至少需要两到三年的刑期。"黎霂言说着,"如果这件事没有萧泽站出来,导致造成了严重的后果,那么……林夏雪或许还会被处以缓刑,可是现在不可能了。"

"用萧泽的身体健康,换来林夏雪的牢狱之灾,"顾卿遥苦笑一声,"这是你们之前就安排好的?"

"是。"黎霂言道,"只是……我现在不是萧泽的上司,他有选择权。关于这件事,我们不谋而合。"

顾卿遥无奈地叹了口气。

他们的想法太偏执,有的时候顾卿遥竟然不知道怎么去反驳。

换做是她自己,她愿意以身涉险,因为这就是她的宿命。

可是她没办法告诉自己让萧泽这样去做也是合理的。

黎霂言的后背微微绷紧,开口道:"该去会场了。"

顾卿遥点点头,神色有点凝重。

"小遥。"黎霂言忽然开口。

"你要做好准备,今天大家的反应可能会很不一样。"

顾卿遥微微一怔,点头应了:"我明白,你放心。"

即使做好了充足的心理准备,真正到达会场看到众多新闻记者时,顾卿遥还是微微变了脸色。

这些人这个时候过来,原本可能是为了这次比赛。可是现在,很多媒体看到顾卿遥和黎霂言入场,眼底仿佛都生了光——

"顾小姐,黎先生!"

"真的是顾小姐,顾小姐,听说您的竞争对手也是你最好的朋友在比赛前给你投毒,请问这件事属实吗?"

"顾小姐,请问您会选择原谅您的朋友吗?听说你们二位是十多年的朋友了。"

"顾小姐,您和您的朋友从前有什么过节吗?您在本次比赛中崭露头角,您认为这是否间接导致了您和您的朋友的友情破裂?"

顾卿遥看向最后发问的记者,微微笑了笑:"我不明白您的意思。"

"人都有嫉妒心理,即使是最好的朋友之间,难道不是吗?顾小姐,您的优秀或许已经让您的朋友深感压力,甚至你的针锋相对也让比赛的氛围有所改变了,请问您对此有何见解?"

顾卿遥唇角微扬:"您的话恕我不能苟同。作为朋友,我的朋友有进步,我会送上最真挚的祝福,我会为我的朋友开心,如果人连这么简单的事情都做不到了,怕是当真枉称为人。在您的眼中,朋友这个词究竟是什么呢?至于比赛的氛围,我始终认为我的做法并没有任何值得诟病的地方。我很高兴能够参与这次比赛,和在座的各位一起研究讨论。可是现在,我认为各位在这里探讨和比赛无关的话题,才是对比赛的极大不尊重,您觉得呢?"

明明顾卿遥的眼神是如此平静,可是人们就是能从中读出顾卿遥独一无二的傲气来。

她站在那里,神色就是无比笃定。

她说出这番话的时候,眼神分明带着笑意,可是竟是没有一个人敢继续向前递上话筒。

顾卿遥这才微微笑了:"各位记者既然是为了比赛而来,那么我希望各位也能遵守比赛的规则。还有十分钟就要开赛了,大家在这里这么久也辛苦了。可是我想大家不是为我一个人而来,我们就不要喧宾夺主了。"

先兵后礼,无非如此。

除了递上话筒的记者脸色通红无比窘迫之外,其他人都笑着点头,感慨顾卿遥给的台阶好,连连散去了。

这些记者都是老油条了,却被顾卿遥三言两语给打发走了。她的言辞没有半点破绽,前面冷静无比,后面却还是温和地给了台阶,众人皆大欢喜。

黎霂言赞许地看向身边的顾卿遥,换做是旁人,想来也是做不到这样完美无缺。

怎么会有这么优秀的女孩子?

黎霂言微微垂眸笑了笑,护着顾卿遥到了比赛席位坐下。

这个小插曲很快被人淡忘。到了最后陈词阶段,顾卿遥起身,微微笑了笑,道:"现在的第三方支付经济十分繁荣,即使是在国外,也有很多中国创业者的身影,可以说,国内跨过了信用卡时代,直接走向了电子支付时代。我想,商业的本质意义或许就在于此,商业与人们的生活息息相关,并给人们的生活带来了极大的便利。而与此同时,创造了这一切的领军人物理应得到资本市场的回报,这样的回报就是大笔的融资,以及公司资本力量的不断增值,这才是我眼中的当下资本经济。而同样,我始终相信,金融危机也不过是一时的,在经济全球化的时代,金融危机虽然会波及众多国家,可是这也相当于是对不良资产的清洗。在这场金融风暴过后,留下的企业势必会承担起更为重要的公民信任感,也会引领时代走向一个全新的篇章。新的时代需要新的领军人物,而这正是新一代创业者的最优机会,我相信这也是我们今天这个青年商业领袖大赛的重要意义所在。时代的更迭并不意味着曾经的领军人物会成为历史,而是让我们在前辈的引领下,找到适合现在,适合当下的最优突破口,而并不是墨守成规。这才是我们作为青年该做的事。"

她的语气不疾不徐,这番话她曾经演练了无数次,黎霈言也听了一次又一次,不厌其烦。

而现在,她站在这里,仿佛在昭告全世界——

"我有一个很大胆的想法,如果有机会的话,我希望能够与各位嘉宾详谈,那么,这就是我的总结陈词,谢谢大家。"

顾卿遥的笑容平静而自信。

她微微鞠躬,耳边的发丝调皮地掠到了前面。

黎霈言微微笑了笑,眼底眉心全是暖意。

这一次的项目,他是帮忙把过关的。

顾卿遥本就精于理论,而黎霈言又是在商海纵横了这么多年,实践经验丰富。正是因此,他们拿出来的设想,本就和众人截然不同。

也正是因此,其实结果早就昭然若揭。

可是顾卿遥的一番话,还是成功地吸引了特别嘉宾的注意。

太聪明了。

这个小姑娘的聪慧,她丝毫不乱的控场能力,甚至危机公关意识都强大得无以复加。

她仿佛是为了商界而生。

这就是她的王国!

接过奖杯的时候,顾卿遥感觉得到黎霈言的手擦过了她的手背,她微微笑了笑,和黎霈言一起将奖杯举起。

这是他们应得的。

她经历了那么多质疑,还好,这个沉甸甸的奖杯还是落在了自己的手中。和重要的人一起握住了这个奖杯,就像是握住了一切转好的希望。

"明天晚上,我们会设宴宴请冠军队伍的二位。届时我们会将邀请函送给二位。你们的表现十分出色,在你们身上,我们看到了当今青年中难得的品质,你们是未来商界的希望。"

主办方如是说着,看向顾卿遥的眼神满是期许。

顾卿遥微微笑了,眼底却是依稀有了泪光。

下一秒,黎霈言握紧了顾卿遥的手。

他的动作是如此自然，顾卿遥错愕地看过去，台下的记者疯了一样地拍照。可是黎霖言什么都没有说，迎着顾卿遥惊疑不定的眼神，微微笑了。

"别紧张。"

顾卿遥听到黎霖言如是道。

可是……

可是不是自己紧张！分明就是这个人不希望媒体拍摄啊！

直到走下台，顾卿遥方才小心地试图挣脱黎霖言的手。她轻咳一声，尴尬道："那个……"

"怎么？"

明知故问！

顾卿遥看着黎霖言好整以暇的笑容，低声道："你不怕被人拍到吗？"

"你怕吗？"黎霖言反问道。

见顾卿遥没开口，黎霖言笑意更深了几分："小遥，你不是对旁人说，你喜欢我吗？只是牵手而已，会怕吗？"

顾卿遥小心地蜷缩了手指，黎霖言却已经自然地将手松开了。

手指骤然接触到冰冷的空气，顾卿遥有那么一瞬间的不适应："我不是怕……"

黎霖言没让顾卿遥将这句话说完，只笑了笑，道："没关系，是我不好。"

"黎先生……"顾卿遥还想说什么，总觉得这句话不该结束在这里。

她怎么会害怕黎霖言？

顾卿遥几乎是不受控制地想起了黎霖言手心的茧，那是什么造成的呢？

顾卿遥不得而知。

而黎霖言已经平静地打起了电话。顾卿遥看着黎霖言走去了窗边，忍不住轻叹了口气。

总觉得自己好像是错过了什么，她不知道那是不是一个自己想要的答案。

"原来真的是顾小姐！"一道声音传来。

顾卿遥看过去，就见一个穿着毛衣的大男孩兴高采烈地挥了挥手。

顾卿遥怔了怔，这才想起来这人的身份："慕寒？"

"对对对就是我！"慕寒看起来很是兴奋，"顾小姐真的是冠军了，真是太厉害了！"

顾卿遥饶有兴致地看了慕寒一会儿。

她倒是想起来了，之前这人说过，自己在美国读书。只是她无论如何都没想到，自己居然会在这里和他重逢。

"慕先生的入学考试通过了吗？"顾卿遥含笑问道。

"通过了。"慕寒红着脸道，"真是多谢顾小姐，我还没有来得及将册子寄给顾小姐。那个邮箱一直没有人回复我。"

顾卿遥倒是记起来了，她当时留下了萧泽的邮箱。想来也是萧泽最近太忙，没时间顾及这些。

顾卿遥笑笑，道："没关系，我这几天还在这边，如果你有空的话……"

"可以请顾小姐吃下午茶吗？我真的很感谢顾小姐！我到时候将相册直接带过来，如果没有顾小姐的写真，我想我也不会这样轻易地进入我梦寐以求的系所的！"慕寒的眼底有期许的光芒。

顾卿遥想了想，还没开口就见黎霂言走了过来："这位是……"

顾卿遥看向黎霂言："你还记得吗？之前给我拍过街拍的那位。"

"在海城的咖啡厅那次？"黎霂言的目光在慕寒的身上不动声色地打量了一圈，淡淡道，"有印象。"

他的目光不带有侵略意味，然而慕寒就是下意识地站得笔直。他感觉有很大的压迫感，从眼前男人的目光中。

"这位是……顾小姐的男朋友？"慕寒小心翼翼地问道。

顾卿遥顿时觉得有点尴尬："不是……"

"啊，那太好了！"慕寒立刻道。

黎霂言的唇角微微弯起。

顾卿遥有点无奈。她还不知道黎霂言真实的想法。

"不过你不是摄影系的吗？怎么会有兴趣来参加这次比赛？"顾卿遥问道。

她倒是不记得选手里面有个叫做慕寒的。

"我不是来参加比赛的。"慕寒不好意思地笑笑，道，"我是来拍照的，今天大家不是走红毯吗？我一般都不会错过这种活动的。"

他将自己的单反翻开给顾卿遥看，一边笑道："怪我刚刚太投入了，都没注意到自己拍到的是顾小姐。"

"有自己的专业是好事。"顾卿遥笑笑。

慕寒的拍照手法已经愈发专业了。尽管顾卿遥对这些一知半解，倒是也能看出来他对这一切的热忱。

"那顾小姐，今天下午的话可以请顾小姐一顿下午茶吗？我知道一家下午茶特别好吃！"慕寒像是献宝一样。

"下午我想去医院一趟。"顾卿遥看向黎霂言。

黎霖言想了想，摇头："下午估计萧泽都出院了，"看向慕寒，"你介意多个位置吗？"

"嗯？"慕寒明显一怔，又立刻摇头，"不介意不介意！顾小姐这么美丽动人，黎先生不放心也是常事，是我唐突了。"

他说着这样的话，脸颊通红，看起来简直是纯情得可以。

顾卿遥没忍住笑了笑，点头应了："那好，那下午约在两点吧！到时候还请慕先生将相册给我带来，麻烦了。"

"不麻烦不麻烦，那下午见！"

"下午见。"顾卿遥含笑道。

这一次的偶遇让顾卿遥心情不错，甚至直到下午，顾卿遥出门的时候还保持着愉快的心情。

黎霖言看着顾卿遥的反应，就觉得心一点点沉了下去。

他的脚步微微顿住，道："小遥。"

"嗯？"顾卿遥回过头来，见黎霖言神色不愉，下意识问道，"是萧泽那边……"

"萧泽一会儿就回来，不是关于萧泽，是关于那个慕寒。"黎霖言斩钉截铁。

顾卿遥怔了怔："慕寒怎么了？"

"我查了一下他的资料，从小就在美国长大，很少有人知道他的家人是谁，他是被寄养在美国这边的寄宿家庭的。听说每个月都会有人固定给他打来一笔钱，这笔钱很丰厚，所以慕寒从小到大都衣食无忧。"黎霖言淡淡道。

顾卿遥听着听着，轻声道："你为什么要调查他？"

"一个摄影系的学生，去拍摄今天的决赛场地，甚至还和你有了两次偶遇。小遥，这个世界并没有你想象的那么小。"黎霖言沉声道。

顾卿遥轻叹了口气："我明白。"

"那你为什么还主动接近他？"

顾卿遥沉默片刻，这才笑了笑，道——

"我很欣赏慕寒的生活态度，可能是因为我活得没有那么简单而纯粹。我很向往那种一心一意为了自己喜欢的东西而努力的样子。"顾卿遥顿了顿，笑道，"他活得阳光灿烂，是我梦想中的样子。"

黎霖言的语声微微哽住："你也可以。"

他几乎是脱口而出。

顾卿遥一怔："我？"

"你困扰的事情，我都可以帮你，如果你想。"黎霖言沉声道。

顾卿遥看向黎霂言，眼神愈发温柔起来。

怎么可能呢……

自己要如何告诉黎霂言，自己最担心的事情，是当时的车祸另有隐情，是自己的父亲可能也曾经参与过暗害自己，是自己……承担着太多太多身边人的恶意。

而这一切，她谁都不能说，只能自己背负着。

顾卿遥微微垂眸笑了笑："我现在这样也挺好的。只是……慕寒这个人，往后我想我也不会和他有什么联系了，见都见到了，能帮就帮一把。"

她的眼神如此平静，黎霂言却是觉得心底一紧。他几乎是下意识地将顾卿遥的手腕握住了，又加大力气握紧："你究竟在想什么？"

"嗯？"

她是天之骄女，是顾彦之唯一名正言顺的孩子。至少现在，凌依依再也没可能分割任何财产了。

她的未来本该是阳光灿烂，更何况，她是如此优秀。

可是黎霂言分明看得出顾卿遥的惴惴不安。他沉默半晌，想到了之前那场车祸，然后沉默了下来。

顾卿遥迟疑了一会儿，这才开口道："我只是希望往后的生活能够顺遂。父亲的事情也一样，无论母亲做出怎样的决定，我都会接受。我想要好好保护我在意的人……至于其他的，我没有想过那么多。"

她的语气很温和，又透着无比的平静。

这样的神色，让黎霂言微微松开手。

有那么一个瞬间，黎霂言觉得自己离顾卿遥很远很远。

仿佛整个世界都被切割开来了一样。

他沉默良久。顾卿遥倒是笑了："是很简单的想法，你刚刚想到哪里去了？"

黎霂言没说话，只是目光始终定格在顾卿遥身上。

良久，他方才轻叹了口气，轻轻摇了摇头。

"黎先生也是这样吗？"顾卿遥忽然问道。

黎霂言便沉默了下来。

他不是，只是他有不是如此的理由。

可是顾卿遥呢？

顾卿遥的路绝非是康庄大道，她要面对的一切是常人难以想象的。

从她踏出医院的那一天开始，她就注定要背负这一切。

他无法再说下去了。

每个人的路都不是平白无故选择的，何况是顾卿遥这样聪明的女孩子。

良久，黎霂言方才道："我不是。我要做的事情，让我无法简单地顺其自然，"他的神色变得有点复杂，"如果你有任何需要帮忙的事情，你可以直接和我说。"

"好。"顾卿遥笑着应下。

下午萧泽果然收到了慕寒的邮件联系，定的是一家主做水果派的下午茶餐厅。慕寒发来的邮件已经尽可能地克制了，然而顾卿遥还是能够清楚地感受到他语气之中的轻快。

顾卿遥看着邮件，一抬头果然就看到了黎霂言微微有点不悦的神色。

她忍不住有点莞尔，道："你陪我吗？"

顾卿遥摇了摇手机，眼底微含笑意。

"去，我今天上午已经说过了。"

"那好。"顾卿遥笑吟吟看向黎霂言。黎霂言不太自在地轻咳一声，帮顾卿遥披上大衣。

顾卿遥和黎霂言到的时候，就见座位上慕寒正安安静静地翻菜单。从偌大的落地窗看进去，可以看到男孩专注的眉眼。

顾卿遥恍惚之间觉得慕寒的相貌有点熟悉，可是无论如何都想不出到底是哪里，只好笑着走了进去。

慕寒显然也很快发觉了顾卿遥和黎霂言，立刻站起身，笑着邀请两人入座。

"这里的百香果派真的特别好吃，派的酥皮做得特别好，而且水果也是新鲜萃取的，再加入了一些奶酪，"慕寒的脸上写满了憧憬，"我是真的特别喜欢。"

"慕先生平时很常来这里吗？"

"对，平时会过来拍街景，这里的视野比较好。"慕寒不好意思地笑了笑。

顾卿遥若有所思地点点头。

见顾卿遥没开口，慕寒有点犹豫，却还是伸手想要帮顾卿遥倒杯水，手还没有触碰到茶壶柄，黎霂言就已经自然地给顾卿遥倒好了。

慕寒尴尬地缩回手去。

顾卿遥显然没有察觉到这些，犹自笑着对黎霂言说："不过话说起来，你喜欢吃甜品吗？"

"还好，我以前喜欢吃马卡龙。"

听黎霂言这么一说，顾卿遥倒是微微怔了怔。素来清冷的男人忽然若无其事地说出自己喜欢吃马卡龙这种话，委实让人惊讶得很。

黎霁言笑了一声："我个人比较喜欢马卡龙和冰咖啡的搭配，不会过度甜腻。"

"冰美式？"

"对。"

"改天我也要试试看，听起来就很不错。"顾卿遥兴致勃勃。

她很是自然地和黎霁言一言一语地说着话。很快，顾卿遥就意识到不对劲来。

对面慕寒的脸色有来不及掩饰的尴尬，顾卿遥紧忙轻咳一声："抱歉。"

"没什么，二位关系这么好，我真的很羡慕。"慕寒笑笑道，"不过刚好百香果派上来了。顾小姐，您尝尝看，我觉得您一定会喜欢。"

"那天在咖啡厅看到顾小姐吃甜品时满足的样子，就一直想着，如果有机会，就一定要带顾小姐来这家店。没想到顾小姐真的来美国了，我就……特别高兴。"慕寒紧忙说着。

顾卿遥微微笑了笑，尝了一口，舌尖弥漫开来的，是百香果微微酸甜的味道，奶酪在唇齿之间化开，明明是匪夷所思的搭配，却又因为店家的精妙心思而变得无比和谐。

酥皮更是成为了最重要的点缀，顾卿遥忍不住又取了一块，点头应下："是真的很不错。"

"是吧！"慕寒笑道，"虽然我和顾小姐只有几面之缘，可是我自忖还是很会观察人的。顾小姐喜欢这些，我一眼就看出来了。"

他的语气带着些得意。顾卿遥没说话，只是下意识看了一眼旁边的黎霁言。

黎霁言神色微凉，淡淡看了慕寒一眼。

然而慕寒显然没有发觉，犹自道："这是之前答应顾小姐给顾小姐的写真集。我挑选了一些做了相册，一份寄给我的目标院校，这份就送给顾小姐。真的很感谢您，如果没有顾小姐，我甚至不知道我现在还能不能留在这里。"

顾卿遥微微一怔："如果没有大学可念，你会无法留在美国吗？"

"啊……这倒是不会，之前这边的身份我已经拿到了。只是，我的家人可能会有很大的意见。"慕寒笑了笑，如是道。

顾卿遥没来由地想起黎霁言查到的资料，人们几乎不知道慕寒家人的情况，不知何故。

不过这也不过是萍水相逢的人,往后怕是也没有什么交集了。顾卿遥本就不是好事的人,闻言也只是点了点头,自然地应道:"的确,可是这次慕先生成功被心仪的学校录取了,往后的生活也一定会愈发顺利的。"

"谢谢顾小姐,"慕寒的眼神亮了亮,"我都没给我父母看过我拍的顾小姐,如果可以的话……"

"不可以。"黎霂言沉声开口。

慕寒微微一怔。

"你拍摄的顾小姐是有肖像权的。你将这些作为升学用途,是经过了顾小姐的认可的,换言之也就是给了你授权。可是倘若你将这些私用公开,是没有被认可的。现在你来争取授权,那么我可以明确告诉你,不可以。"黎霂言冷冷道。

慕寒尴尬地轻咳一声:"那好……好吧,那我不用了。"

顾卿遥在旁低头笑了笑,喝了口咖啡没说话。

慕寒似乎还想说什么,电话却骤然响起。他做了个抱歉的手势,紧忙出去接了电话。

顾卿遥远远地看过去,就能看到慕寒的神色尤为温柔。

她笑了笑,侧头看向黎霂言,不出意外地看到黎霂言微微抿紧的唇角。

"黎少。"顾卿遥好整以暇地叫了一声。

"怎么?"

"黎少这是吃醋了吗?"顾卿遥眨眨眼,戏谑笑开。

黎霂言一本正经地开口:"念女士曾经对我说过,让我在你出国期间照顾你。既然如此,我必须要履行我的职责。"

"哦?"顾卿遥眨眨眼。

换来了黎霂言的微微一笑:"当然。"

"那好。"顾卿遥笑了一声。

她说不出心底的感觉,是失落还是其他。

她曾经无数次想要旁敲侧击,听到黎霂言的真心话。

她害怕……

面对岳景峰时,她曾经一厢情愿地扎进去,然而直到险些离开这个世界,她方才想通其实岳景峰或许真的从未爱上过她。

而这一次,她再也不想如此了,也再也不能如此了。

倘若黎霂言不喜欢自己,那么自己无论如何都不会再这样下去了。

顾卿遥在心底对自己说着。

很快,慕寒就回到了座位。

"不是女朋友，"虽然没有人问，可是慕寒还是红着脸解释了一句，"顾小姐，您千万别误会。"

"谢谢你的相册！然而慕先生的私生活，相信小遥也并不在意。"黎霁言平静开口。

他的语气几乎句句带刺。慕寒有点尴尬，却还是小声道："我也知道，可是我不希望顾小姐觉得我三心二意。"

"三心二意？"顾卿遥怔住。

"我是真的很喜欢顾小姐。那些天我一直在修图，其实我都不舍得改掉图上的任何一点，我……我觉得顾小姐真的是太优秀了，所有很多话我一直都藏在心底不敢说。但是现在顾小姐居然来美国比赛了，而且也在我的城市。我觉得我和顾小姐真的是太有缘分了。"慕寒认真地看向顾卿遥，道，"我现在知道顾小姐没有男朋友了，所以我……"

"她有。"黎霁言忽然开口。

这一次不仅慕寒呆住了，连顾卿遥都怔住了。

"她有男朋友了。"黎霁言沉声道，手在桌下，紧紧握住了顾卿遥的手，"慕先生，你和顾小姐不过是见过三次面而已，你对她又了解多少呢？在这样的情况下对一个人告白，在我看来是对人的不尊重。"

慕寒目瞪口呆地看向黎霁言。

倘若一早就知道黎霁言和顾卿遥在一起，那么慕寒无论如何都不可能做出这种举动！

他之所以会无所畏惧地和顾卿遥告白，一方面是因为真的忍不住了，另一方面是因为……他以为顾卿遥还是单身啊！

"这……这样的吗？"慕寒本就口拙，闻言也只能干笑几声，"对不起，是我太唐突了。"

黎霁言将卡递给服务员，淡淡道："这次的事就到此为止吧！谢谢慕先生拍摄的写真，我和小遥都很满意。慕先生还是个学生，这一餐我来请。"

顾卿遥依然没说话。

"不用，真的不用，我也有很多零用钱的，我……"

"等慕先生长大了，再来争夺这些吧。"黎霁言一语双关，将慕寒的手挡在了后面。

他的动作很是冷静，却又无比坚定。

良久，慕寒方才讷讷地开口："对不起。"

"不用。"黎霁言这才淡淡道。

慕寒静静地坐在座位上，看着黎霁言和顾卿遥一前一后地离开。

不知道过了多久，服务生又来例行给客人倒柠檬水，到了慕寒这里便有点诧异："先生，只有您一位吗？"

"嗯，只有我一个。"慕寒不知道自己的表情是不是太难看，简直要吓到人了。

而此时，顾卿遥坐进车里，托着下巴笑吟吟地看向黎霂言："我怎么不知道我什么时候有了男朋友？"

"你之前说过喜欢我。"

"所以你是我男朋友吗？"顾卿遥轻笑一声。

"小遥……"黎霂言忽然觉得嗓子发紧。

他看向顾卿遥，顾卿遥的眼神亮亮的，很是好看。

可是黎霂言忽然不知道自己该如何开口。

"慕寒不适合你，"黎霂言顿了顿，这才认真道，"慕寒那样的人……"

"我是问你。"顾卿遥第一次打断了黎霂言。

她的目光紧紧锁定在黎霂言深邃的眼底："黎先生，我想要明白你的想法，你到底为什么要阻止我？"

"我想，我喜欢你。"黎霂言沉默良久，忽然开口。

顾卿遥的心跳仿佛在那一瞬间停摆了。

她自己亲口要求的答案，可是在听到的瞬间，忽然就不知所措了起来。

"吓到了？"黎霂言看到顾卿遥的反应，顿时什么都懂了。

他无奈地笑了笑，道："也是，我比你大了将近十岁，你对我也没有足够了解。对你而言，或许我和慕寒并没有什么区别。"

顾卿遥沉默良久，这才摇了摇头，笃定道："当然有区别。"

黎霂言没说话。

他从来都不知道原来自己也会紧张。他看向顾卿遥，像是在等待审判的囚徒，可是他还是尽可能地保持着自己冷静自持的神色，像是往常一样。

顾卿遥轻声道："你对我而言，和所有人都不一样。我可以对你说出真心话，我也可以自然地寻求你的帮助，只要有你陪在我身边，我就会觉得很安心……"

黎霂言就觉得自己的心跳愈发快了几分。

"小遥……"

他的嗓音异常沙哑。然后，他想他听到了答案——

"我想我也喜欢你。"

顾卿遥抬起头，语气认真得仿佛是在孤注一掷。

黎霂言静静看了顾卿遥良久，这才轻轻叹了口气，摸了摸顾卿遥的头。

"你应当知道,我是你的小叔叔。"

"那你为什么还喜欢上了我?"顾卿遥反问。

为什么,黎霂言在心底思考着这个问题。

情不知所起,偏偏一往而深。

黎霂言微微垂眸,苦笑了一声。

是啊……

自己应该是理智的一方,可是在面对顾卿遥的时候,所有理智就像是一瞬间消失殆尽。

没听到黎霂言的答案,顾卿遥心情颇好,倒是没想计较那么多,只笑道:"回去吧。"

车开得并不算快,在美国的街头,算是相当悠闲。

顾卿遥骤然得到了答案,总觉得和黎霂言在一起,哪里都透着一种微妙的不自在。

她轻咳一声,还没开口,倒是听黎霂言笑道:"要去买点东西吗?"

"嗯?"

"不是答应要给家人带伴手礼吗?"黎霂言的眼底带着三分笑意。

顾卿遥微微一怔,倒是笑了:"我没想到你都记得。"

好像一直以来都是如此,只要是顾卿遥说过一次的话,黎霂言就从未曾忘记过。

顾卿遥认真想了想,点头应了:"的确是要去买点东西的。"

"去五环广场那边吧,那边商场比较多。"黎霂言看了一眼时间,道。

"好。"顾卿遥笑着点头。

然而满心欢喜的顾卿遥无论如何都没有想到,自己会在五环广场遇到熟人。

遇到凌依依的时候,顾卿遥其实还没反应过来,倒是黎霂言先开口了:"那边的那个人好像是凌依依。"

"嗯?"顾卿遥一怔,下意识地看过去。

凌依依已经转过头来,看到顾卿遥的瞬间脸色就变了。再往下,她看到了顾卿遥和黎霂言交叠的手。

凌依依顿时就笑了一声,大步流星地走了过来:"我还以为是我看错了呢,原来真是顾小姐。"她顿了顿,这才说了下去:"不过也是让我挺意外的,顾小姐这是谈恋爱了吗?"

黎霂言下意识看了顾卿遥一眼。顾卿遥却是笃定地笑了:"没错,谈恋爱了。"

凌依依顿时僵住了。

她根本就没想过，顾卿遥会这样轻易地承认。

顾卿遥和黎霂言谈恋爱了。黎霂言这个人，让一般人想要忘记都难，然而就这样轻易地和顾卿遥在一起了？

凌依依简直恨得牙痒痒，下意识就拿出了手机，嘲道："黎总不是你的小叔叔吗？这沾亲带故的关系，顾小姐居然也厚颜无耻地谈这样的恋爱？"

顾卿遥微微蹙眉。

她倒是没想到，这件事凌依依居然都知道了？

见顾卿遥没有继续说下去，凌依依便笑得更大声了："不是我说，你们还真是没避讳啊？不怕将来孩子生出来是畸形吗？"

"凌小姐倒是相信一些捕风捉影的说辞，"听到这里，顾卿遥终于淡淡开口了。她的眼底满是嘲意，看了凌依依片刻，这才淡淡道："既然这些事情凌小姐都知道了，那么想必应该也清楚吧。黎先生和我并没有绝对意义上的血缘关系。哦也对……凌小姐一直以来都没能挤进海城的上层社会，想来这些也不过是道听途说，难怪对所有事情都是一知半解的。"

凌依依的脸登时涨红了。

她的确都是从旁人那里听来的，可是那又如何？

凌依依咬紧牙关，道："那你可知道我是从谁那里听来的？"

顾卿遥微微颔首，等着凌依依说下去。

凌依依刚想开口，犹豫了一下又顿住了："算了，和你说了你也想不明白。"

顾卿遥轻笑一声："凌小姐，如果你有什么想法，就直言无妨。"

"我……"凌依依靠近了顾卿遥一点，轻声道，"你应该知道我从谁那里听来的这些消息，不就是你爸爸顾先生吗？你觉得呢？顾小姐，你觉得你的生活幸福而美好，不过是因为太多事情你都没有深究罢了。如果有一天，我妈妈发了力，可能你现在的生活就全都没了。你和我有什么区别啊？话说回来，我妈妈好歹还受宠，你真的以为你妈妈和你爸爸感情还好吗？不过是骗你的罢了，你还真的当真啊。"

顾卿遥静静站在原地，道："如果说我们之间的区别，那还真的太大了。你是见不得光的人，一旦发生矛盾，你就只能被送到国外来，甚至连海城都容不下你了。而我，将会在顾氏安然地长大，那是属于我的地方，将来也定会由我来接手，可是你呢？你将会一无所有。"

凌依依看了顾卿遥良久，这才轻笑一声："我一无所有？至少现在还轮不到你说这句话。顾卿遥，你真的以为自己什么都有了。可是在我看来，你只是高兴得太早了，我能拥有的东西，你根本就想象不到。"

说完了这句话，凌依依没有再和顾卿遥说什么，只是笑着道："我还要等人呢，顾小姐快去好好享受你的恋爱吧。"

黎霂言从始至终都没说什么。离开的时候，黎霂言停住了脚步，让萧泽过去和凌依依低声说了句话。凌依依的脸色白了白，加快脚步匆匆离开了。

黎霂言则是看向顾卿遥，道："不用理会她，不过是逞嘴上便宜罢了。"

"其实同样的话，凌筱蔓也说过。当时我就觉得很是怪异，她们已经失去了一切，怎么还有绝对能翻盘的信心？"顾卿遥轻声道。

黎霂言微微蹙眉："你这样一说的确也是。"

顾卿遥轻叹了口气，揉了揉太阳穴："如果不是在虚张声势，那么就是他们的确是藏了一手牌。"

藏了什么呢？

顾卿遥不得而知。

凌筱蔓现在很是沉得住气，甚至不怎么来公司和顾彦之见面了。之前监控的电话号码凌筱蔓照旧用着，只是几乎没有任何和顾彦之通话的影踪。顾彦之最近更是安分得很，甚至前些日子念宛如说，顾彦之都陪她逛了街，念宛如满足得很。

分明是如此平静，顾卿遥却总是觉得有点微妙的怪异。

他们在酝酿着什么，而那很可能带来不可避免的风暴。

其实和黎霂言相处得越久，顾卿遥就愈发感觉到黎霂言的包容。

也许是因为黎霂言年纪大上一些，对顾卿遥所有的想法，黎霂言几乎都会下意识地去包容。他会耐心地陪着顾卿遥逛街，给顾卿遥介绍伴手礼的时候语气温和而好听。顾卿遥忍不住地笑。

这样好的人，现在站在自己的身边，甚至可以让自己名正言顺地说上一句，这是她的人了。

这种感觉真是满足。

"不过说起来，我想要和特约嘉宾洽谈一个项目。"顾卿遥兴致勃勃地一边打量着伴手礼的包装，一边说着。

"是什么项目？"黎霂言问。

"将第三方支付的APP（即应用程序，后同）引入美国，美国现在还是以信用卡为主要支付手段。人们似乎很不习惯将金钱直接装进手机里。但是事实上，一旦用过这样的APP，人们很容易产生依赖，能够在国内风靡起来的存在，我想在这边也一定会有市场。更何况中国的相关企业也是在美股上市，美国现在对于这些应当也有一定程度的了解了。"顾卿遥说着。

黎霂言微微蹙眉，点头应了："的确是有了解，只是这种了解到了什么程度倒是未可知。"

"如果能够在这边拿到稳定的投资，那么初期就可以加入一定程度的补贴，人们总归是有这样的心理的。"顾卿遥平静笑道。

黎霂言也跟着笑了："你是参考了国内的经典案例。"

"没错。当时共享经济和第三方支付，甚至是打车软件最初发展起来的时候，都是因为有庞大的资金流作为支持，这才在国内慢慢养成了用户的支付习惯。"顾卿遥认真道。

黎霂言看了顾卿遥一会儿，道："我可以给你投资。"

"那不一样，用资本方的钱和用你的心态不同的。"顾卿遥认真道。

黎霂言弯唇笑了："所以你第一次用我给你的钱时，和现在心态也不一样了吗？"

"现在你不是我男朋友了吗？"顾卿遥很是自然地反问，"既然这样，那我不能用自己人的钱的。"

黎霂言笑意更深。

他摸了摸顾卿遥的头。对于顾卿遥这样内外分明的态度，黎霂言忽然就觉得心情颇好。

"如果你想要直接在这里拉到投资，我想以你的能力，定然能够做到。"黎霂言斩钉截铁。

"今晚……你真的觉得我可以吗？"顾卿遥轻声问。

"当然，只要你想。"

只要你想，那么你就没有做不到的事情。

黎霂言从未这样肯定过一个人。可是对顾卿遥，他从未吝啬过自己的夸奖。

当天晚上，顾卿遥穿上了一身西装，头发也自然地盘起。豆沙色的口红让她整个人显得温婉无比，然而浑身上下的气质还是如一的干练。

黎霂言看了顾卿遥一会儿，微微笑了："我觉得很不错。"

"那就好。"顾卿遥轻声笑了。

然而让顾卿遥意外的是，他们到的时候，里面只坐着一个人，一个有"金牌投资人"之称的巴里特先生。

见到顾卿遥，巴里特微微一笑，伸手道："黎先生，顾小姐，很高兴见到你们。"

想象之中的圆桌会议并没有到来，甚至连顾卿遥心底打好的腹稿都没有了用武之地。她微微笑了笑："您好。"

"请坐。"巴里特的脸上始终挂着淡淡的笑容，看了顾卿遥一会儿，方才问道："顾小姐前些日子受惊了。"

顾卿遥一怔，这才意识到这说的应该是林夏雪那件事。

她平静开口道："不过是一个小插曲。我很期待美国司法部门的相关处理结果，毕竟我的人的确受到了伤害。"

"相信司法部门会给顾小姐一个满意的答案。顾小姐，事实上，我们很抱歉今天只来了我一位。因为顾小姐在会上的言论，信用评级机构认为自己的声誉受到了直接影响，所以他们可能无法在短时间之内和顾小姐直接洽谈合作。相信顾小姐也能理解吧？"巴里特淡淡笑道。

顾卿遥眉眼之间毫无波澜，点头应下："当然。"

"这样说吧，我很喜欢顾小姐的性格，甚至是顾小姐针锋相对的言辞。顾小姐身上有一种很明显的少年意气，这样的脾性在商界已经很少能够见到了。所以今天我之所以过来，其实也是不谈合作，只是想结交顾小姐这个朋友了。"巴里特也笑了笑道。

黎霂言下意识看了顾卿遥一眼。

他比任何人都更加了解顾卿遥。顾卿遥之所以在这次比赛中这样努力，很大程度上就是为了这一次。

这一次机会能够让顾卿遥拥有梦寐以求的一切，甚至可能是自己的事业。

她将可以脱离顾家，不再依附于顾家，转而经营自己想要经营的一切。

她可以从这里开始酝酿梦想，可是这里只坐着巴里特一个人，更何况，巴里特的一番话，已经将这一切全都打翻了。

然而顾卿遥依然神色如常，尽管心底已经愈发沉了下去。可是她依然含笑道："我很高兴能够拥有这个机会，只是……"

黎霂言平静地打开公文包，淡淡开口道："不知道今天主办方还会参与吗？"

"这……"巴里特摇摇头，神色有点无奈，"抱歉黎先生，我们也知道顾小姐亟需一笔投资，这也是顾小姐之前百般强调的。只是投资这种事也讲求缘分，我想这一次是顾小姐缘分未到。顾小姐这样优秀，将来一定也会有更多的机会，所以正如我刚刚所说，我们今天最好还是不要谈这些扫兴的事情了，黎先生觉得呢？"

顾卿遥暗自攥紧拳头。

不甘心，几乎是溢满心底的不甘心。

怎么能在这里向后退呢？

她分明已经努力走到这里了啊!

她万分期待,也尽了全部的努力争取到了这个机会。这是卷土重来的起点,可是现在她就要彻彻底底失去这个机会了吗?

只是因为自己太过锋芒毕露?

她咬紧牙关,刚打算开口,就见黎霂言淡漠地将一份文件重重放在了桌上:"既然如此,那么这一次比赛已经违约了。"

一句话落,巴里特微微蹙起眉头。

"我不明白黎先生的意思。"巴里特的唇角添了三分笑意,抱着双臂道。

黎霂言轻笑一声:"这场比赛没有丰厚的奖金,也没有足够吸引人的媒体报道。换言之,这场比赛最大的看点就是在特邀嘉宾上。每一场正式比赛的设立都会有相关的备案,那么这次青年商业领袖赛最重要的褒奖就是最后的这一次投资商议机会,它给了每个有梦想的青年一个走到台前的机会,也给了各位一个投资的选择权。根据比赛宣传期间的相关预期,我们认为最后至少会有五到六位特邀嘉宾出现在这里,出现在冠军队的面前,来倾听冠军的发展意向并且决定是否进行投资。可是这一次,我看不到任何诚意。"

巴里特微微一笑:"既然黎先生说了约定,那么黎先生应当也明白,任何事情都是有特别条款的。顾小姐在会上的表现的确足够亮眼,可是这也让很多投资人心生疑虑,认为这样的投资可能会让人血本无归。顾小姐毕竟过分年轻了。"

"巴里特先生,您不必说这些。如果比赛方决定彻底违约,那么我并不介意在此提出一场民事诉讼。哦对,或许还要加上性别歧视和种族歧视条款。"黎霂言依然笑着,可是语气却让人不得不认真起来。

良久的沉默,巴里特忽然笑了,他看向顾卿遥,含笑道:"这是黎先生的意思,还是顾小姐也这样认为?"

见顾卿遥没开口,巴里特笑意渐深:"顾小姐,你还年轻。或许你还不明白,倘若你坚持,那么大家可以为你开一次视频会议。可是你真的觉得这样的坚持有必要吗?你或许会开罪所有华尔街的投资人,人们会将年轻的你牢牢记在心间,因为你的合作是靠要挟而来的。"

"不,这不是靠要挟而来,而是我应得的机会,"顾卿遥含笑道,"没错,我的想法和黎先生一样。倘若主办方执意违约,那么很抱歉,我将会毫不犹豫地行使我的权利。"

巴里特微微颔首:"可以,我这就联系一下主办方。相信主办方愿意为顾小姐开一个视频会议,请顾小姐将你的想法整合一下。鉴于我们最初的宣传上面也没有说明会议的时间,大家也都很忙碌,那么我在这里敲定,我们的视频会议时间为二十分钟。顾小姐,没有异议吧?"

顾卿遥点点头:"当然,我同意。"

"那好。"巴里特脸上的笑容已经完全消失了,他很快将事情安排好了。顾卿遥神色自如地打开了笔记本,看向屏幕里面的人们。

让顾卿遥意外的是,大家居然都在镜头那边,显然已经是早有准备。

每个人的脸色都是凝重的,显然是刚刚探讨过什么重要的事情。见顾卿遥开了镜头,主办方便开口了:"顾小姐,请开始吧。"

顾卿遥开口,条分缕析地讲起了将第三方支付引入美国的可行性。

起初还有人一脸的困顿,也有人是满脸的不耐,可是顾卿遥毫不介意地说了下去。

慢慢地,人们的神色愈发沉了下来。

"第三方支付",这个词对于所有华尔街的人而言都陌生。国内多年的首富都和这些有关,.甚至人们已经惯出门不带钱包不带银行卡了。这样的热潮,在美国真的可行吗?

顾卿遥的话带有鼓动性,这一点,众人也是慢慢方才发觉。

已经有人开始变色,顾卿遥却开口道:"已经二十分钟了,请问各位还要继续听下去吗?"

她的笑容是如此平静,巴里特却是忍不住笑了:"顾小姐,请继续吧。"

"没错,顾小姐请将你的想法彻底阐述清楚。"

"那好,"顾卿遥的眼神带着些少女特有的狡黠,"在我看来,无卡时代是一个必然的趋势。与其让人抢夺先机,不如将机会牢牢把握在自己的手里,而现在我给大家提供的就是这样的机会。我想要将这些引入美国,并且在美股上市。对于在座的各位而言,除了无法实际掌握公司的控制权以外,是没有任何风险可言的……"

"不能实际掌握控制权是什么意思?"巴里特蹙眉问道。

"我会采取双重股权制。"顾卿遥平静道。

双重股权制,没有金融人对这个词不熟悉。换言之,就是投资人主要享有的只是分红的权利,却只有很小的可能直接干预公司控制。

公司的创始人可以始终坐稳公司的第一把交椅,这个顾卿遥,倒是很有信心!

人们面面相觑,刚刚已经准备举牌的人慢慢放下了手上的动作。

巴里特微笑开口了:"顾小姐,我可以理解你对你的项目有足够的信心。但是我想,在座的任何一个人包括我,都不敢将所有的权利直接交到创始人的手上。你可以作为公司的最高管理人,我们也不会主动干预公司的管理,可是一旦公司执行出现问题,我们需要有起码的话语权。"

"没错,顾小姐实在是太年轻了,而且现在的顾氏也并非由顾小姐操持。顾小姐对于公司的实际运营或许并不像是你想象的那样熟稔。"

"将控制权交给一个毫无经验的创业者,这是我们业内的大忌。顾小姐,希望你考虑放弃你的想法,在公司出现重大运营问题之前,我们可以保证不干预公司的日常操作。"

"的确……"

众说纷纭。

顾卿遥神色淡然:"是这样的,第三方支付本就是中国而起,换言之,我才是这里最大的经验者。虽然我没有在顾氏实际操作过,可是我在顾氏也做了一段时间的特助,我个人参与的项目也并不少,另外……"

"顾小姐,我可以给你投资一千万美金,前提是我要按照股份数享有话语权。我可以支援你的梦想,只要你放弃你刚刚的想法。"巴里特忽然开口。

黎霖言淡淡笑了:"如果大家都是这样考虑的话,那么我可以做顾小姐的第一担保人。"

顾卿遥怔住了。

"黎先生,您是认真的吗?"巴里特蹙眉开口。

黎霖言的公司市值多少,所有人都心知肚明,这是中国冉冉升起的一颗新星。

这次黎霖言能够答应和顾卿遥同队,已经让众人无比震惊了。

而现在,黎霖言所说的,是要为顾卿遥担保?

担保是什么概念,是连带责任吗?

巴里特轻笑一声:"如果这样说,一旦投资失败,黎先生会为此负责,是吗?"

"巴里特先生说笑了。卿遥虽然在商界是新人,可是并非对此一无所知。任何投资必然伴随着风险,在座的各位浸淫华尔街多年,能够说出这种话,实在是让我大开眼界。"黎霖言轻笑一声。

他的语气中带着满满的嘲意,饶是在座的各位都是老狐狸,依然脸上有点挂不住。

这个黎霖言……说话未免不留情面了些。

奈何顾卿遥的说法的确是让人心动。

没错,如果能够抢占先机,那么将来人们已经习惯了这样的第三方支付APP,即使有别家要来分蛋糕,也绝对会落下风的。

这样一想,人们只好忍着气继续笑着开口:"既然如此,黎先生这是何意?"

"很简单,我愿意作为顾小姐的第一投资人,以公司名义为顾小姐注资一千万美金,作为顾小姐的合伙人之一。当然,我完全尊重顾小姐设计的双重股权制。我相信一个经验丰富,甚至能够在房地产泡沫前精准地预言这一切的人,对于金融也有足够的洞察能力。"黎霂言平静道。

一千万美金。

这对于任何一个公司而言都不是一个小数目。

黎霂言就这样淡然地签了字,众人无不沉默下来。

顾卿遥也怔住了。

她看向近在咫尺的黎霂言,心底满是说不出的滋味。

是了……

从最初开始就是如此。

黎霂言会支持自己的一切决定。旁人认为天方夜谭的事情,只要自己说出口了,黎霂言就会毫不犹豫地支持。

顾卿遥抬眼道:"既然如此,那么第一轮中我只会再接受一位投资,希望各位好好考虑。"

她的笑容自信飞扬,仿佛整个人都在发光。

黎霂言微微一笑,饥饿营销,他的小姑娘果然聪明啊……

那天会议结束的时候,人们都沉浸在刚刚发生的事情所带来的震撼中。

顾卿遥和黎霂言仿佛是天造地设的一对,他们轻而易举地让人们为他们的项目争先恐后。

如果这是饥饿营销,那么不得不说,这样的饥饿营销简直堪称范本。

最后巴里特敲定投资意向的时候,甚至有种松了口气的感觉,唇角都忍不住露出了笑容。明明是在主动给人送钱,却像是占了天大的便宜。

真正离开会场的时候,巴里特方才轻笑了一声:"顾小姐,黎先生,你们果然很聪明。"

"合作愉快。"顾卿遥如是道。

"合作愉快,我相信你们。"巴里特沉声道,"保持联系。"

"当然。"顾卿遥也笑着应了。

顾卿遥从未想过,在来美国之前,一切仿佛都是个不定数。可是现在,她第一轮融资就拉到了快三千万美金的投资。

这甚至是很多公司在上市之前都难以想象的数字,就这样轻而易举地被送到了她的面前。

拿到投资合同的时候,顾卿遥的手甚至微微有点发颤,珍而重之地在上面签了名字。

而同样重要的是，她和黎霂言真的在一起了。

一切美好得仿佛在做梦一样。

然而刚一下飞机，顾卿遥就被面前的媒体大军惊了一跳。

她下意识地看向黎霂言，就见黎霂言脸色也不怎么好看。

"看来是来围追堵截我们的。"顾卿遥低声道。

她知道黎霂言对于媒体的避讳，从前这些人怎么可能敢这样来堵他们，今天也不知道是怎么了？

"顾小姐，听说您和自己的小叔叔在一起了，请问是真的吗？"

"顾小姐，您说句话吧！这件事现在已经在国内传开了！"

"顾小姐，听说您的父亲为此雷霆震怒，您真的认为你们可以走下去吗？"

"顾小姐！"

顾卿遥下意识地侧身，想要将黎霂言挡住。

她知道黎霂言不喜欢这些。

可是让顾卿遥无论如何都没有想到的是，黎霂言冷着脸径自将顾卿遥揽住了。

他的手搭在顾卿遥肩上，神色淡然自若。

"有什么话你们可以直接来问我。"他长身而立，脸色冷得慑人，"如果各位对我的家事那么好奇，不如好好问问爆料人，我和卿遥到底是什么关系。这种捕风捉影的事情也会拿出来报道，各位真是愈发没有职业道德了。"

"嗯，黎先生……"

见黎霂言毫不犹豫地出来护住了顾卿遥，已经有记者下意识地退缩了。

黎霂言的行事作风，在场的人实在是太了解了。

曾经也有过传言，说是报道了黎霂言不喜欢的报道的记者后来莫名地从报社消失了。甚至曾经发表过黎霂言扒皮报道的杂志社，也不过是盛极一时，很快就因为销量问题被停刊了。

这一切的一切，虽然不知道是真是假，可是的确在海城的媒体界传播了很多年。

他们本想要将顾卿遥堵住，哪里想到黎霂言毫不犹豫地上前了？

黎霂言对这个顾卿遥，还真是相当护着啊。

人们面面相觑，慢慢让开了通路。

黎霂言脸色始终无比冷峻，单手护住顾卿遥就往外走。

顾卿遥忍不住唇角的笑意。

她始终不害怕这些，可是不得不说，被保护的感觉真的是很好。

这种感觉会让人沉迷的。

一走出去，第一眼看到的就是翘首以盼的念宛如，还有旁边冷着一张脸的顾彦之。

顾彦之上前几步，让人将顾卿遥手中的行李箱接过来，毫不犹豫地拉住顾卿遥就往外走。

"爸爸。"顾卿遥低声反抗。

"你还想干什么！"顾彦之的声音却是丝毫不避讳。

黎霂言站在一旁，神色带着点讽刺。

顾彦之沉声道："跟我回家，有什么事情回家再说。你还嫌不够丢人吗？"

"我哪里丢人了？"顾卿遥将顾彦之的手甩脱，沉声问道。

顾彦之气得手都在微微发颤。

他指着顾卿遥的鼻子，一字一顿地问道："你自己说，你不知道你自己错在哪里吗？啊？你怎么好意思和黎霂言在一起？你不知道他是顾家领养的儿子吗？你该叫他一声小叔叔，现在呢！你叫他什么？你让我叫他什么！"

"原来父亲这样在意脸面。"顾卿遥轻笑一声，淡淡道，"那么父亲希望我如何称呼凌依依呢？"

后面的半句声音压得很低，可是还是精准无误地传到了顾彦之的耳畔。

顾彦之几乎怒不可遏，猛地抬起手，就要一巴掌打在顾卿遥脸上。

顾卿遥还没来得及闪躲，就见黎霂言径自伸手，毫不犹豫地擒住了顾彦之的手。

"顾先生，在机场掌掴自己的独女，顾先生敢说出口吗？是因为什么原因？"黎霂言像是根本没用什么力气，却是死死钳制住了顾彦之的手腕。

顾彦之涨红了脸，掰了好几下也没有将自己的手腕扯出来，反而觉得钻心的痛。

他哑声道："你给我松手！"

"你不是不知道该叫我什么吗？那么我自我介绍一下，我是小遥的男朋友。现在顾先生知道该如何称呼我了吗？"黎霂言冷冷道。

他猛地松开了顾彦之的手。顾彦之因为用力过度，狼狈地朝后面跟跄了几步，这才勉强站稳了。

"如果顾先生还不清楚自己该怎么做一个合格的父亲，那么我并不介意这样的事情多上演几次。"黎霂言意有所指。

顾彦之摸了摸自己的手腕，觉得自己的手腕都要脱臼了。

黎霡言怎么这么大力气？

他不解地在心底想着，却也的确不敢再逞嘴上功夫了，只向后退了几步，悻悻然道："行了行了，这件事就到此为止吧。有什么话我们回家再说。小遥，走了。"

"小遥。"黎霡言忽然开口。

顾卿遥点头看过去。

就见黎霡言的笑容无比温和："有什么事情就给我打电话。我的电话二十四小时开机。"

顾卿遥怔了怔，这才微微笑了："好。"

回去的路上，顾彦之一直阴沉着脸活动自己的手腕，良久方才淡淡开口："顾卿遥，你是不是和那个黎霡言还谈了一笔合作？"

"嗯，是。"

"拉到了多少投资？"顾彦之问。

他就像是在极力压抑着自己的怒意。顾卿遥听得出来，只淡淡道："不多，大概三千万美金。"

顾彦之狠狠拍了一下旁边的座椅，皮质座椅发出了砰然重响。

念宛如蹙眉开口："彦之，你别这样。"

"我怎么样？你倒是说说我怎么样了！你看看卿遥最近像是什么样子，胳膊肘都往外拐！自家人都不管不顾了，倒是整日都想着给黎霡言谋福利了！现在可好，黎霡言那边什么都顺顺利利的，你看看我们顾家呢？"顾彦之冷声骂道，"传出去都让人笑话！我们家养了这么大宠大了的姑娘，现在天天都惦念着自己的小叔叔！"

念宛如的脸色也微微白了，低声道："卿遥也不是为了她小叔叔，更何况不是没有血缘关系吗？"

"和黎霡言有关系的是我们顾家，你们念家人当然可以这么说。要是事情发生在你家，你也不看看你爸爸会说什么！"顾彦之怒不可遏。

"你昨天还说，如果不是因为小遥，那么这次金融危机的事情顾家肯定不能如此安然无恙。彦之，你总要看看孩子的好，孩子喜欢黎霡言怎么了？就算是将投资项目和黎霡言合作了又怎么样？这是孩子自己的选择，你就不能尊重一下孩子的选择吗？"念宛如扬高语调问道。

顾卿遥微微一怔，下意识看向念宛如。

顾彦之阴沉着脸没说话，良久，方才重重开口："今晚我不回家了。公司还有些事情要处理，明天估计也不回来了。"

"你去吧。"念宛如脸色变了变，最终还是咬牙道。

"这周末我爸让我们过去一趟,他要和小遥聊聊。你让小遥做好心理准备。有些我说不出口的话,她爷爷可都能说出来,"顾彦之冷声道。他让司机在路边停了车,拉开车门,这才看向后座的顾卿遥,淡淡道,"我是你爸爸,也是这么多年和你最亲的人。现在你为了一个外人和你爸爸我这样。你自己想想,你将来还能成什么样子?"

顾卿遥没说话。顾彦之倒是淡漠地笑了一声:"你真是让我心寒。"

"彼此彼此。"顾卿遥最后如是道。

顾彦之的脸色变了变,这才转身离开了。

顾卿遥从车窗看出去,就见顾彦之刚一转头就开始摆弄手机,显然是要和谁说什么了。

顾卿遥轻叹了口气,没说话。

念宛如也闭了闭眼,良久方才哑声道:"小遥,你也别想那么多。你爸爸那个人嘴就是那样,昨天……"她顿了顿,方才说了下去,"你爷爷来电话说了点不好听的,你爸爸听了觉得损了面子,这才这样了。前些天他还每天都夸你呢,说是没有你,顾氏可能都撑不过这一关。"

顾卿遥小声问:"妈妈觉得生气吗?"

念宛如怔了怔,摇摇头:"妈妈只希望你开心,找个真正对你好的人。黎先生这个人啊……还挺不错的。"

顾卿遥看了念宛如一会儿,就觉得自己的眼眶微微湿润起来。

她咬紧下唇点点头,良久方才找回了自己的声音:"妈妈,我认定了,黎先生真的挺好的。"

"那就好。"念宛如有那么一瞬的失神,轻轻摸了摸顾卿遥的头,笑道,"人啊,一辈子找个合心意的好人,能一辈子宠着你爱着你,那是真的不容易。"

她的目光微微放空。顾卿遥不知道那一瞬间,念宛如想到了什么。

是不是想到了前段时间的一大堆糟心事,顾卿遥刚想劝说,目光却被窗外的人吸引了。

凌筱蔓正笑着看向手机,朝着刚刚他们车行的方向走去。

顾卿遥下意识看向念宛如,念宛如神色极冷。

第15章

我只想让你相信我

念宛如微微垂眸,良久方才开口:"我们回家。"
"可是……"
"可能只是个巧合,如果我现在贸贸然冲上去,反而会让人想太多。"念宛如轻笑一声,道,"更何况,她如果真的有这方面的心思,往后肯定也会露出端倪,不可能就这样过去了。"
"好。"顾卿遥深深吸了口气,点头应了。
尽管如此,她还是看了萧泽一眼,萧泽立刻心领神会地点了点头。
回到家,念宛如看着顾卿遥献宝似的将伴手礼一样一样拿出来,眼底眉心都是笑意:"这个好看。"
"是吧?我就觉得这款胸针很适合妈妈,妈妈喜欢真是太好了!"顾卿遥笑着道。
念宛如拿着看了一会儿,这才将东西收了,问道:"小遥,妈妈问你,你真的和黎霂言在一起了,是吗?"
顾卿遥听出念宛如的语气变了,变得愈发凝重认真。
她顿了顿,点头应下:"对。"
"你……"念宛如深吸了口气,哑声道,"妈妈真的是没想到,你之前不是和妈妈说,你和黎霂言不是那种关系吗?"
"他是个很好的人,妈妈刚刚不是还支持我的吗?"顾卿遥忍不住问。
念宛如摇摇头:"小遥,你自己想想,你觉得你和黎霂言般配吗?黎霂言的性格你又了解多少?他的年纪比你大了那么多,他和顾家还有不少矛盾没有解开。等到你们真的面对这些问题的时候,黎霂言真的会坚持下去吗?你呢?你又能承担多少压力?"

"他能,而我也能。"顾卿遥微微垂眸,轻声说道。

念宛如长叹了口气:"那不过是最理想的状况。"

"不,妈妈,我是真的相信我们都可以做到。"顾卿遥认真道,"我既然选择了黎霂言,这些事情我自然都考虑过。黎先生在很多事情上帮了我很多,甚至在岳景峰和林夏雪的事情上也是。如果不是因为黎先生帮忙,我都不知道我能不能走到今天。"

"如果黎霂言一早就想过要和你在一起,那么岳景峰的事情上,他很可能有私心。"念宛如的脸色有说不出的意味,"你该知道他恨顾家,如果能够将你彻底拉入他的阵营,将来他在对付顾家的时候,你也会跟他站在同一条战线。小遥,岳景峰的事情上,妈妈是不是坚定地拒绝了你爸爸?因为妈妈不希望你受伤害,可是黎霂言这件事也是一样的,妈妈不希望将来你会后悔……"

顾卿遥沉默下来。

良久,顾卿遥方才哑声道:"我不会后悔,妈妈。"她微微顿了顿,这才收敛了神色,认真道:"倘若真的是我识人不明,那么我也认下了。"

念宛如的眼底有说不出的无奈。

顾卿遥却只是扬唇笑了笑:"妈妈既然应了当时让萧泽来陪我,想来也是对黎先生的人品很是放心的,怎么现在忽然担忧起来?"

"那不一样……"念宛如长叹了口气,道,"做恋人和朋友,怎么能一样?"

顾卿遥却只是笃定地说着:"我相信黎先生。"

简简单单的六个字,却将念宛如所有的话都堵住了。

念宛如忽然意识到,都说顾卿遥温柔,可是那骨子里面的倔强却是无人能敌。

她认准了的,就再也不会改了。

倒时差对于年轻的顾卿遥而言,似乎从来都不是一件大事,到了晚上顾卿遥还是兴高采烈的,半点也没有被时差困扰。

顾彦之果然没有回来,念宛如似乎也出门了,偌大的家空空荡荡的。顾卿遥慢条斯理地吃完了晚饭,看了一会儿电视,倒是微微笑了:"原来现在国内都知道了这次比赛的事情。"

"是啊……"萧泽在旁边点头,"也不知道是怎么想的,这次报道特别多。"

"而且看起来都不是什么正面报道。"顾卿遥轻笑一声。

"有说小姐预言准确的，不过还有很多人都在猜测，小姐这次没有利用顾家的资源，反而和黎先生合作是何用意，是不是意味着小姐以后要脱离顾家了。"萧泽忍不住笑，"这都什么人，不去挖娱乐圈绯闻可惜了。"

顾卿遥看了一会儿，毫无兴致地将电视关了。

"不过这样一来，明天我去公司估计也是同样的状况。"

"小姐是在担心……"

"公司的人恐怕也会有想法。"顾卿遥淡淡道。

"小姐刚刚拯救顾氏于水火之中，他们怎么好意思?!"萧泽的脸上写满了难以置信，"小姐，之前白家炫耀成什么样子，现在都那么惨了。如果不是因为当时小姐阻止，现在出事的就是顾家了！"

看着萧泽义愤填膺的样子，顾卿遥忍不住笑了："你是说董事会和股东会的人吗？"

"尤其是股东会，他们是首要受益者。倘若顾家真的直接受到这次金融风暴的影响，小姐，他们手中的资产都要缩水数十倍的。"萧泽面色微沉。

顾卿遥微微颔首，又道："那么你不妨想一想，你觉得这个消息最初是由谁放出去的？"

萧泽呆了呆："小姐是说公司的消息吗？"

"没错。"顾卿遥的神色愈发淡漠，"国外的消息只用了一天时间，就在国内沸沸扬扬。当时在场的人里面没有媒体，那些特邀嘉宾即使是将这件事传出去，想必也不会这么快引起国内媒体的重视，更何况是引起了公司那么多人的关注。"

萧泽的神色变了变，良久方才轻声道："小姐是在怀疑当时在场的人，换言之……小姐是在怀疑黎少，是吗？"

顾卿遥怔住了。

她从未这样想过。

黎霂言一直以来对自己是怎样的维护，顾卿遥始终记在心上。

那些波澜不惊的岁月里，有多少是因为黎霂言帮了忙，顾卿遥永远都不曾忘。

可是现在，萧泽一番话，简直就是石破天惊。

她甚至没有来得及和家人说上一句这次的投资案，为的就是不想让这个消息太快尽人皆知。

可是这个消息还是不可避免地传开了……

黎霂言，真的是他做的吗？

想到念宛如的话，顾卿遥微微闭了闭眼。

"他就是想要将你拉入他的阵营，将来真的和顾家作对的时候，你就不得不帮他了。"

是这样的吗？

"小姐您冷静一点啊……黎少不可能这样对您的。黎少这么久以来对您是什么样子，您还不知道吗？"萧泽忍不住道。

顾卿遥看向萧泽，忽然弯唇笑了笑："萧泽，你曾经说过，你是我的人。"

萧泽陡然语塞。

"可是这么久以来，我总觉得你还是很听黎先生的话。甚至有些事情，我没有让你转告，你也会直接转达黎先生。"顾卿遥平静道。

萧泽低声道："我只是希望小姐和黎少都能好好的。"

顾卿遥还想说什么，却是一眼看到萧泽之前伤口留下的疤。

跟着自己这么久了，萧泽其实一直是没心没肺的模样。如果自己再说下去，萧泽会变成什么样子？

像是自己查到的资料，沉默寡言，仿佛再也没有什么能够撼动他强悍的神经吗？

顾卿遥微微垂眸，只道："抱歉，我可能只是太累了。"

萧泽一怔，看向顾卿遥的眼神有一瞬间的复杂："小姐好好休息吧。"

"嗯，你也好好休息一下吧！这次出国真的幸好有你在了。"顾卿遥的语气很是认真。

萧泽又呆了呆，这才摸摸头不好意思地笑了："应该的。"

他小心地将门掩上，顾卿遥翻了个身，却也就迷迷糊糊地睡过去了。

她预计了无数种情况，却还是没能料到，第二天到公司的时候，自己会掀起这么大的波澜。

好像一夜之间，她的壮举就被所有人了解了似的。

就连前台看到顾卿遥，都下意识地站起身，尴尬地叫了一声顾小姐早，眼神都带着无措。

顾卿遥神色如常地走上楼去，一眼就看到正在忙碌着的慕听岚，还有对面已经空下来的位置。

那是原本属于她的位置，看来顾彦之收拾东西的速度果然很快。

昨天还说要出去忙碌的顾彦之此时正安然坐在办公室里，见顾卿遥来了，便蹙蹙眉开口："进来吧。"

"顾总。"顾卿遥话音未落，就见顾彦之将一叠报纸摔在了桌上。

"你自己看。"

他的脸色很沉。

顾卿遥将报纸翻开看了一眼，登时就蹙起眉头。

"这是什么意思？"

"你自己觉得是什么意思？"顾彦之反问，"顾卿遥，你是我的女儿。你看看其他家的孩子是怎么当的！于菡岚出去一趟，回来给于家拉来了一个大客户，就是因为舞会上和旁人多交际了几句。你可以没有这个本事，爸爸也不怪你。你在金融领域的优秀尽人皆知，但是呢！"

顾卿遥的目光从报纸的版面上迅速掠过，意思基本都是一样的——

"著名房地产商顾氏家族内部显有不和。"

"金融巨鳄顾家独女顾卿遥海外获奖，千万商务合作竟落入外人之手？"

"全都是这些！"顾彦之怒不可遏，"你自己看看，这叫什么事情？啊？"

顾卿遥面不改色地看了一会儿，忽然问道："爸爸是怎么知道我有商务合作机会的？"

顾彦之蹙眉："这件事现在全海城都知道了，你还希望你爸爸被瞒在鼓里？"

他显然更生气了，却也让顾卿遥的心愈发沉了下去。

顾彦之不怎么擅长掩饰自己的情绪。倘若这一切真的是顾彦之安排的，那么顾彦之现在很难露出这样真切的愤怒表情。

那么……后面的推手究竟是谁？

"你也是厉害啊，在外面拿奖了，有商业合作机会，第一时间不和家里说，反而和黎霂言一起将这个机会吞下来了。那你当时还要求来顾氏实习做什么？你直接去参加比赛拿奖就好了，将来顾氏是好是坏，和你也没有关系了不是吗？"顾彦之狠狠拍了一下桌子。

"父亲。"顾卿遥的神情始终无比平静，仿佛顾彦之的暴怒没有影响到她半点似的，"我的确是认为我提议的项目很不错，而且也符合大赛的宗旨，也就是青年商业家的创新。倘若我执意要以顾氏的名义和他们合作的话，我能拿到的融资金额一定不会有现在这样多，而且对于顾氏这样的成型公司而言，这笔钱并不算一笔巨额融资，不过是杯水车薪罢了。可是对于一个新兴领域，这就是……"

"你这是自私自利。"顾彦之长叹了口气。

顾卿遥轻声道："这些话是爸爸的真心话吗？"

"你什么意思？"顾彦之反问。

"最初，在我预言美国楼市拐点时，父亲认为我是在哗众取宠，现在父亲又说我自私自利,"顾卿遥的语气有说不出的委屈,轻声道,"在父亲的眼中,我就是这样的人是吗?"

顾彦之的手微微蜷紧。

是了。

在自己眼中,自从顾卿遥拿走了顾家的股份,自从顾卿遥开始有意无意地和自己作对,顾彦之就愈发开始习惯性地找顾卿遥的麻烦。

这个在旁人眼中已经无比优秀的女儿,在自己这里好像做什么都是错的。

"以前的爸爸不会这样的。"顾卿遥哑声说着。她自己都不知道自己这是卓绝的演技,还是真心话。

顾卿遥只是看向面前的顾彦之,眼眶微红地说着。

良久,顾彦之方才叹了口气:"你啊……爸爸也只是在教你做人的道理。你毕竟是顾家人,将来走到哪里,你都是顾家人。你可能觉得你现在和黎霂言感情好,你们已经是一家人了,所以要为彼此考虑。可是你不要忘了,有一天他和顾家可能有利益相左的时候,到时候你会被迫做出选择。到时候你要为了你所谓的男朋友而放弃你父亲吗?爸爸不希望你被骗,你明白吗?"

"所以爸爸,当年顾家和黎霂言究竟发生了什么,让黎霂言和顾家反目成仇?"顾卿遥借着这个机会,忽然问道。

顾彦之的脸色却是陡然变得很难看:"一说起这件事我就来气。根本就没有发生过什么,你爷爷说过,黎霂言要求太高贪得无厌而已。他作为一个养子,你爷爷对他够好了!"

要求太高贪得无厌……

这就是当年的真相吗?

顾卿遥忽然想起黎霂言提起过去时强做云淡风轻的语气,还有眼底挥之不去的复杂情绪,总觉得这一切没有那么简单。

"哦,对了,"顾彦之没有多说之前的事情,只道,"你也准备一下,因为这次金融危机的事情,所以明天要召开董事大会。你不是之前要求了总经理的位置吗?明天你也要跟着参加,很多人也想要见见你。"

顾彦之没多说,只将一张会议议程递给顾卿遥:"看一下这个。"

"好。"顾卿遥将那张纸接过去。就听顾彦之语气微凉地补充了一句,"这个就别给黎霂言看了,知道吗?"

"嗯,好。"顾卿遥点头应下,"我知道。"

"去吧。"

"哦对了爸爸,"顾卿遥顿了顿,忽然道,"昨天晚上我和妈妈看到凌筱蔓了。"

顾彦之的动作微微一僵，轻咳一声，像是在掩饰什么似的："海城说大不大说小不小，见到熟人也是常事。"

"嗯，就在爸爸刚下车没多久。凌阿姨可能是谈恋爱了，笑容挺好看的。"顾卿遥佯作漫不经心地说着。

然而她明显看得出来，顾彦之的手都忍不住攥紧了。他的语气也带着微妙的紧张："行了行了，你一个小孩子，别那么八卦！像什么样子。"

顾卿遥笑了一声，心底却也早就有了定数。

她从房间里面出来，对面的慕听岚小心地看过来："没事吧？"

"没事没事，放心吧。"顾卿遥笑笑，想起之前在这里和慕听岚隔着走廊聊天的场景，现在也是挺怀念了。

"我带顾小姐去新的办公室。"慕听岚笑着站起来，对顾卿遥眨眨眼。

顾卿遥一怔，点头应了。

"顾小姐新的办公室在35层，是总经理办公室。顾小姐现在是和秦凯丰总经理同级，之后工作分工也请和秦总经理一起讨论一下。这是近期的工作内容。另外明天起，顾总会给顾小姐分配秘书。"慕听岚的语气十分公式化。

顾卿遥笑着点头："好，没问题。"

慕听岚给顾卿遥指了一下四个角落，语气平静地说着："这里有四个摄像头，是为了保护顾小姐的人身安全而存在的。"

原来是因为这个。

顾卿遥的笑容微微冷了三分，淡淡道："所以每个总经理办公室都有？"

"不，是因为顾小姐年纪比较小，顾总亲自决定要安上的。"慕听岚的语气有种说不出的意味。顾卿遥看过去，就知道慕听岚这是在为自己打抱不平。

顾卿遥淡淡笑了笑："我明白了。"

慕听岚拉了一下顾卿遥的手，道："这边是茶水间，我带顾小姐来看一下。"

直到离开了那间屋子，慕听岚方才显然松了口气，低声道："顾总说了，让我和顾小姐保持距离。"

顾卿遥垂眸笑了一声："我猜到了。"

"而且其实公司内部的事情，都是那天顾总吩咐人说下去的。让王同伟在食堂里面说了一通，现在尽人皆知了。"慕听岚颇为担忧地说着，"顾小姐，其实前阵子刚刚金融危机的时候，人们都将顾小姐你奉为神祇。没想到这几天的时间，顾总一番话下去，事情就变成这样了。明天的董事会，顾小姐一定会成为众矢之的。"

顾卿遥沉默良久,这才抬眼看向慕听岚:"谢谢你,听岚。"

"不用谢我,这都是举手之劳,说句话的事情。可是你怎么办啊……"慕听岚低声说道,"不然你问问黎先生吧?黎先生之前也有过一段时间像是现在这样,后来也安然度过了,而且还赚了不少好名声。"

顾卿遥微微一怔。

她忽然意识到自己对黎霂言的认识还真是挺少的,甚至还不如自己身旁的人。

"好,你放心。"顾卿遥含笑道。

慕听岚握了握顾卿遥的手:"今天中午要不要一起吃午饭?"

"好。"顾卿遥笑着应下。

这一天的时间尤为漫长。

中间秦凯丰来了一趟,神色如常地将事情说了一下,也算是做了简单的交接,将手头的一部分工作转交给了顾卿遥,对其他的一切只字未提。

顾卿遥挺喜欢秦凯丰这种工作态度。他仿佛从来不会被任何私事影响,工作就是工作,私人生活就是私人生活,划分得很开。

到了晚上,顾卿遥从厚厚的文件中抬起头来,轻轻伸了个懒腰。外面的萧泽正聚精会神地敲着电脑键盘,见顾卿遥过来,便露出两排白牙笑了:"小姐要下班了吗?"

"嗯。"顾卿遥总觉得萧泽的笑容有种说不出的怪异,"怎么了?"

"没什么,今天黎少来接小姐了。"萧泽一边抢着帮顾卿遥拎包,一边说道。

顾卿遥的动作顿时僵住了。

很快,她看到了电梯停在了自己这一层,冲出来的却不是黎霂言,而是一脸阴霾的顾彦之:"你怎么还不下班?"

"刚刚处理好法务部送上来的文件,这就准备下去了。"顾卿遥说着。

"赶快去吧,别让楼下的人等急了。"顾彦之脸部肌肉都在微微抽搐,"黎先生像是展览一样停在这里,实在是让人不敢恭维。"

顾卿遥哭笑不得,却也是尽快下楼了。

果然一下楼就看到黎霂言的车停在公司的正门前,这里一般是即停即走,偏偏黎霂言就像是不等到人誓不罢休似的,在这里老神在在地不知道停了多久了。

他也没坐在车里,长身而立地靠在车上,见顾卿遥走出来,这才微微笑了笑,上前几步,淡淡开口道:"接你下班。"

顾卿遥脸上写满了说不出的复杂："我没想过你会这样高调……"

甚至连车都换了一辆，换成了一辆加长林肯。

"我听说了公司的事情。走吧，边走边说。"黎霖言一如既往地绅士翩翩，帮顾卿遥拉开车门，另一只手护在上面，避免顾卿遥不小心撞到。

可是今天的顾卿遥却显然没有往常冷静，她抬眼看了黎霖言一会儿，这才心事重重地坐了进去。

黎霖言将一切尽收眼底，却也只是轻轻叹了口气，从另一侧上了车。

"听到了很多不好的传言吧？"直到开出去一会儿，黎霖言方才淡淡问道。

顾卿遥转头看向黎霖言的脸色："你怎么知道……"

"所以现在在怀疑是不是我将这些传出去的，是吗？"黎霖言唇角竟是微微弯起了几分。

顾卿遥的心跳愈发快了。

她忽然想起之前念宛如说过的话。

"你和黎霖言在一起，你的心思在他眼中就是一张白纸，什么都写在上面呢。"

的确是这样……

就像是现在，即使顾卿遥极力想要掩饰自己的情绪，黎霖言依然能够准确无误地说出自己担忧的问题。

"我之前就想过了，你可能会不信我。"黎霖言轻笑了一声，转头看向顾卿遥，眼神和从前一样温和却深邃，"是么？"

顾卿遥的每一个字都说得无比费力："我不想骗你，如果说一点怀疑都没有过，那是假的。可是我在和每一个人说我愿意相信你，我相信你对我好是真的，我也愿意相信你说你喜欢我是真的。"顾卿遥哑声道："我们才刚刚在一起，我也知道我们未来有很多困难，但是我还是希望放弃的人不会是我。"

这一次黎霖言是真的怔住了。

他从来都没有想到过，顾卿遥会说出这样一番话。

预想中的一切都不曾发生，顾卿遥没有质问自己。她向来的伶牙俐齿，向来锋利的爪牙没有留在自己身上。

她还是那样冷静，冷静却带着一点微妙的委屈。

黎霖言忽然觉得心有点疼。

因为他知道，顾卿遥说得对，他们的未来注定并不容易。

如果可以，他又何尝想要招惹她？

倘若情之一字，能自由控制就太好了。

可惜……

黎霖言沉默了一会儿，这才伸手轻轻揉了揉顾卿遥软绵绵的头发："所以我来了，我不想让你一个人胡思乱想。"

"所以我是在胡思乱想，对吧？"顾卿遥抬头，认真问道。

她的眼神熠熠生辉。黎霖言看了半响，点头应了："不是我做的，这件事也不是顾彦之做的，我查过了。"

"所以……"顾卿遥微微蹙眉，"我也觉得不像是我爸爸做的，如果真的是我爸爸。今天他很难保持那样的态度，他并不是那么擅长掩饰自己的情绪。"

"我让人去报社问了消息来源，可是他们无论如何都不肯说出口，"黎霖言冷声道，"要么是给了足够的利益，要么……就是消息来源让他们不敢轻易暴露。"

顾卿遥微微一怔："不敢轻易暴露？"

"没错，如果消息来源是让他们招惹不起的存在，那么他们才不会将这些轻易说出口。"黎霖言的脸色带着点轻嘲。

顾卿遥沉吟片刻，忽然问道："所以你心底有怀疑对象？"

这一次黎霖言沉默良久，方才低笑了一声："谈不上，还需要进一步的考量。"

"如果你有怀疑对象，可以和我说。"顾卿遥认真地说着。

黎霖言这次是真的心情不错地笑了："你要去验证？我以为你要急着先处理明天董事会的事。"

"你都知道了……"

"当然，"车子在一家煲仔粥店前停下，黎霖言道，"我是公司的股东，公司要召开董事大会，自然要对我履行告知义务。走吧，下车了，我虽然不会直接参与，可是也可以间接地做你的智囊团。"

顾卿遥也跟着弯起唇角。

仿佛刚刚的阴霾全都不复存在。

这是一家海鲜煲仔粥店。

顾卿遥跟着黎霖言进去，便是微微一怔，在她的印象中，黎霖言不像是会喜欢这种店面的人。

这家煲仔粥店看起来尤为日常，掌柜是个七十多岁的婆婆，见黎霖言进来，便笑着迎了过来。

"小黎来了。"那婆婆笑着开口，"这是……小黎的小朋友？"

顾卿遥微微一怔,下意识看向旁边的黎霂言。

黎霂言的脸上春风和煦,含笑道:"蒋婆婆,这是我女朋友,小遥。"

"来来来坐,小姑娘能吃鱼吗?没有刺的,煮起来软软糯糯的很好吃。"老婆婆笑着说着。

顾卿遥点点头应下:"我很喜欢吃鱼。"

"那就好,那就好。"蒋婆婆拍拍顾卿遥的手背,带着皱纹的脸上写满了笑意,"小姑娘好看。"

她说着就步履蹒跚地去了厨房,顾卿遥这才看向黎霂言:"这位是……"

"是蒋婆婆。我最艰难的那一段时间,蒋婆婆帮了我很多。"黎霂言神色如常地说着。

即使是说起过去最困窘的时光,黎霂言的脸上也看不出几分怨怼,只道:"后来我想帮蒋婆婆多开几家分店,可是蒋婆婆从前和老伴一起熬粥,现在爷爷不在了,蒋婆婆一个人也有心无力,就守着这家店了。"

顾卿遥心底微微一顿:"对不起。"

黎霂言一怔,这才意识到顾卿遥在替谁道歉。他淡淡笑了笑:"不必,这都是过去的事情了,和你没有关系,你何必替他们道歉?"

很快,鲜香满溢的粥端了上来,蒋婆婆在旁叮嘱了几句,这才笑着走了开去。

黎霂言很是自然地端过碗,亲手给顾卿遥盛了一碗粥:"试试看,这个味道我觉得很像是家里的味道,外面是做不出的。"

"嗯。"顾卿遥点点头,小心地舀了一勺,果然很好喝……

鱼片在唇齿之间仿佛能化开,鲜香可口,里面像是加了干贝瑶柱,不知道熬煮了多久,米粒都软烂而好吃。

顾卿遥笑吟吟地喝了一碗,又动手去盛。

见顾卿遥喜欢,黎霂言也忍不住笑了:"以后想喝粥就和我说,我来这边给你带,再给你送过去。"

"那岂不是我一个人的外卖服务?"顾卿遥笑吟吟打趣。

"不然呢?"黎霂言抬眼笑看向顾卿遥,"除了你,还有谁能享受到我亲自送餐的特殊服务,嗯?"

特殊服务……

顾卿遥默默喝粥,觉得想歪了的自己真是十分罪过。

黎霂言也轻咳一声,像是在掩饰着什么似的。

顾卿遥低着头一边小口喝粥,一边闷闷地笑。

然而下一秒,粥店的门被人推开,于菡岚笑着走了进来:"我就知道今天黎先生一定在这里。"

黎霂言蹙眉看过去。

于菡岚小声道:"黎先生,抱歉,我也是因为太急切了。今天白天黎先生没有接我电话,我有点担心。"

她刚刚还是耀武扬威的模样,现在立刻就服了软。

老实说,顾卿遥始终很佩服于菡岚这样能屈能伸的性格。

于菡岚轻声笑道:"黎先生,是关于家父生日宴的事。听闻黎先生这边邀请函已经签下了,却一直都没有回应。"

黎霂言看了于菡岚一眼,道:"于小姐,我想我曾经说过,我不喜欢任何人打扰我的私生活。看来于小姐记忆力不佳。"

于菡岚的脸色白了白,下意识咬住下唇:"黎少……"

"如果于小姐执意如此,那么连同上次的设计一起就转与他人吧!我想就不必再麻烦于家了。"黎霂言的语气很是疏冷淡漠。

于菡岚咬紧牙关,良久方才开口:"是这样的,这周末有顾远山顾老先生的家宴,其实……顾老先生也邀请了我。"

黎霂言挑挑眉。

顾卿遥倒是没和他说这些。

于菡岚见状就笑了笑说了下去:"黎少,您该知道,顾老先生之所以邀请我,其实还是因为之前我们的婚约。于家虽然不算是海城的名门大户,到底也不是默默无闻。现在黎先生已经有了女朋友,倘若黎少要解除婚约的话,那黎少也该给我个说法才是。"

黎霂言淡漠地笑了:"是谁许了你一桩婚事?"

"是……是顾老先生。"于菡岚不解道。

"那就是了。"黎霂言的脸上有淡淡的不耐,"既然是顾老先生许了你,那么你要说法也该找顾老先生才是,不必来寻我。"

于菡岚简直要被黎霂言的言论气笑了。

"的确,黎先生现在和从前不一样了,"于菡岚忍着怒气,强作委屈道,"可是黎先生总该为我想一想,我是真的喜欢着黎少的人,我就活该承担着这一切吗?现在已经有很多媒体找到我了,问我当年的婚约究竟是怎么回事。黎少,您做出这种事,将我置于何地?"

"哪家媒体找到你了?"顾卿遥忽然开口。

"什么?"于菡岚怔了怔。

"刚刚于小姐不是说有很多媒体找到你了吗?"顾卿遥好整以暇地问道,"哪些?"

"这……你休想看我的笑话!"于菡岚不悦道。

黎霂言轻笑一声,声线中有说不出的玩味:"于小姐,你误会了。小遥性格好,只是想问问你,看能不能帮你解忧。如果你能说出媒体的名字的话,或许我们这边也有些交情,事情就能轻而易举地解决了。"

"这……也不都是媒体,还有的就是,就是我家人、朋友,都来问我了。"于菡岚委屈地跺跺脚,低声道,"黎少。"

"当时的事情不是我敲定的,甚至也没有人问过我本人,"黎霂言将手边的杯子放下,淡淡道,"于小姐,你也明白,现在不同于过去,父母之命媒妁之言都早就不可行了。更何况你也该明白,顾老先生做不得我的主,你现在来找我要说法,我委实是有些不解。"

于菡岚的脸色愈发苍白:"那这周末……"

"这周末我自然会去。"

"你是为了顾小姐而去的,是吗?"于菡岚觉得自己问出这个问题,都是在自取其辱。

果然,黎霂言轻笑了一声,眼底的情绪不言自明。

于菡岚长叹了口气,轻轻点了点头:"我明白黎先生的意思了,那……以后还能和黎先生做朋友吗?还是说,只是因为顾小姐不喜欢,我就必须要主动离开?"

黎霂言的笑容更淡漠了几分:"于小姐,既然有了稳定的情侣关系,那么应当尽量避免这些所谓的暧昧联系。我自问这么多年与于小姐并无深交,于小姐觉得呢?"

他从来不用顾卿遥作为挡箭牌,而这让于菡岚更加难受了。

他是自己最喜欢的类型,也是无数海城少女的梦中情人。

她们喜欢着他,憧憬着他,却也无法靠近。

自己分明已经这么近了……却终究没办法再向前一步了。

而这一切都是因为顾卿遥。

于菡岚沉默良久,忽然转头看向顾卿遥:"顾小姐,这是我的名片。"

顾卿遥看着面前笑靥如花的于菡岚,眉头微蹙:"好。"

"既然无法和黎先生做朋友,那么我想尽可能地了解顾小姐。顾小姐能够和黎先生在一起,一定很优秀。我很希望能够和顾小姐保持长久的联络。"于菡岚巧笑倩兮道。

顾卿遥将那张名片看了一遍,这才含笑应下:"将来或许顾家也会有和于家联络的时候。我们最近的确是在考虑推出一批装修好的精品房,避免客户装修的烦扰。"

"那好。"于菡岚简直不想在这个鬼地方多待一秒,却不得不保持着自己面上的笑容,点头应下,"顾小姐如果有需要的话,欢迎随时联系我。"

她稍微靠近了顾卿遥一点,在顾卿遥的耳畔笑着道:"想来顾小姐也不太清楚黎先生的事情,如果有任何需要问的也可以直接来问我,我都会毫不吝啬地讲给顾小姐听。"

于菡岚踩着高高的高跟鞋,很快向后靠去,脸上的笑容无比笃定。

顾卿遥却只是淡淡笑了笑。

果然是来示威的。

于菡岚离开后,黎霖言看了对面的顾卿遥一会儿。顾卿遥终于忍不住了,笑着开口:"于小姐刚刚对我说……"

"说什么?"黎霖言果然立刻问道。

顾卿遥闷闷地笑了笑:"你有什么事情瞒着我?"

黎霖言的手微妙地一顿,道:"这我倒是要好好想想。"

"嗯,于菡岚说她可以告诉我你的过去,都是我不知道的秘密。"顾卿遥轻轻搅动了一下粥,觉得挺可惜的,这么好喝的海鲜粥都冷了。

"那小姑娘知道什么小黎的过去……"蒋婆婆面色不愉地走了出来,一边擦着手一边道,"长得就是一副狐狸精的模样,从前也都没来过我这儿。若当真是小黎的朋友,我怎么会这么多年没见过?"

黎霖言挑挑眉,刚要开口,蒋婆婆便拍着顾卿遥的肩膀说了下去:"小黎以前没有喜欢过什么人的,这么多年来都是形单影只的。有一次还消失了半年多,我怎么都联系不上。后来啊再回来,就更寡言少语了,这次见你们两个一起来,我是真的高兴。从前啊,小黎可从来都没这样笑过。"

顾卿遥抬眼,看向对面的黎霖言。

黎霖言轻咳一声,神色有明显的窘迫。

顾卿遥便微微笑了:"蒋婆婆放心。"

只言片语,蒋婆婆却始终挂着温和的笑。她怎么看顾卿遥怎么喜欢,拉着黎霖言的手认真道:"小黎啊,你可得对姑娘好,知道吗?这姑娘啊……比从前那些追着你的都靠谱多了。"

追着黎霖言的……

顾卿遥眨眨眼,促狭地看向黎霖言。

黎霖言颇为无奈,轻咳一声道:"蒋婆婆,那些事情就别说了,都过去很久了。"

蒋婆婆这才微微笑了笑,点头应了。

从蒋婆婆的粥店出来时,春寒料峭,顾卿遥忍不住缩了缩脖子。

黎霂言笑笑，给顾卿遥搭上一条围巾，细致地系好。

　　顾卿遥摸了摸，羊毛的，暖融融地盘在脖颈，让人的心都跟着温热起来。

　　"我该回去了。"

　　"嗯，回去吧。董事会大会的事情准备好了吗？"黎霂言问。

　　顾卿遥想起会议议程，犹豫了一下，却还是没有多言，只笑着点头："都准备好了，放心吧。"

　　"那就好。"好在黎霂言也没多问，只道，"去吧，你能处理好的。"

　　顾卿遥微微怔了怔，忍不住笑了。

　　然而真正到了董事会上，顾卿遥还是感受到了什么叫做真正的冷暴力。

　　顾卿遥的位置和任何一个熟人都不挨着，唯一能说上话的秦凯丰被派遣去出差了。旁边的两个人下意识地将座位稍微挪动了一点，就像是刻意和顾卿遥保持距离似的。

　　顾卿遥倒是没说什么，只是淡漠地笑了笑。

　　这种简单的排挤方式，简直让人不齿。

　　她没说话，只是静静地双手交握身前，目光打量着在座的人。

　　都是顾氏的元老，一眼望过去，却是让顾卿遥有种说不出的不舒服。

　　这些人年纪都不小了，偶尔瞥过来的眼神都带着淡淡的讽意。顾卿遥一瞬间就明白了，这一大批人，显然都是顾彦之那边的骨干。

　　自己的事情他们听顾彦之说了，自然就会心生不满。

　　再想想这些年顾氏做事的老派作风，公司业绩的停滞不前，甚至是不敢向外扩张市场的做派，顾卿遥登时就全明白了。

　　她微微蹙蹙眉，心底已经有了盘算。

　　没过一会儿，就见顾彦之进来了。

　　他看起来春风满面，显然是心情不错。

　　一进门，顾彦之就笑着开口："是这样的，我们刚刚得到消息，白氏因为这次的金融危机，现在已经差点就要走破产清算程序了，之前去找了好几家商业银行贷款都不成，听说资金链已经出问题了。"

　　众人一片哗然，很快，爆发起了雷鸣般的掌声。

　　顾卿遥看得目瞪口呆。

　　她的确不喜欢白氏，白家人之前的咄咄逼人还如在眼前。可是就算是不喜欢，这也不是家家酒！哪里有当众宣布了消息以后全体一起嘲笑的？

　　怎么说都太夸张了！

　　如果不是亲眼所见，顾卿遥甚至难以想象，这会成为顾氏董事大会宣布的第一件事,而大家竟然都是这样的反应。

顾卿遥轻咳一声,眉头微微蹙起。

然而很快,顾彦之就说了下去:"这样说吧,当时我们公司没有去美国上市,也是出于机缘巧合。可是现在看来,这是天佑我顾氏!"

众人又一起鼓起掌来,所有人默契地没有提起顾卿遥当时的举动,仿佛那一切已经不值一提了似的。

顾卿遥微微弯唇,笑了笑,手指在桌上轻轻地叩着,无声无息。

顾彦之这才开口:"因为前些日子,我的女儿顾卿遥在顾氏实习,也算是给顾氏做出了不小的贡献。从今天起,顾卿遥就任公司的总经理一职,大家掌声欢迎。"

有人开始窃窃私语,也有人开始忍不住看过来。

顾卿遥神色如常,微微笑道:"大家好,我是顾卿遥,相信之前的股东大会已经让大家都对我有了基本的认识,那么之后我和秦总经理之间的职责分工我已经邮件发送给了大家。希望大家可以过目,往后我们也会一起努力,共同铸造顾氏的……"

"顾小姐。"有人开口道,"抱歉打断了顾小姐的话,我想请问顾小姐一个问题。"

"你说。"顾卿遥面色微沉,却还是看了过去。

"是这样的,"那人顿了顿,蹙眉道,"近来关于顾小姐有很多不好的传闻。其中最重要的,也是我们大家最想要知情的,就是顾小姐的立场问题。"

"就是,"有人跟着帮腔,"顾小姐,情况是这样的,其实我们也知道,顾小姐之前的消息让顾氏得以免遭破产危机,可是我们后来查看了一下,这件事其实也有黎先生的份。而后来也是,顾小姐在美国拿到了合作权,第一时间就和黎先生分享了这份利益,甚至没有告知顾氏。"

"的确……顾小姐,我们最初十分相信顾小姐,就是因为顾小姐是顾先生的独女。我们认为顾小姐没有理由不将利益输送给顾氏,可是现在不同了,顾小姐倘若和黎氏联姻,那么将来顾小姐未必会直接代表顾氏的利益,反而会倾向于黎氏。至少现在几次事情看来,顾小姐就是如此。"

顾卿遥显得脾气极好,一个人一个人地听完了,这才淡淡笑着开口:"那么依大家的观点,我应当如何,大家才会相信我?"

"这……"

顾卿遥这样不带戾气的话,让很多人的脸上更是写满了**嗫嚅**。

他们看了顾彦之一眼。顾彦之轻咳一声,道:"小遥是我的女儿,她是什么样的性格,我比任何人都清楚。也许小遥最近只是有点偏颇,但是感情方面，我也会让小遥控制，不会让她意气用事。"

这根本就是在表明立场！

倘若顾卿遥执意和黎霂言在一起，那么她在顾氏的地位也会跟着摇摇欲坠。

听了顾彦之的话，人们不禁弯起唇角，看向顾卿遥的眼神带着点幸灾乐祸。

顾卿遥沉默片刻，这才微微笑了："我明白你们的意思了。"

"小遥，是这样的，你的能力呢，大家肯定是都不否认的。但是正因为你有这样的能力，所以我们更希望你能够为顾氏所用。你是顾家的人，你的身份本该是最让人放心的，你明白爸爸的苦心吧？"顾彦之苦口婆心地说着。

顾卿遥微微笑了笑，挑挑眉道："所以父亲的意思是……"

"希望你能和黎霂言断了。"顾彦之当众开口。

顾卿遥淡淡开口："既然话已经说到了这里，那么我们不妨来谈谈之前的事情。"她说到这里，目光在顾彦之的脸上掠过。顾彦之的脸色微微有点泛白，却还是没来得及阻止顾卿遥的话音，顾卿遥便道："当时岳家和顾家的合作，相信大家还记得。现在我们顾氏将这称为商业判断失误，当时的决策是谁做下的？本该由董事会共同拍案的决策，却因为顾总您的一己之见，径自通过了。还好最后法务部门敲定了岳家的责任，否则我们顾氏将会被迫承担巨额的赔偿金。"

顾彦之轻咳一声，蹙眉道："你现在提起这个是什么意思？"

"父亲为什么会和岳家签订那样的不平等条约？连个对赌协议都没有，甚至第一版合同签订的时候，我们顾氏都没有收到岳家的策划案，可是父亲还是签订了。可以请问一下父亲当时为什么会相信岳家可以盈利吗？"顾卿遥老神在在地问道。

顾彦之的脸色是说不出的难看："当然是因为商业的敏感度，当时岳家身后还有好几家投资公司在虎视眈眈，倘若我们没能抢下先机，也许就被别人抢走了。"

"是吗？"顾卿遥平静地反问道。

旁边的副总经理谢琰点头应了："的确是，顾总之前和我说过，我也看了下……"

"谢副总经理也这样说，"顾卿遥浅浅笑了，大步走向投影仪，将手中的东西放在了众人面前，"你们可以看一下当时的情况。"

顾彦之和谢琰对视一眼，一起看向偌大的屏幕。

"这是我之前做的一个时间图，相信这样看来大家都会觉得十分明显。

时间线上显示,岳家从未和任何一家洽谈过,反而直接找到了顾氏。而后来,在合作案中呈现的问题被抽丝剥茧以后,这个项目也一直没有找到下家,不知道当时谢副总经理看到的诸多投资公司又是从何而来。"

"谢琰!"顾彦之脸色不愉,"这是当时你说的。"

"这……"谢琰有种说不出的不悦。他不过就是随口接了句话,怎么忽然什么问题都扣在自己头上了?

谢琰脸色相当难看,蹙眉道:"顾总,您可不能这样说啊,当时的事情不是您敲定了,我哪里有这样的权力啊?"

"你少阴阳怪气的,当时的事情不是你我一同商议的吗?"顾彦之侧过头,拼命对谢琰眨眼。

然而谢琰这次可是学聪明了,死都不应下,只摇头道:"不可能,我只是听命于您!顾总,您可饶了我吧。"

顾彦之长叹了口气:"顾卿遥,你想说什么?"

他当众叫了顾卿遥的名字,脸色已经是相当难看。

顾卿遥这才微微笑了笑:"父亲,我举这个例子是想说明,迄今为止,即使我和黎先生合作,我用的也全部都是我个人的资源,而不曾用公司的资源出去做人情。这种事我不会做,也永远不会做。"

顾彦之呼吸都跟着急促起来。

哦,她不会做,所以这是在暗中说自己会做出这种事情的意思了?

顾彦之咬紧牙关,轻笑一声:"行啊,那么就掌声欢迎顾总经理就任吧,还说什么?"他顿了顿,看向旁边的谢琰,"哦对了,谢琰,你之后的工作直接周报汇报给顾总经理吧,就不用去秦凯丰那边了。"

"是……"谢琰简直咬牙切齿。

顾卿遥倒是没想那么多,只是淡淡笑了笑,神色淡然地跟着看了下去。

快散会的时候,顾彦之挥挥手道:"顾总经理,你一会儿过来一下。"

"好。"

顾卿遥跟着沉默不语的顾彦之直到顶楼的总裁办公室。顾彦之将门掩上了,这才神色复杂地看向顾卿遥:"你这是怎么了?你非要和你爸爸我作对?你是想气死我不成?"

顾卿遥平静地笑了笑:"父亲此话怎讲?我也只是说出我的观点和立场罢了。"

"你放屁!"顾彦之终于忍不住了。他一挥手,将桌上的茶具全都砸在了地上,指着顾卿遥的鼻子骂道:"我之前说的还真是没错,你说你聪明,你聪明和我有什么关系!你所有的好,哪里能让顾家沾到半点!你想要来顾氏，我让你来了没？我从小宠你到大，你现在呢？你现在眼里还有一点我吗？"

顾卿遥安安静静地站着，良久方才俯身下去，轻轻捡起了一块茶具碎片，道："这是之前外公送父亲那套吧。"

顾彦之定睛看了一眼，不耐烦道："那又怎么样？"

"没什么。"顾卿遥回过神来，径自站直了，"父亲，我没有忤逆你的意思。这么久以来，我没有做过任何违背了顾氏利益的事情，反而是父亲一直在我行进的路上设阻。其实有件事我一直想要问父亲，倘若父亲将来真的想要将顾氏交给我，那么我现在在公司锻炼自己，父亲不是应该高兴才对吗？为什么对我的所有行为都这样抵触？"

顾彦之的脸色冷了三分，道："锻炼，你这是在锻炼你自己吗？我看你是在锻炼我！"

顾卿遥好脾气地笑了笑："这本来就是公司，而我做的事情都是在履行我的职责罢了。今天也是一样，有人问我的立场，我自然要说明，难道父亲认为这也是错了？"

"立场……好一个立场。"顾彦之冷笑一声，旁边的私人手机却突兀地响了起来。顾卿遥见他接起来，眉头就蹙紧了："什么？病了？那当然不行，那怎么能挺着，去医院，贵也得去，最近还有流感拖不得！"

顾卿遥静静听着，心底有种说不出的复杂意味。

很快，顾彦之将电话放下了，在屋里面踱了几步，这才道："行了，你先出去吧，改天去你爷爷那里可别胡言乱语了。"

"不过听说这次у小姐也要去爷爷家。"顾卿遥问道。

"嗯，对，你爷爷邀请的，你不用多想。"顾彦之蹙眉说着，"你自己也心如明镜，你和黎霖言根本不可能成。你们若是能成，你爷爷能打断你的腿。那于小姐和黎霖言青梅竹马，还是人家婚约对象。你跟着掺和什么？出去吧。"

顾卿遥心底有事，倒是难得地没反驳，只是径自出门去了。

她走到门口，方才想起了什么，抓起手机登录了萧泽的邮箱给慕寒发了封邮件出去。

很快邮件便被回复了："顾小姐！你能给我发邮件我真是太高兴了。我的确是有点不舒服，不过顾小姐怎么知道的？我有点头晕眼花，估计是前些天拍日出拍的。我想了一下，我可能果然更适合街拍。"

顾卿遥心底一凛，迅速回复了过去。

那边的回应又是片刻即达——

"顾小姐放心,我没感冒。不过顾小姐也要多小心,最近流感病毒听说挺厉害的,顾小姐千万保重身体。"

顾卿遥抓着手机沉默良久,这才发了句言简意赅的谢谢。

还好……

她在心底如是想着。

这一次董事会结束,给顾卿遥带来的影响简直是无穷尽的。

从前走在路上都敢不睁眼瞧顾卿遥的人,现在都客客气气的。

人们愈发意识到这个顾总的千金可绝对不是个脾气好的。一个敢在董事会上和自己的父亲针锋相对的人,一个能够将众人的戾气全都不动声色地压下,甚至略胜一筹的人,一个会控制自己情绪的人,反而才更让人紧张。

顾卿遥对此倒是相当满意,从前她或许还喜欢留下一个好人缘,可是现在顾卿遥已经彻底明白了,在公司内部,好人缘往往意味着良善可欺。

她并不需要这些。

晚上的时候黎霂言照例来接她。让顾卿遥意外的是,她刚刚一出公司门,还没来得及走向黎霂言,就被凌筱蔓拦下了。

凌筱蔓手中拿着一包衣服,见顾卿遥来了,便微微笑着走过来:"顾小姐,我其实是在这里等顾总的。但是既然顾小姐来了也是一样的,这个劳烦顾小姐帮我交给顾总。"

她的神色好了不少,显然最近生活过得并不算差。

顾卿遥微微蹙眉,看了一眼手里的东西,道:"这是什么?"

"哦,"凌筱蔓的语气轻描淡写的,"是之前顾总有几次出差喝醉了,就在我家那边过了夜。最近我整理东西将这些找到了,就想着给顾小姐送过来。"

顾卿遥淡淡笑了一声道:"既然如此,你还是直接给我父亲比较好。"

"顾小姐是嫌脏吗?"凌筱蔓紧忙道,"我都已经干洗过了,顾小姐直接拿就可以。"

顾卿遥的目光在凌筱蔓的身上划过,淡淡笑了一声:"凌女士,你似乎不太明白我的意思。"

这里是公司的门口,人来人往。

有不少人都认识凌筱蔓,而现在凌筱蔓和顾卿遥站在一起,只是两个名字都足够让人浮想联翩了。

很多人甚至远远地驻足,假装在玩手机,实际上是偷偷地想要看一眼八卦。

而顾卿遥只是淡淡笑着开口了:"凌女士,我既然说了让你直接给父亲,自然是因为这些事情你和我说不着。我不希望被你的腌臜事牵涉进去，现在够清楚了吗？"

她几乎是极力压抑着自己的怒气！

凌筱蔓语气之中的炫耀她如何能不懂？

然而凌筱蔓听到顾卿遥的话，却也完全不急不恼，只是笑道："真是可惜，我本来是想要直接去找念女士的，只是我想了一下，从我公司过去委实是有点远，就放弃了。"

找念宛如。

她居然还有脸去找念宛如？

顾卿遥的手松开又蜷紧。

激将法，这是绝对的激将法！倘若自己真的着了道，在这里对凌筱蔓动了手，到时候影响形象的人还是自己。

凌筱蔓现在哪里还有什么所谓的形象？

她的名声早就臭不可闻了。

顾卿遥看了凌筱蔓一会儿，这才微微笑了，淡淡道："凌女士现在在何处高就？"

"我以为顾小姐知道。"凌筱蔓的脸色有一瞬间的不自然。

顾卿遥淡漠地笑了一声，道："是啊，在一家钢铁加工厂做助理是吧？和之前的上市公司助理可是差了不止一点半点啊。"

"其实还是有人愿意养着我的，是我自己闲不住。"凌筱蔓意有所指道。

顾卿遥还没说完，就见黎霈言已经走了过来："冷吗？"

他就像是没看到凌筱蔓似的，只是将自己的外套给顾卿遥披上，动作细致而温柔。

顾卿遥就笑了笑，轻声道："一会儿就好。"

"凌女士。"黎霈言这才转头，看了凌筱蔓一眼。那眼神无比冰冷，让凌筱蔓几乎下意识地向后退了半步，这才干笑着站住了。

"难为黎少还能记得我的名字。"凌筱蔓轻声道。

"当然。"黎霈言淡漠笑了，淡淡道，"凌女士一直都没有找到称心如意的工作吧？还是说，凌女士嫌弃现在的生活太无趣了？"

"不……"凌筱蔓微微缩了缩脖子，见顾彦之从门口出来了，这才将一样东西飞快地塞到了顾卿遥的手里，眨眨眼道，"你可以看一下。"

"爸爸。"顾卿遥扬声。

顾彦之果然看了过来，见凌筱蔓要走，便蹙起眉头："你怎么来了？"

"啊……我，"凌筱蔓轻咳一声，道，"我来给顾总送东西，之前有些衣服干洗过了。干洗店一直没联系上顾总,就给我来电话了,让我过去接一下,我就想着给顾总带过来。"

"哦,东西带过来了?"顾彦之问。

"带过来了,"顾卿遥指了一下地上的袋子,又将手中的U盘轻轻晃了一下,递给顾彦之,"还给了我这个。"

"哎……"凌筱蔓急了,上前就要抢。

凌筱蔓无论如何都没有想到,顾卿遥竟然是个如此没有好奇心的人!

她怎么能直接将U盘交出去啊?

顾彦之的脸色不怎么好看:"你给了卿遥什么?"

"这个真的什么都不是……"凌筱蔓简直要急哭了,这东西怎么能给顾彦之看到?

顾彦之这么多年喜欢的就是自己不显山不露水不惹事情的性子。然而现在自己闹出这么一档子事情,顾彦之如果真的看到了,自己的好日子不是就要到头了?

凌筱蔓急得都要疯了,紧忙探手,就要去够顾彦之手中的U盘。

顾彦之的脸色愈发铁青:"你他妈还闹!你也不看看这是哪儿,你是来耍猴的吗!"

凌筱蔓的动作一下子僵住了。

她看向顾彦之,低声道:"我怀孕了。"

"什么?"顾彦之难以置信地问道。

"我是说,我怀孕了。"凌筱蔓像是忽然有了勇气似的,声音也大了不少。

顾卿遥站在一旁,脸上写满了说不出的讽刺。

顾彦之却明显有点慌了:"你,你他妈怀孕了找我做什么?找我有用吗?怀孕了就去医院,该打了就打了,该生就生。你只是前员工,你不要弄错了自己的身份!"

"这就是你的态度吗?"凌筱蔓泪眼婆娑,低声问道。

"不然呢?"顾彦之冷眼看过去。

他甚至不敢转头去看一眼顾卿遥的表情。直觉告诉顾彦之,顾卿遥现在肯定没有什么好脸色。

凌筱蔓这才勉强抿了抿唇,低声苦笑:"我早该知道。"

"凌女士,之前这样的把戏你已经玩过一次了。你可还记得,当时我和妈妈陪你一起去医院了?还是说凌女士这次要故伎重演,甚至打算连记者和医生都一起买通?"顾卿遥淡漠地开口。

旁边人来人往，听到顾卿遥的话，想要忙着听八卦的人心底就是一凉。

既然凌筱蔓之前已经演过一次了，那这次估计也是假的了。

顾卿遥应该不会在这种事情上替顾彦之说假话吧？

顾彦之的心情说不出的复杂。

他看了顾卿遥一眼，这才重又看向凌筱蔓："就是！差不多就行了，同样的戏码演两次，你他妈烦不烦？"

他说完就抬步要走，凌筱蔓却是咬咬牙又叫出一句："他情况也不太好。"

顾彦之的脚步登时就停住了。

凌筱蔓像是赌气似的，低声道："你有本事也别管。他可是说了，家人不去，他死都不去医院。"

顾彦之的眉头死死蹙紧，良久方才冷哼一声："那就去死。"

话虽然这样说，可是他的拳头也是死死攥紧的，手背都迸起了青筋。

顾卿遥没说话，就见凌筱蔓摸了摸自己的肚子，轻笑了一声，转身离开。

黎霂言伸手，轻轻握紧了顾卿遥的手。

他的手指微微有点凉，可是这一刻，顾卿遥忽然无比依赖这种十指相扣的感觉，那种感觉美好得无以复加。

顾卿遥张了张嘴，轻声道："我……"

"进车里再说，外面人多眼杂。"黎霂言道。

"嗯。"顾卿遥点头应了，跟着坐了进去。

直到关了车门，黎霂言方才开口："这次凌筱蔓的怀孕可能是真的，她今天上午就去医院检查过了。"

顾卿遥一怔，想起几次三番顾彦之的晚归。现在看来，凌筱蔓还真是很拼。

"也无所谓了，我早就知道凌依依是父亲的孩子。只是不知道刚刚凌筱蔓口中的人是不是凌依依。"顾卿遥轻声道。

如果是凌依依，顾彦之真的会露出那样的表情吗？

顾卿遥没来由地想起刚刚顾彦之攥紧的手指。

那是明显的担忧和紧张。

顾彦之对凌依依可以说是相当失望了。现在的凌依依就算真的生病了，顾卿遥也并不觉得顾彦之会那样上心上意。

可是倘若不是凌依依，又会是谁？

刚刚的话，顾卿遥忽然后悔没有一字一句地录下来。

"你有本事也别管。他可是说了，家人不去，他死都不去医院……"

耳畔忽然响起了熟悉的声音。

顾卿遥惊讶地抬眼，正好撞进黎霂言含笑的眼底。

"要找这个？"黎霂言问道。

顾卿遥怔怔地点头。

"刚好觉得你会在意，所以就录了音。"黎霂言笑着将录音笔交给顾卿遥。

顾卿遥感激地握紧："你真是太了解我了。"

"不客气。"黎霂言挑挑眉，毫不谦虚地应了。

"说起来，今天白天其实有一通电话我很在意，是直接打到父亲的私人手机上的，那电话内容是……"顾卿遥话说到一半，黎霂言微微蹙眉，道："后面有车跟着我们。"

"嗯？"顾卿遥怔住。

"老徐。"黎霂言沉声道。

司机立刻点头应了，一个顺畅的调头，就直接顺着岔路去了。

顾卿遥从后视镜看过去，就见后面不远不近地追着一辆黑色的车，看起来不显山不露水，然而老徐不管怎么加速，都摆脱不掉。

顾卿遥微微蹙眉，低声道："我看到车牌号了，海A3428L。"

"嗯，记下了。"黎霂言道，"估计是套牌车，到时候也不太容易找到。"

顾卿遥下意识地抓紧了黎霂言的手。

意识到顾卿遥的小动作，黎霂言的唇角微微弯起，看向后面的车，淡淡道："前面左拐。"

"可是黎先生，前面左拐就是港口了，到时候没有其他的路可以走。"老徐下意识道。

"左拐，我知道那是一个死路口。"黎霂言淡淡道。

老徐咬咬牙，还是转了方向盘，向左边打死了。

萧泽的呼吸都跟着紧促三分，低声道："小姐，一会儿我先掩护小姐和黎先生离开……"

"你带着卿遥走，直接回家不用回头。"黎霂言淡淡道。

萧泽难以置信地看向黎霂言："可是黎少……"

"我这边有人接应，不需要你。"黎霂言的语气很是平静。

顾卿遥忽然意识到，黎霂言身边素来形影不离的特助不在。

她顿时就紧张起来，紧忙去抓手机："我还是报警……"

"信我。"黎霂言伸手，轻轻握住了顾卿遥的手。

车停了。

顾卿遥看着黎霂言神色自如地下了车,下意识地就要跟下去,却被萧泽死死拉住了:"小姐,您冷静一点。"

"可是黎先生一个人下去了!"顾卿遥难以置信,"你让我冷静一点?"

那辆车上怎么可能是单枪匹马?甚至可能是持有器械的!

顾卿遥想到这里就觉得不寒而栗。

"明知山有虎,偏向虎山行",这是之前黎霂言说自己的一句话,可是现在看来,黎霂言和自己有什么区别?

"你放开!"顾卿遥眼睛都要红了。

"小姐,"萧泽的手坚定地卡在顾卿遥的身侧,咬牙开口,"老徐,锁车,往前开!"

"是。"老徐低声道,"顾小姐,您就信黎少吧。黎少肯定是早有准备。"

萧泽的手松开了,顾卿遥径自去拉车门,然而车门纹丝不动,显然是前面已经锁住了。

见顾卿遥想要砸车窗玻璃,萧泽被吓了一跳,紧忙道:"小姐,那是防弹玻璃,您这样肯定是打不开的。"

顾卿遥的手都在微微发颤,一个数字一个数字地拨通了报警电话。

这一次,萧泽和老徐都没有阻止她。

她从来都没有感受过这样的恐惧,连说话的时候都带了微微的颤音。

良久,顾卿遥方哑声道:"都开出去这么远了,你们还不让我回去?"

"小姐,黎少说了,让我们直接将您送回家。"

"是啊……你们都记得清清楚楚,"顾卿遥哑声道。她有点绝望地闭了闭眼,低声说着:"可是你们根本就忘了,黎先生哪里有所准备?如果真的有准备,怎么可能赤手空拳地下车?你知道对面是什么人?"

"是什么人?"萧泽微微一怔,几乎是屏住呼吸看向顾卿瑶。

有什么从眼前一闪而过,像是自己曾经见过的画面。

顾卿遥的脑海中忽然掠过一个场景,可是她确切地知道,那不是自己经历过的事情。

一个小女孩躲在沙发后,瑟瑟发抖地看向面前的一切,不敢发出一丁点声音,像是怕交易双方看到自己似的。

然而到了最后,那边的人还是朝着自己所在的方向走了过来,有人惊讶地"咦"了一声,画面在这里戛然而止。

顾卿遥大口大口地喘气,捂住了自己的心口。

那不是自己的曾经,不然自己怎么会毫无印象?

萧泽的脸上写满了惊讶："小姐是想到什么了吗？"

"没……没什么……"应该只是个梦境罢了。

只是相当可怖的梦境而已。

她自小生活安稳，这种事根本不可能发生，自己……定然是想多了。

一路上车门紧锁，顾卿遥知道拗不过这两人，只能静静地蜷缩在后座上。

她的心思乱得很，甚至连车停了的时候，都是萧泽叹着气将顾卿遥拉下去的。

"到了？"顾卿遥茫然地反问。

"小姐，已经到了。"萧泽小心地看向顾卿遥，防止顾卿遥忽然发难。

"嗯，"顾卿遥淡淡应了一声，道，"回去吧。"

"啊？"这一次老徐都跟着怔住了。

"你们应该知道，即使强迫我到了这里，我也会要求回去。"顾卿遥看向萧泽，一字一顿道。

萧泽咬咬牙，直接拨通了黎霂言的手机号码，然后放到了顾卿遥的耳畔。

听到黎霂言沉稳的声线时，顾卿遥的眼泪差点夺眶而出："你还知道接电话！"

顾卿遥很少发火，更是很少对黎霂言发火。

黎霂言微微怔了怔，这才低声道："抱歉。"

顾卿遥死死咬住下唇，低声道："你没事吧？"

"没事，我的人及时赶到了。现在抓住了两个，跳海跑了三个。"

"五个人……"顾卿遥闭了闭眼。

像是知道顾卿遥要说什么似的，黎霂言低声笑了："我真的没事，小遥。你不是说了信我？"

黎霂言的声线一如既往地好听，可是顾卿遥总觉得自己的眼泪几乎要落下了。

"我想见你。"顾卿遥吸了口气，哑声道。

"现在可能不行，这次是绝对意义上的恶性事件。来的人都带了管制刀具，所以我要跟着去一趟，做个简单的笔录。"黎霂言语气温和地说着。

顾卿遥轻声问道："在哪里？"

"嗯？"

"我是说，你要去哪家派出所或者公安局？管辖地是港口分局吗？"

听出顾卿遥的弦外之音，黎霂言怔了怔，笑了："你在家等着，我结束了会过来。"

"可是……"

"乖乖等着,多晚结束我都会过来,知道了吗?"黎霂言的语气认真了几分,"这次的事情不能确定是针对你还是针对我,所以你先别出来,别让我担心。"

稍微带着点霸道的语气,可是顾卿遥还是觉得心底有满满熨帖的暖意。

她下意识地点点头,这才意识到对面的人看不到,紧忙应了:"嗯,你真的没受伤对吧?"

"你听我像是受了伤的人吗?"黎霂言好笑地问道。

顾卿遥这才放心地放下电话。

旁边的萧泽托着下巴感慨:"小姐真是对黎少太好了。"

顾卿遥哭笑不得"……"

"当年黎少刚开始创业的时候,有一晚上黎少在公司睡着了,就有一伙小偷入室盗窃,被黎少发现了。三个人都带着刀的,结果一早上我们来的时候,就看到三个人还在地上被绑着呢,都快哭出来了。"萧泽笑吟吟道,"小姐,黎少很凶的。"

顾卿遥闷笑出声。

她仔细想了想那样的场景,忍不住莞尔。

"那倒是最好。"

她的男人,就该凶一点才对。

"怎么了?"念宛如从屋里面出来,眼睛稍微有点肿。

顾卿遥的心顿时就是一沉:"妈妈怎么了?"

"啊?"念宛如怔了怔,紧忙摸了一下眼睛,尴尬地掩饰道,"刚刚看了一部悲情电影,你都看出来了啊……"

顾卿遥眉头微蹙,拉着念宛如的手往里面走了几步:"妈妈,你和我说真话,你……"

她的目光微微下移,落在桌上的那张A4纸上。

念宛如急着去抢,却被顾卿遥猛地拿起。

这一次,顾卿遥清楚地看到了上面的内容。

"这是真的,是吧?凌筱蔓真的怀孕了?"念宛如的声线带着点绝望。

第16章

仿佛在酝酿一场风暴

顾卿遥沉默良久,看到念宛如手中的那张纸,旁边放着一个快递信封。

念宛如的手都在微微发颤,她哑声道:"小遥,你也知道的,是吗?"

顾卿遥看着念宛如红肿的眼睛,轻叹了口气,将念宛如的手拉了,在沙发上坐稳,这才道:"妈妈,凌筱蔓的确是怀孕了,但是现在也只是确认了这一点而已。其他的都没有确认,妈妈也别多想。"

"凌依依呢?"念宛如忽然问。

顾卿遥咬住下唇。

"凌依依的DNA鉴定是真的吗?"念宛如忽然问道。

顾卿遥沉默片刻,这才点了点头。

念宛如的脸色登时变得煞白。

良久,她方才惨白着脸开口:"我早该知道的……"

顾卿遥静静地抓紧了念宛如的手,心底百感交集。

"妈妈当时也只是听说你父亲可能出轨了,然后妈妈知道他们在医院说你高位截瘫是骗你的,可惜……妈妈没来得及提醒你。"念宛如顿了顿,声线沙哑得厉害,"小遥,还好你撑过来了。妈妈现在甚至在想,你爸爸他到底……到底知不知情。"

她死死攥紧了手中的那张纸,像是要用尽全身的力气。

"妈妈不想让你知道家里已经成了这样,是妈妈没用。"念宛如的手几乎是在颤抖着,"你年纪还小,就算是为了你,妈妈也不想和你爸爸闹成这样。"

顾卿遥几乎掩饰不住心底的惊诧,看向念宛如,低声道:"妈妈是为了我?"

"一个完整的家庭,一个让你在宠爱中长大的家庭,你才能幸福。妈妈无论如何都不想为了自己,让你承受那么多……"念宛如的眼泪无声无息地落下来。

顾卿遥沉默良久,这才低声道:"我不需要的。"

念宛如错愕地抬头。

"如果妈妈觉得分开会更幸福,那么我不需要这些。"顾卿遥认真道,想了想方才问,"不过妈妈是什么时候开始察觉到父亲不对劲的?"

"女人都是有第六感的,其实从你父亲借口出差不回家开始,我就隐隐约约觉得不太对。到了后来你长大了,你父亲的心思就已经明显不在我们这边了。"念宛如苦笑道。

"可是妈妈还是全心全意地支撑着这个家。"顾卿遥的语气有明显的不甘心。

念宛如微微一怔,这才轻声道:"小遥,有件事小遥可能还不知道。"

"嗯?"

"我手中现在没有顾氏的股份,而且……"念宛如迟疑了一下,这才低声说了下去,"之前你父亲持有了很多念家的股份,现在也是念家的大股东。"

顾卿遥难以置信地看向念宛如。

"怎么会这样?"

"这件事也怪我,"念宛如红着眼睛道,"当时你爸爸说了很多好听话,我一时心软,就答应了。"

顾卿遥头痛欲裂。

现在看来,这一切竟是早就在顾彦之的掌控之中了。

顾彦之早就想过了,想过有朝一日……要彻彻底底地抛下她们。

念宛如小心地看了一眼顾卿遥的脸色,这才问道:"小遥,如果让我现在离婚,我肯定是不甘心的。财产分割不回来,将来你爸爸万一连你都不认了,我们就真的一无所有了。"

"我明白。"顾卿遥点头应了,心底却也在盘算着。

想要离婚分割财产,这在法律上的确是支持的。只是一般来说需要相应的证据,要么是直接的出轨证据,要么是偷偷转移财产的证据。即使拿到了这些证据,想要直接要求对方净身出户,也是难上加难,最终基本都是靠着道德和舆论的压力处理的。

而顾彦之……

顾卿遥太了解了，顾彦之是不可能因为道德和舆论的压力就轻而易举地将股份还回来的。更何况，在一切尚未明了之前，顾卿遥其实有点担心，倘若直接撕破脸，还真的不知道会发生什么。

那个电话那边的神秘人，还有顾彦之骤然温和下来的语气，甚至是凌筱蔓的嚣张态度，都让顾卿遥不得不去在意。

她看向念宛如，笃定道："妈妈，现在我明白您的意思了。妈妈不用担心，我远比妈妈想象的要强大得多。"顾卿遥顿了顿，方才认真道："我想了一下，至少现在，希望妈妈能够像是没有发现过这一切一样，我慢慢将我们应得的争取回来。"

念宛如的心跳快了几分，小心地拉住了顾卿遥的手："你真的能做到吗？"

"现在只有这一种办法了。"顾卿遥笑了笑，语气温柔，"妈妈放心，属于我们的，一分都不会少。"

"好。"念宛如吸了口气，握紧了顾卿遥的手，沉声道，"有任何妈妈能够做到的事情，都和妈妈说。往后的日子……就不能像是从前一样，和你爸爸那么同心一意了。"

"我都明白。"顾卿遥轻声应下。

当天晚上，顾卿遥坐在电脑前，打开了自己的外汇账户。

这是一个近乎千倍的杠杆，而自己这一次是确确实实地赚了个盆满钵满。

因为底金并不算太高，顾卿遥知道自己并没有被太多人关注到。即使有人意识到这一笔资金投入，也不过是当做散户撞了运气罢了，没有人将这件事与自己联系在一起。

这样是最好……

她太需要这笔资金了。

既然现在念宛如这边态度已经鲜明，那么……和顾彦之的斗争也就近在眼前了。

顾卿遥微微垂眸，眼神中有说不出的复杂意味。

如果可以，如果还有半点退路，她都并未想过要和顾彦之彻底作对。

她记得太多事情了，记得小时候顾彦之宠爱地将自己举高高，记得顾彦之一笔一画地教自己写字，记得念宛如出差的时候，顾彦之小心地帮自己梳好的歪歪扭扭的羊角辫……

那些不是假的，只可惜人心易变。

不知不觉，却已经是泪流满面。
电话铃声响起的时候，顾卿遥怔了怔，紧忙轻咳一声掩饰了自己的情绪。

顾卿遥看了一眼陌生的电话号码，微微蹙了蹙眉。这是工作手机，知道的人并不少，可是……

一般在顾氏的工作簿名单上的名字都已经被自己导入了，唯独这个。

顾卿遥想了想，还是将电话接了起来，对面的声音显然是无比惊喜："顾小姐，我还以为您的电话肯定已经关机了呢。"

"慕寒？"顾卿遥一怔，问道。

对面的人的语气都是欢欣的："对对对，抱歉打扰顾小姐。"

顾卿遥沉默了一会儿，道："慕先生有什么事吗？"

"没什么，只是想问一下顾小姐，"慕寒的呼吸显得有点急促，似乎是犹豫良久，这才小声问道，"如果你明知道有些人不该追求，你还会继续追求下去吗？"

顾卿遥微微弯起唇角："不会。"

"啊？"慕寒怔住。

顾卿遥淡淡道："如果你心底已经认定了不该，那么一定有相应的理由。有些时候不断地追求不过是不肯放过你自己罢了，没有这个必要。"

慕寒许久没说话，良久，顾卿遥方才听到他干哑的声音："这样啊……"

"嗯，至少对我而言是如此。"

"我明白了。"慕寒的声音明显低落下去。顾卿遥几乎能够想象出来，倘若用小狗来作比，那么此时的慕寒肯定已经耷拉了尾巴。

"可是我总觉得已经晚了，我没办法控制我的心。"慕寒哑声道。

"慕寒，其实一个人是否成熟，很重要的一点就是看能不能控制自己的情绪。"顾卿遥的语气很是平静，"你可以好好想一想。"

"我会的。"慕寒低声应下了。

电话很快被挂断了，顾卿遥看了那部手机良久，然后将电话关机了。

下班时间了，实在是没必要再和工作缠斗，这不是顾卿遥的风格。

因为董事会大会上面的一番话，公司里面对顾卿遥的态度可以说是相当好了，各个部门的主管也都来汇报了一番工作，顺便给顾卿遥介绍了一些近来的情况。

而顾卿遥开始让人大张旗鼓地拆除监控器时，她就已经想到了结果。

果然，不过十分钟，顾彦之就急匆匆地从楼上下来了："怎么回事？"

"怎么了父亲？"顾卿遥一脸平静地转头，看向不远处的顾彦之。

"我听人说你在破坏公司陈设。"顾彦之蹙眉道,意有所指地看向墙角。

顾卿遥看过去,佯作了然地笑了:"原来父亲说的是这个。我这几天问了一下,其他总经理办公室都没有这个设施。我这几天问了一圈,也没有人承认是自己将这个设置在我的办公室的。我觉得有点奇怪,担心是有人借机窃取公司信息,所以就将它拆除了。"

顾彦之的脸色更黑了几分,在屋里面绕了几圈,这才承认道:"这是我让人安的。"

"父亲为什么要这样做?"顾卿遥一脸的惊讶,语气都带上几分委屈的撒娇意味,"难道父亲是对我不放心吗?"

"是因为之前黎先生的事情,最近他也每天都来接你是吧?"顾彦之蹙眉道。

"我以为我之前已经将事情说清楚了,父亲。将这个安置在这里,一旦有一天视频外传,根据现在的视频码率,有人分析出了我桌上的文件,不知道会给顾氏带来多少损失。父亲当真觉得这有益于公司吗?"顾卿遥的语气凝重几分。

顾彦之果然沉默下来。

良久,他方才狠狠拍了一下旁边的桌子:"算了,拆了吧。"

顾卿遥微微扬起唇角。

"不过……"顾彦之顿了顿,忽然问道,"我还有件事要问你,你让人先出去一趟。"

"好。"顾卿遥点头应了。

顾卿遥挥挥手,装修工人立刻退了出去。顾彦之松了口气,试探地问道:"小遥,凌特助昨天来过的事情,你没和你妈妈乱说吧?"

"什么?"顾卿遥的神色带着点茫然。

"我是说,凌特助说……她怀孕的那件事。"顾彦之尴尬地轻咳一声。

顾卿遥道:"哦,我没说。"

"这就对了。"顾彦之叹了口气道,"凌筱蔓那个人就是那个性子。她喜欢模糊视听,说这些让人误会的话。我和凌特助之间没什么,小遥你应该是清楚的。这件事就别让你妈妈知道了,你妈妈最近一直在忙着和德国那个项目的事情,已经很是操劳了。如果让你妈妈再知道这些,难免会觉得心底不舒服。"

顾卿遥只觉无比讽刺。

是啊……

你还知道妈妈操劳。

然而你就用这些来回报她!

她的脸上却还是平静的笑容,点头道:"爸爸放心,不过……"

顾彦之立刻停住脚步,脸色也跟着紧张起来:"什么?"

"凌筱蔓自己不会过去炫耀吗?最近凌女士好像态度很嚣张啊。"顾卿遥意有所指道。

顾彦之总觉得顾卿遥的语气有点微妙,然而他并没有多说什么,只笑了一声,道:"你不用想那么多,她不可能做这种事。"

是么……

可是凌筱蔓不仅做了,而且还产生了一系列的连锁反应。

顾卿遥根本不明白,顾彦之为什么这样笃信凌筱蔓不会闹事。

现在看来,凌筱蔓心底的小九九藏得深着呢,甚至八成还想上位!

倘若念宛如一气之下真的同意就这样离婚了,凌筱蔓不就真的上位了吗?

想到这里,顾卿遥轻笑一声,眼底眉心却都是乖巧的模样:"那就好,我不想妈妈不开心。"

"小遥如果不想让你妈妈不开心,这些话回去就不要提,知道吧?"顾彦之循循善诱。

倘若换做曾经的顾卿遥,肯定要被这番话洗脑。可是现在,顾卿遥只是甜甜地笑了笑,点头应了,心底一片冰冷。

顾彦之这才满意地摸了摸顾卿遥的头:"你妈妈昨晚真的没什么不对劲的,对吧?"

"爸爸想知道就自己回家看看嘛。"顾卿遥抓着顾彦之的手,那样子像是在撒娇似的。

顾彦之明显心情不错,也跟着笑了:"你啊……爸爸不是工作忙吗?"

很快,就到了顾远山家宴的日子。

顾卿遥先回了一趟家。果然,念宛如根本就不想去,正在家里慢条斯理地喝着茶,见顾卿遥也回来了,怔了怔便是笑了:"小遥若是不想去,就别去了。不知道他们这次又要闹出些什么来。"

顾卿遥摇摇头:"不,我们要去的。不仅我要去,妈妈也要去。"

念宛如的动作微微一僵,轻声道:"万一凌筱蔓也去了,我都不知道我为什么要出现在那里。"

顾卿遥想了想:"凌筱蔓不会去的。"

"小遥怎么知道?"

"凌筱蔓现在的身份不可能被顾远山认可,更何况,凌筱蔓无法像是妈妈一样给顾家带来偌大的利益。在这个节骨眼上,顾远山不可能容忍凌筱蔓出来惹是生非。"顾卿遥的语气平静而淡漠,理智地将这些条分缕析,倒是让念宛如暗自心惊。

"你怎么会想到这么多……"念宛如担忧地看向顾卿遥,"小遥,这些事情,你一早就想过了是吗?"

顾卿遥笑笑:"既然妈妈都下定决心了,那么我自然要多想一些。"

念宛如说不出心底的感觉。她的小遥就像是在一夜之间长大了一样,让她的心头都酸酸涩涩的。

"走吧,妈妈,今天于菡岚还要来呢,估计爷爷之所以办这次家宴,就是为了针对我的。"顾卿遥笑道。

这一次黎霂言没有被邀请,反而听说了于菡岚被邀请的消息,想来也是为了让自己孤立无援,承受于菡岚和顾远山的两面夹击。

只可惜……

他们太小觑了自己。

念宛如点点头应了:"放心吧小遥,还有妈妈在呢。"

她的眼底写满了笃定,有那么一瞬间,顾卿遥仿佛看到了年轻时候的念宛如,神采飞扬,眼底仿佛都盛满了光。

很快,顾卿遥便到了顾家的老宅,门口的管家见顾卿遥来了,彬彬有礼地笑了笑:"顾小姐,这边请。"

顾卿遥微微蹙眉,就见顾远山竟是备了车。顾远山摇下车窗,微微笑了笑:"宛如,小遥,你们来了。"

"这……"念宛如蹙起眉头,"父亲这是何意?今天的家宴不在顾宅吗?"

"最近顾家投资了一家私人会所,带你们一起过去瞧瞧。"顾远山轻描淡写地说着,"你们开的不是四驱车,一会儿不好上山,一起来这辆吧。"

念宛如看了顾卿遥一眼,像是担心顾卿遥害怕似的,将顾卿遥的手也拉得更紧了几分。

顾卿遥点点头,跟着坐了上去。

没有萧泽的位置,萧泽的脸色不太好看。这倒像是在顾远山的意料之中,淡淡笑道:"都是家宴,小遥还怕出什么事吗?走吧。"

顾卿遥对萧泽挥了挥手,萧泽了然领首,顾家的车便径自向山上驶去。

一路上,顾远山看起来都心情不错。顾卿遥则是打开了手机,共享了自己的位置。

前面的弯路岔路愈发多了,顾卿遥再看了一眼自己的手机,发现手机已经没有信号了。

"不用想着和黎霂言说。"像是看出了顾卿遥的心思似的，顾远山转过头来，神色微冷地开口，"小遥，我不知道从什么时候开始，你连你自己爷爷都不相信了，反而愿意去相信一个外人。"

顾卿遥的笑容很是温顺乖巧："爷爷误会了，我只是和朋友说两句话而已。"

果然，页面转过来是班级的微信群组。

顾远山轻笑了一声，眼神却分明仿佛看穿了一切。

顾卿遥没再说话，只是将目光转向了窗外。

很快，便到了那所谓的私人会馆。

这家私人会馆很有江南的风格，一眼看上去便是亭台楼阁，像是从前江南的小院园林似的。

顾远山淡淡道："到了，走吧。"

顾卿遥点点头，一下车就看到门口已经停了一辆车了。果然，进门就看到主屋里面顾彦之和于菡岚相对而坐。于菡岚微微笑着和顾彦之说话，顾彦之看起来心情相当不错，脸上一直挂着笑。

"于小姐。"顾远山先打了个招呼。

于菡岚立刻起身："顾伯伯，好久不见。"

顾远山笑着摆摆手："你啊，还是会说话。"

按理说，于菡岚的年纪本该叫顾远山一声顾爷爷的。然而于菡岚毫不犹豫，就跟着黎霂言的辈分一起叫了顾远山伯伯，等于将自己的身份看得极清楚了。

顾远山看起来心情不错，示意道："这是我的孙女，顾卿遥。相信于小姐也认得了。"

"当然，顾小姐聪明伶俐，让人过目难忘。"于菡岚含笑道。

顾远山忍不住摆手："可别这么说，哪里有于小姐聪慧懂事？"

"伯伯谬赞了。"于菡岚浅笑嫣然，"顾伯伯若是不嫌弃，就叫我一声菡岚吧。"

"好，那当然好，坐，坐。"顾远山挥手示意，俨然一副大家长风范。

于菡岚落了座，这才意味深长地瞥了顾卿遥一眼。

果然，顾远山就开口了："这些日子，我这边也着实听到了一些不好的传言，是关于我家小卿遥和霂言的。"

于菡岚搅动着手指，低声说着："其实我最近也听说了一些事情，家人朋友也总是来问我，是不是婚约被人毁约了……我的日子也不好过。"

顾远山脸色微沉："这件事当初我既然定下了，就没有改动的余地。黎家将黎霁言交给了我,就是让我多看顾着黎霁言一些。霁言虽然现在年纪大了一些,也有了自己的事业,可是无论如何,那都是我们顾家的养子!我若是做不得他的主,还有谁能够做得了?"

于菡岚心底暗喜,却只是笑得含蓄:"既然听了伯伯这句话,那么菡岚也就放心了。其实旁人说什么都不重要,我只想要听伯伯一句准话……"

"爷爷,"顾卿遥却陡然打断了于菡岚的话音,"这个婚约最初,黎先生可是同意了?"

"他当时懂得什么……"顾彦之忍不住道。

顾卿遥便淡淡笑了:"既然当时黎先生都不知道婚约是什么意思,那现在何必用这个来说事?难不成都这个年代了,爷爷还要将指腹为婚奉为至理?简直是滑天下之大稽!"

顾远山哪里能想到,顾卿遥竟然会说出这种话来!

他最近总是听顾彦之说,顾卿遥和从前大不相同了,可是当着一个外人的面这样讽刺自己,简直让顾远山难以置信!

而反应更大的明显是顾彦之,顾彦之太爱脸面了。

自己刚说完的话,就被顾卿遥几乎是指着脸骂回来了,顾彦之简直要被顾卿遥气疯了!

"你这是什么话?你这是和长辈说话的态度吗!啊?我在家怎么教你的?你是不是都忘了?"顾彦之怒不可遏,一拍桌子就站了起来。

"小遥说的哪里不对了?"念宛如的声音在旁响起,"彦之,婚姻自由都倡导多少年了。更何况,这些年顾家给黎霁言的又有什么,竟然就要用这些来裹挟黎少的婚事了?就算是你们将这些都算好了,也要看看黎少肯不肯应,否则根本就是一场笑话!"

顾远山的脸色却是无比平静的。

他静静看向眼前的一切,眼神带着三分冷意。

乱了,全都乱了。

他从前清楚地记得,念宛如每每看向顾彦之时,眼底仿佛都带着笑,那是彻彻底底的喜欢和爱慕。

可是现在呢?

现在念宛如看向顾彦之的眼神根本就是冰冷的,他太了解这些了。

发生了什么,让念宛如的态度都转变了?

再看看顾卿遥,顾卿遥虽然看起来义愤填膺,可是说话的时候言辞无比犀利笃定,逻辑也无比缜密,让人几乎无法打破……

顾远山淡漠地笑了一声,淡淡道:"宛如,别激动。这些事情已经是既定事实。当然，如果霂言反对，我们还有商量的余地。只是这么多年过去了，霂言不是也没有说过不愿意吗？"

顾卿遥简直想笑出声了。

是啊，黎霂言从来都没有说过不愿意。因为从最初开始，黎霂言对此就不知情。更何况这种滑稽的结论，黎霂言根本就不屑于出来说这句话罢了！

"如果父亲真的认为这样做没有什么问题，那么顾先生为何不将这次家宴设在顾宅，反而要将我们带到这里来？"念宛如蹙眉针锋相对地问道。

顾远山喝了一口茶，慢条斯理道："我们离过去太远了。这种苏州园林，其实是我年轻时候最喜欢的设计，现在好不容易复刻了这样一个小院子，我个人是非常喜欢，就总想着带大家都来看看，"他顿了顿，道，"不过宛如这话的意思，倒是让我有点糊涂。你是觉得小遥喜欢上她的小叔叔也无可厚非是吗？"

念宛如沉声道："那是不是小遥的小叔叔，相信父亲比我还明白。"

顾远山淡漠地笑了一声："那你觉得黎霂言是谁？"

"我是谁，顾先生当真不知道吗？"一道声音陡然插了进来。

黎霂言站在门口，身后是一脸惶急拦阻不成的保安。

黎霂言将手边的东西甩开，脸上带着些讽意："顾先生，我倒是很意外，顾先生竟然会将家宴设在这种地方，您就那么害怕我出现吗？之前不是还口口声声说我是卿遥的小叔叔吗？既然如此，顾先生也不害怕自相矛盾。家宴都被人千方百计拦着不让到场的我，倒是有幸被称为了顾家的一员？"

顾远山冷着脸看向黎霂言。

黎霂言却已经对顾卿遥伸出手："走吗？"

"嗯。"顾卿遥微微一笑，点头应了。

"还有……"黎霂言淡漠地看向顾远山，"这个婚约我以前从未听闻。倘若你要继续宣扬下去，不管发生什么结果，我都不会负任何责任。"

"站住！"顾远山冷声呵斥道，"所以你匆匆过来，就是为了……"

"没错，就是为了来接小遥。以后如果再有这种事，你不必逼迫欺负小遥。直接来找我就是。当时设立婚约的时候，顾先生不是很强势吗？怎么现在反而做这种见不得光的事？"黎霂言的眼底写满了嘲意。

顾远山的手指微微蜷紧，脸色也难看得厉害。

黎霂言却已经握紧了顾卿遥的手往外走了。

顾卿遥下意识地看了念宛如一眼。念宛如给了顾卿遥一个肯定的眼神，却是没动。

顾卿遥没多犹豫，径自跟上了黎霂言的步伐。

直到走到门外,她方才小心地捏了捏黎霂言的肩膀,轻声道:"那天之后,你手机一直关机……我都是靠着萧泽才知道的你的消息。"

"前段时间配合了一下警方调查,不是什么大事。"黎霂言笑笑,想了想又道,"抱歉让你担心了。"

"我倒是没什么。"顾卿遥忧心忡忡,"你没受伤吧?"

"放心吧,我很好。"黎霂言唇角微弯,"还好你今天给我发了地图。"

"我发过去了吗?"顾卿遥有点诧异。

她正低头看着自己的手机,额头便落下了温热的吻。

黎霂言的吻无比珍重,像是小心轻抚的羽毛,无声无息。

"发过来了。"黎霂言很难去形容那种心情。

匆匆忙忙赶来的时候,他第一次超速了。

这在黎霂言过去的人生里是从未有过的。可是当他及时赶到说出那番话,当他握住了顾卿遥的手,将顾卿遥从那里带离的时候,黎霂言觉得这一切都是值得的。

顾卿遥犹豫了一下,还是小声开口:"那个。"

"嗯。"

"你刚刚是不是偷亲我了?"顾卿遥一边问着,脸一边跟着红了。

她觉得自己这个问题真是太蠢了。

下一秒,头顶传来一声轻笑。

黎霂言的吻这一次落在了她的侧脸,微凉,却让顾卿遥的体温仿佛一瞬间热了一度。

"你……"

"不是偷亲,"黎霂言的语气都带着笑,好听得让人沉醉,"小遥,我这是光明正大地亲了你,有意见吗?"

哪能有什么意见?

顾卿遥在心底闷闷地想着,都是男朋友了,亲一下又怎么了?

黎霂言握紧了顾卿遥的手,轻笑一声:"走了,回家去。"

"嗯。"顾卿遥点点头应了,总觉得自己现在整个人都迷迷糊糊的。

她忍不住回头看了一眼,却是下意识地打了个寒战。

显然是意识到了顾卿遥的异样,黎霂言微微蹙眉:"怎么了?"

"没什么,刚刚好像看到爷爷在窗口看我们。"

"那很正常。我这样将你带走,以顾远山的性格,怕是会觉得自己受了奇耻大辱。"黎霂言淡淡道。

顾卿遥转头看向黎霂言,黎霂言轻笑了一声,道:"不过这件事之后就不会再出现了。于家也不希望被人到处当做新闻来讲，纵使是于菡岚想要任性，想必于家也不会这样不懂事。"

"你和于家有了联络？"

"嗯，简单说了一下情况。"黎霂言平静道。

顾卿遥点点头。

"对了，林夏雪的案子，明天就移送回来了。"黎霂言说着。

这下顾卿遥是真的怔住了："怎么会……按理说，林夏雪的案子应该会在美国审理的。毕竟案发地点是在美国，我们这边没有实质意义的管辖权。"

"通过法律途径。"黎霂言的语气轻描淡写。

他说得简单，顾卿遥看了黎霂言一会儿，还是轻声道："谢谢。"

黎霂言摸了摸顾卿遥的头，唇角微弯："不用。"

顾卿遥下意识就去揪黎霂言的衣服。

黎霂言被顾卿遥吓了一跳，往后退了一点，戏谑地看向眼前的小女孩："你这是做什么？"

"你刚刚一直在闪躲，我……有点担心，你真的没受伤吗？"顾卿遥低声问。

"你应当从萧泽那里听说过我过去的事。"

"我的确听说过，可是那是过去，而且这一次他们持械了吧？"

黎霂言笑了笑："那又如何？"

他的语气那么冷静而自信，仿佛这一切真的从未被他放心上。

然而顾卿遥从未意识到，其实这一刻的黎霂言，简直是太有魅力了。

他看向顾卿遥的眼神都带着淡淡的笑意，仿佛这一切都在他的掌控之中，而事实上，这一切也的确都在掌控之中。

顾卿遥犹豫了一下，缩回手来。

黎霂言这才道："他们只有三个人，暗中埋伏了两个。但是真正打起来战斗力并不算强。现在警方还在确认他们的身份，很显然这是一场有目的的劫持。他们口风很紧，现在还不确定他们针对的是你还是我。"

"嗯。"顾卿遥看着窗外飞驰的景色，心底有点说不出的疑惑。

"小遥，最近没有什么人莫名联系你吧？"黎霂言忽然问道。

顾卿遥心底一跳，没来由地有点心虚。

"咳，没……没有。"

"真的吗？"黎霂言多了解她啊，看着她的表情就知道不对劲。

黎霂言摸了摸顾卿遥的头，笑了一声："到底怎么了？"

"的确是有一个人。"顾卿遥咬咬牙，将这些天的事情都说了一遍，这才问道,"我不知道慕寒这个电话是什么意思。"

"他喜欢的人很可能是你。"黎霂言冷笑一声。

顾卿遥忍不住笑了:"可是他分明比不上你半点啊!你刚刚是吃醋了吗,黎先生?"

这一次,顾卿遥的"黎先生"三个字带着分明的笑意。

黎霂言咬牙看了顾卿遥一眼,忽然低下头来。

顾卿遥以为,这又是一次额头吻,她甚至笑着闭上眼。

下一秒,黎霂言微凉的薄唇印在了顾卿遥的唇瓣。

顾卿遥几乎是下意识地慌了,她想要后退,可是黎霂言哪里肯放开?

他的手扣在顾卿遥的后脑,另一只手温柔地环住了顾卿遥的腰。她整个人就像是被揉进了黎霂言的怀里似的,无处可逃。

她只能放任黎霂言的唇舌在自己的唇齿之间肆虐。他的吻带着一点点惩罚的意味,让顾卿遥整个人都忍不住跟着发热。

顾卿遥能够感觉得到,黎霂言的吻技是真的很好。

他的舌划过她唇齿之间中的每一寸缝隙,仿佛要席卷干净她口中的每一丝空气一样。

这是一个让人近乎窒息的吻。

至少顾卿遥从未想过,自己也会被吻到仿佛缺氧。

直到被黎霂言松开,她还是觉得整个人都迷迷糊糊的。

她看向黎霂言,轻轻眨了眨眼。

黎霂言忍不住闷笑了出来:"傻了?"

他在顾卿遥面前轻轻挥挥手。

顾卿遥再眨眨眼。

"以后还会不会说我吃醋了?嗯?"黎霂言的尾音微微上挑,抓过顾卿遥的手指轻咬了一下。

"你是团子吗?"顾卿遥忍不住抱怨道。

"你还记得我家的团子。"黎霂言莞尔,"要去我家吗?"

他的嗓音带着三分喑哑,顾卿遥的心跳却猛地快起来。

这……这是在邀请吗?

她几乎是下意识紧张起来,然而黎霂言却很快改口了:"开玩笑的,已经不早了,你该回去了。"

顾卿遥说不出那种感觉,仿佛一瞬间心脏就跟着坐了跳楼机,从上而下,一坠千里。

她只能悻悻然点头:"好,都听你的。"

仿佛被操纵了一样，顾卿遥知道自己无计可施，却也更明白——

倘若这是一张网，那么……自己亦是不想从这张网中挣脱了。

心甘情愿地随着黎霂言的波澜起伏，心甘情愿地沉沦其中。

顾卿遥回到家就昏昏沉沉地一头扎在床上了。

而顾卿遥之所以醒来，却是因为楼下的争吵声。

"那不可能，我怎么可能容许？你疯了吗？"

"顾夫人，我也不是想要来和您争吵的。您也谅解我一点，我毕竟是个孕妇。"凌筱蔓的声音？

顾卿遥几乎以为自己睡糊涂了，一下楼就微微怔住了。

来人竟然真的是凌筱蔓，她单手扶着小腹，站在那里和念宛如对峙。

念宛如的脸色难看至极："你不要欺人太甚，你真的以为你是个孕妇，你就能登堂入室了？"

"顾夫人，您赖在这个位置上这么多年了，您真的觉得自己可以高枕无忧吗？"凌筱蔓轻笑一声，"想必顾夫人现在也发现了吧。这桩婚姻其实早就错漏百出了，只是因为夫人您不愿意放手罢了……"

顾卿遥蹙眉，径自走了下去。

念宛如整个人摇摇欲坠，像是下一秒就要晕过去似的。

顾卿遥在念宛如的身旁站定，神色疏冷："凌女士。"

凌筱蔓看到顾卿遥，就微微蹙了蹙眉，笑了一声："顾小姐，不好意思这个时候来打扰，但是有些话我如鲠在喉，实在是忍不住了。"

顾卿遥微不可察地挑了挑眉。

"你现在不必多言，稍等我一下。"顾卿遥的笑容很是冷漠。

她指了指角落里面的摄像头，这才慢条斯理道："其实你来和我还有母亲说这些完全没有意义。如果你当真认为站在这里的人应该是你，那么你更该和我父亲说才是。"

凌筱蔓在看到摄像头的瞬间脸色就变了。她看了顾卿遥一眼，几乎是下意识地后退半步。

顾卿遥意识到了凌筱蔓的动作，轻笑一声，眼底满是嘲意："看来你还是害怕的，这就说明你这些行为没有经过父亲的首肯，所以你想要做什么？在这里对我和母亲示威，然后希望母亲主动给你让位置吗？"

她的语气谈不上咄咄逼人，却是让凌筱蔓的脸色愈发苍白下去。

"你……你不要胡言乱语。顾小姐，现在情况如何，想必顾小姐心底也是明镜似的。我现在有了孩子，这么多年，顾家想要的不就是一个儿子吗？既然顾夫人不愿意做到这些，那么……"

"凌女士，你莫要忘了一件事。"顾卿遥的眼神很冷，"或许依附男人已经成为你的习惯，但是我母亲不一样。我的父母是平等的个体，下次如果你再来称呼母亲，我希望你能够记得，我母亲不仅是顾夫人，更是念女士。另外，我们家并不欢迎你这个客人，相信我父亲也是一样。"

顾卿遥拿出手机拨通了顾彦之的电话，淡淡开口："爸爸，凌女士来了。"

顾彦之的语气几乎是一瞬间紧绷起来："她来做什么？她说什么了吗？"

见顾卿遥没有开口，顾彦之立刻更加紧张了："小遥？小遥你说话啊！"

"凌女士来和妈妈说，她现在已经是个孕妇了。而这么多年，爸爸和母亲早就没有什么感情了，是该让位给她了。"顾卿遥的语气满是嘲意。

顾彦之简直要被凌筱蔓气疯了！

他现在本就有事在忙，哪里能想到凌筱蔓居然还在这里后院起火？

之前顾彦之之所以觉得凌筱蔓还不错，很大程度上就是因为凌筱蔓一直都很乖顺，很懂得进退，然而现在看来——

她根本就是不知天高地厚！

顾彦之几乎是压抑着心底的怒意，沉声道："你将电话给凌筱蔓，给她。"

"好。"顾卿遥点头应了，然后毫不犹豫地将电话递给了凌筱蔓。

接过手机的时候，凌筱蔓的手指几乎是在微微发颤。

她迟疑了一下，这才低声道："顾总……"

那边的声音简直是震耳欲聋："你是不是给脸不要脸！"

"顾总……我真的没有……"凌筱蔓抬眼看了一眼监控器，浑身打了个激灵，只能垂下头听着那边顾彦之的话。

那一句之后，顾彦之显然控制了自己的情绪。顾卿遥开始听不到那边的声音了，却依然能够看得到凌筱蔓愈发红起来的眼眶。

良久，凌筱蔓方才哑声应了："是我错了。"

"凌女士这句话，更该和我的母亲说。"顾卿遥在旁冷冷补充道。

凌筱蔓的手指微微蜷紧，将手机慢慢从耳畔拿开，像是用尽了全身的力气，抬眼看向念宛如，嘴唇翕合良久，这才低声道："顾……念女士，今天是我不好。顾总从来没有授意过我这些。我不该过来说这种话的，是我太不知天高地厚，请念女士不要放在心上。"

顾卿遥轻轻抓住了念宛如的手。

念宛如的手指无比冰冷。她静静看了凌筱蔓良久，这才咬牙点点头："行了，你去吧。"

"谢谢念女士。"凌筱蔓的眼神有点空茫,勉强笑了一下,摇摇晃晃地走了出去。

念宛如的后背始终挺得很直很直。

直到凌筱蔓出去的瞬间,念宛如几乎是下意识地向后跌去,伸手一把撑住了沙发的把手。

"妈妈。"顾卿遥小心地唤道。

"妈妈没事。"念宛如深吸了口气,眼眶就湿润了几分,"是妈妈没用。其实妈妈早就想过了,凌筱蔓肯定会来,只是时间早晚的问题。"

说她放肆,说她不知天高地厚。

倘若不是因为被人给予了太多希望,凌筱蔓怎么可能敢来做这种事?

念宛如的眼眶微微红了,低声道:"这件事就别说出去了。小遥,你也将这件事先放下吧。"

"如果妈妈觉得委屈……"

"如果属于念家的财产拿不回来,你觉得外公会如何?"念宛如苦笑道,"你外公会被气死的,更何况,你那么喜欢商界,念家也好,顾家的财产也罢,将来都是你的本钱。倘若这些都没了,那么妈妈还能给你什么呢?"

看着念宛如的眼神,顾卿遥就觉得心底微微颤了颤,是说不出的滋味。

"妈妈,只要你好好的,不要被这些干扰了情绪,那么我一定会将这些事情都好好解决的。妈妈不用担心。"顾卿遥的语气是说不出的温柔。

念宛如差点忍不住眼底的泪水,点点头,哑声道:"妈妈相信小遥。"

顾卿遥这才扬起唇角笑了。

然而很快,门就被人径自拉开了。

顾彦之气喘吁吁地出现在门口,看到屋里面的样子,心底也就明白了大概:"人走了?"

他沉着脸问道。

念宛如深深吸了口气,看向顾彦之:"彦之,我想我们该好好谈谈。"

"谈什么?"顾彦之匆忙走了进来,一把抓住了念宛如的手,轻轻摸了摸念宛如的头发,"是我不好。"

念宛如难以置信地看向顾彦之。

"她是我的特助,我没有注意到她对我有这方面的特殊情绪。倘若我能够早点察觉,就不会变成现在这样了。宛如,我保证,这种事绝对下不为例。凌筱蔓那种性格偏激的人,我绝对绝对不会再聘用了,好吗?"

他的语气近乎低声下气,念宛如微微怔住了。

良久,念宛如方才沙哑着嗓子开口:"你不用和我说这些。"再微微垂眸道,"我和你在一起也这么多年了,你是什么样子的人,我还能不清楚吗?"
听到这句话,顾彦之便也笑了:"那就好,那就好,宛如,你和我在一起也这么久了,孩子都这么大了,也别为了这点事情发脾气了好吗?"
"最近有什么活动吗?"念宛如抬眼看过去。
顾彦之没听出念宛如语气中的意味,开口道:"的确是有,就在这周五,有个校友年会。我看了一下,今年好多人都去,名单都出来了。宛如,你也陪我去一趟吧。"
"嗯,好。"念宛如点头。
顾彦之这才喜形于色:"宛如,我就知道,你才是最贴心的。"
被人这样夸奖,念宛如的脸上却也没有几分喜色,只淡淡道:"我先上楼了。现在时间还早,等下还要出门。"
"去吧去吧。"顾彦之松手,念宛如便转身离开了。
顾彦之这才看向顾卿遥,轻咳一声道:"小遥。"
他看着顾卿遥,不知道为什么总有种莫名的紧张感,比对念宛如尤甚。
顾卿遥微微笑了笑,道:"父亲有什么事情吗?"
"是有点事,"顾彦之斟酌了一下自己的措辞,道,"今天那凌筱蔓来的时候,你也醒了吧?她都说什么了?"
"哦,凌筱蔓将DNA鉴定报告给妈妈了。至于说了什么,萧泽。"顾卿遥顿了顿,萧泽应了一声,将监控器的影像导入了电脑,道:"顾先生,您可以看一下这里。"
"监控器上面都很明确了。"顾卿遥淡淡道。
顾彦之的脸色却是无比难看:"谁让你在这里安监控器的?"
顾卿遥眨眨眼:"这不是之前爸爸让人装的吗?我看了一下,觉得作为家里的安保设施,还是做得精细一点好。前段时间爸爸总不在家,我也不好在公司和爸爸讲家里的事情,就让人将这边的监控器加了个声卡,现在能录音了。"
顾彦之觉得自己的脸部肌肉都在抽搐!
所以说了半天,顾卿遥这是将所有的问题都推到自己身上了?
敢情这还是自己的错了?
顾彦之沉着脸看向那录像,看到凌筱蔓趾高气昂地摸着自己的小腹说话那段,气得直接砸了一下桌子。
顾卿遥抬眼看向顾彦之:"爸爸,那孩子不是爸爸的吧?"
"当然不是我的,你想什么呢!"顾彦之急了。
顾卿遥笑笑,点头道:"那就好,我也相信那孩子不可能是爸爸的,肯定是凌筱蔓胡诌的。可是……"

她这样一停顿，顾彦之就觉得自己的心跟着一提。

"什么可是？"

"可是凌筱蔓肯定会去做羊水穿刺的。如果那孩子真的是爸爸的，万一再是个男孩子，爷爷肯定也会护着的。"顾卿遥轻声说着，语气是说不出的意味。

顾卿遥本以为顾彦之肯定会囫囵将这件事绕过去，却不承想顾彦之的脸色登时就沉了下去。

他看了顾卿遥一会儿，点头道："你放心，明天我就让凌筱蔓去将这孩子打了。不管这孩子是谁的，她拿这件事扣在我头上，我的名声就毁了，你妈妈心底肯定也不痛快。"

顾卿遥简直惊呆了。

这根本不像是顾彦之的行事作风！

为什么？

究竟为什么，顾彦之竟像是心底完全没有这个孩子一样……

"孩子还小，现在打掉影响也不大。以后凌筱蔓对我肯定也死了心了，不可能再和我纠缠这些。"顾彦之的语气生疏而淡漠，摸了摸顾卿遥的头，道，"这样小遥放心了吗？"

顾卿遥眨眨眼："可是……"

"没有什么可是，放心吧。"顾彦之斩钉截铁。

说完，顾彦之竟然真的去打电话联系医院了。

顾卿遥站在顾彦之的身后，又一次觉得心底无比冰寒。

一定是有什么被隐瞒了。

顾彦之喜欢孩子。或许是顾氏重男轻女的心态根深蒂固，顾卿遥一直记得，自己还小的时候，顾彦之希望念宛给顾家再生一个儿子，念宛拒绝的时候顾彦之的表情。

那是绝对的愤怒和不甘。

可是现在……

他竟然愿意放弃这个希望？

顾卿遥眉头蹙紧，静静听着顾彦之打电话。

果然，不过一会儿，顾彦之就将一切都安排妥当了。

他摸了摸顾卿遥的头，显得心情不错："行了，都安排好了。这孩子留不得。现在凌筱蔓都敢如此，若是将这孩子留下，不知道要成了什么祸害。"

顾卿遥便也似懂非懂地点点头："不过那孩子不是爸爸的，爸爸贸然干预,凌筱蔓会答应吗?"

"她敢不答应!"顾彦之的脸上划过一丝狠戾,似乎是意识到了顾卿遥一瞬间的怔忪,立刻缓和了语气,"她连凌依依都敢说成是我的,还有什么是她不敢做的?小遥,你不懂这种女人,她根本就是不要脸。现在若是我不表明态度,将来她不知道会做出什么来。最初就是爸爸不好,对下属太好让她产生了心理依赖,以后爸爸肯定不会了。"

见顾彦之和颜悦色地解释,顾卿遥心底说不出是什么滋味。

倘若不是知道那些事情的真相,顾卿遥想自己或许还真的就要被骗了过去。

见顾卿遥懵懵懂懂地点了头,顾彦之方才笑了笑,又问道:"对了小遥,你最近也不要和凌筱蔓见面,爸爸也不知道她会做出什么事情来,爸爸会让人盯着她。"

"嗯,好。"顾卿遥只好应了。

"哦对了还有,"顾彦之顿了顿,神色有点窘迫,"你最近没和岳景峰联系吧?"

"没有,美国那边案子还没结。我听说林夏雪被移送回来了。"顾卿遥的语气轻描淡写,眼底却写满毫不遮掩的嫌恶。

"对⋯⋯"顾彦之欲言又止,却还是道,"岳家和我联系了,问我说能不能和你见一面。"

顾卿遥蹙眉:"我觉得没有这个必要。"

"不是,我听岳家那意思,是黎霂言在找机会折腾岳景峰。岳景峰最近被传问太多次了,按理说他就是个证人,没必要这样。黎霂言这件事做得过分了,他们又找不到旁人,只能来找我了。"顾彦之打量着顾卿遥的神色。

看着顾彦之的神情,顾卿遥淡淡笑了笑:"爸爸的意思是说,希望我做个中间人,让警局不要为难岳景峰了是吗?"

"不⋯⋯岳家的意思是看看你什么时候能消气。你之前不是和岳景峰有点误会吗?"顾彦之尴尬地轻咳一声。

"警局的事情,我想黎先生也无法插手,更何况这个案子本就是从美国那边带回来的,"顾卿遥微不可察地蹙蹙眉,道,"我和黎先生比任何人都想要知道事情的真相。这件事让我一直都有心理阴影,我甚至不敢轻易在餐厅用餐。爸爸,这个案子一天不水落石出,我就一天没办法放下心底的负担。"

顾彦之目瞪口呆地看向顾卿遥。

心理负担?

顾卿遥这样子,看起来哪里像是有心理负担?

然而顾卿遥现在说得一本正经，顾彦之竟然也有点无法反驳。

"既然警方总是找到岳景峰，想来也是因为当时的事情岳景峰也有嫌疑吧，爸爸知道岳景峰和林夏雪之间的关系吗？"顾卿遥忽然问道。

顾彦之摇头："他一直喜欢你，小遥，这件事你就不用担心了。爸爸比任何人都清楚。"

"不尽然。"顾卿遥轻笑一声，道，"那段日子在国外，总有些消息传到我这边来，说是岳景峰和林夏雪都住在同一间房里面了。"

顾彦之的脸色登时难看起来："还有这种事？"

"这件事其实我也没放在心上。夏雪喜欢岳景峰，我也早就知情了。现在岳景峰给了回应，想来也没什么。如果夏雪没有对我做出这种事，我反而会高兴地祝福他们，只可惜……"

顾卿遥轻叹了口气，脸上写满了哀伤。

顾卿遥将话说到这个份上，顾彦之也不好多言，只能叹了口气，拍了拍顾卿遥的肩膀："既然这样，那警方估计是将他们两人的关系摸透了。这件事本来岳家也希望和你见一面，看看能不能冰释前嫌，顺便也和黎先生那边说说话。可是这样一看……估计不是黎先生那边做的。"

"嗯，我觉得也是。黎先生很忙的，不太会主动干预这种事情。"顾卿遥平静道。

顾彦之心底多少还是觉得有点奇怪，却也没再说什么，点点头无奈道："那就算了。"

"对了爸爸。"顾卿遥忽然开口，"最近好像又出了病毒性流感了，爸爸要小心一点才是。"

顾卿遥明显感觉到顾彦之的身体紧绷了一下，很快又放松下来，轻笑一声道："不用想那么多，我会注意。"

"嗯，那就好。"顾卿遥注意到顾彦之的表情，笑着应下。

"过几天的那个校友会，爸爸想着也带你过去一趟。你这周五晚上有空吗？"顾彦之忽然问。

"有倒是有……"顾卿遥有点诧异。

"那好，"顾彦之看起来心情不错，"都是我和你妈妈的校友，孩子也都差不多大。你到时候可以看看，也别总是拘着自己的眼光。"

顾卿遥忽然就明白了，顾彦之这是想让自己出去相亲？

她心如明镜，面上却只是笑了笑："好。"

见顾卿遥这样轻易地应了，顾彦之反而有点诧异，然而顾卿遥很快补充道："我也觉得我是应该跟着爸爸妈妈多出去走走，一方面扩大自己的社交圈，另外一方面也能开阔视野，不然将来总是拘泥在房地产领域肯定是不行的。"

谁和你谈商业领域了？

顾彦之蹙眉道："小遥，爸爸的意思你没听懂？你才二十二岁，二十二岁你见过几个人？你就将黎霂言在你心底认定了？黎霂言或许是不错，但是他毕竟比你大了十岁！"

顾卿遥抬眼看向顾彦之，顾彦之冷着脸道："行了，现在说这些也没意义。你先去忙吧，到时候我再和你说几个不错的。"

顾卿遥没应，慢吞吞地转身上楼了。

接到黎霂言电话时，顾卿遥正坐在电脑前敲着键盘。

美国那边的第三方支付创业款项拨下来了。顾卿遥知道，这笔钱不能一直放在这里，她要将这些尽快投入进去，并且要尽快取得成效。

也正是因此，黎霂言打来电话时，顾卿遥过了一会儿方才抓起手机："霂言？"

她几乎是看着名字下意识开了口，又瞬间红了脸："那……那个……"

对面传来一声低笑："在忙？"

"嗯。"顾卿遥声如蚊蚋。

黎霂言曾经提过一次，希望自己以后主动叫他的名字。

顾卿遥清清楚楚地记得，却是无论如何都没能做到。

明明只是一个名字，顾卿遥叫"小叔叔"都无比顺口，可是叫他"霂言"，却是比什么都要困难。

黎霂言却没有纠结于这些，只是笑了笑，道："我刚刚看到了一件很有趣的事。"

"是关于凌筱蔓的？"顾卿遥来了点兴致。

"嗯，是顾先生的保镖，带着凌筱蔓去了医院。"黎霂言道。

"我听说了。凌筱蔓有孕了，来我家里炫耀了一番，结果我父亲的意思是让她将孩子打掉。"顾卿遥轻声道。

黎霂言微微蹙眉："小遥，我和你说一件事，你要做好心理准备。"

"嗯。"顾卿遥点头应了。

"最近顾先生可能要去美国一趟，以商务出行的名义。"黎霂言淡淡道。

顾卿遥眨眨眼，心说这有什么好做准备的？

"如果行程单没有问题，那么顾彦之要落脚的城市，刚好就是慕寒的城市。而据我所知，现在顾氏完全没有去美国投资的意向，更加不可能在这么混乱的时候去美国上市。"黎霂言的语气分明平静无比，可是顾卿遥的心底却是一片凉寒。

"那个城市很大。"顾卿遥轻声道。

"小遥,我只是提醒你而已。"黎霂言沉默片刻,方才轻叹了口气。

如果说一点怀疑都没有,那是不可能的。

顾卿遥太清楚了。

从最初遇到慕寒开始就觉得有莫名的亲近感,还有后来那一系列的巧合,甚至是顾彦之这次毫不犹豫地让凌筱蔓打胎的举动,还有慕寒的电话。

这些都让顾卿遥无比怀疑。

顾卿遥微微蹙了蹙眉,轻声道:"如果我想要查凌筱蔓的出入境记录,能查到吗?"

"你是说很多年前的。"黎霂言问。

"对,十八年前。"顾卿遥哑声道。

如果说慕寒真的是顾彦之的孩子……

那么慕寒有很大可能就是凌筱蔓的孩子,这样一切都能解释得通了。甚至顾卿遥能明白凌筱蔓和凌依依之前趾高气昂的模样,分明已经是穷途末路,可是凌筱蔓依然从未表露出半点慌乱,甚至坚信自己可以入主顾家。

而顾彦之之所以不让自己太过染指顾家的财产,也有了名正言顺的原因。

顾卿遥只觉得心底一阵阵发冷。

"能。"黎霂言顿了顿,道,"你现在能出来吗?"

"嗯?"顾卿遥一怔。

"我在你楼下。"黎霂言的一句话,让顾卿遥几乎跳了起来。

她匆忙拢了一下头发,匆匆下了楼去。

果然一拉开门,看到的就是门外举着手机的黎霂言。

黎霂言微微笑了笑,身上笔挺的风衣和顾卿遥慵懒的居家服形成了鲜明的对比。

顾卿遥轻咳一声:"你可知道有一句话?"

"什么?"

她将手机收了,一本正经道:"如果被一个男人看到了自己没有化妆没有梳头发没有穿好看的衣服的最真实的一面……那么除了杀了他以外,就只有一个办法了。"

黎霂言的脚步微微一顿,神色如常地微微弯唇:"当然,我不介意你用任何方法。"

比如嫁给他。

顾卿遥不自在地闷咳一声,让开位置请黎霂言进来。

"我是来带你出去散散心的。"黎霂言淡淡笑道。

"嗯?"好不容易休了一天假,顾卿遥总觉得全身都懒懒的。

"林夏雪想见你。"黎霂言道,"要去看看吗?"

顾卿遥想了想,点头:"那你稍微等我一下。"

"当然。"黎霂言点头应了。

黎霂言看着小姑娘一溜烟从面前跑走了,径自冲上楼忙忙碌碌地化妆换衣服,忍不住微微弯起唇角。

顾卿遥是真的可爱,只是看着她都觉得心情会变得好起来,无论是睡眼惺忪的小姑娘,还是站在人前打扮精致的少女。

果然没过多久,就见顾卿遥匆匆忙忙地跑下来了。已经换好了一身浅灰色大衣的顾卿遥看起来又一次亭亭玉立,好看得很。

黎霂言微微弯唇,看了一眼衣帽架,将顾卿遥的贝雷帽递过来。

"你怎么知道我今天要戴这个?"顾卿遥有点惊奇。

黎霂言默不作声地帮顾卿遥戴好,忽然低头在顾卿遥的耳畔轻笑了一声:"你觉得呢?"

他的呼吸都带着点撩拨的意味。顾卿遥觉得自己的耳垂微微有点痒,慌乱地向后退了半步,差点撞到沙发把手,顿时无比狼狈地红了脸。

黎霂言笑了一声,将人揽进怀里。

"紧张什么?"

他的笑容那么笃定,反而显得顾卿遥更加慌乱了。

顾卿遥小声道:"小叔叔你欺负人。"

这一次轮到黎霂言僵住。

顾卿遥轻松地从黎霂言怀里退出去,眼底眉心都是笑:"走了。"

黎霂言无奈地跟了上去。

顾卿遥和黎霂言到了看守所,倒是一眼看到了门口避之不及的人。

岳景峰拿着一大包的东西,正在和看守所的人说着什么,见到顾卿遥和黎霂言一起进来,登时就慌了。

"顾……顾小姐怎么会在这里?"

"听说林夏雪要见我,所以我就过来看看,"顾卿遥看向岳景峰,神色有明显的诧异,"不过岳少怎么会来这里?"

岳景峰尴尬地轻咳一声,道:"是那天,那天林夏雪托人和我联系,让我给她送点东西进来。我这不是在和人说,能不能通融将东西送进去吗?"

"是衣服吗?"顾卿遥看了一眼。

岳景峰点点头，这种感觉让他无所适从。

顾卿遥便和颜悦色地看向看守所的警察："请问这边可以送私人的衣服进去吗？"

"部分种类的可以。"警察打量了一下黎霂言的神色，方才说了下去，"不过要经过严格审查，毕竟如果犯罪嫌疑人用这些东西做了什么，到时候责任归属很难明确。"

"对，对，警察同志说得对。"岳景峰紧忙跟着点头，"那我……我就将这些放在这里了？"

"填个表。"警察将表格递过来，道，"关系人这边也填写一下。"

"这……"岳景峰顿时犯了难，"就写朋友吧。"

"你自己填就成。"警察说完，就见里面看守所所长迎了出来，"黎先生，顾小姐，你们的会见时间到了，这边请。"

岳景峰的目光始终着了迷似的定格在顾卿遥的背影上。良久，他还是没忍住地开口喊道："顾小姐！"

顾卿遥脚步一顿。

回头就见岳景峰的脸涨得通红："我还是有些话想和顾小姐说。一会儿我就在外头等顾小姐成吗？"

顾卿遥看了黎霂言一眼，黎霂言淡淡道："一会儿小遥还有事，如果岳先生是私事的话，下次务必提前预约。"

顾卿遥笑了笑，跟着黎霂言进去了。

岳景峰咬紧牙关，道："是我快过生日了，顾小姐可没忘了之前答应过我什么吧？"

黎霂言蹙眉看向顾卿遥："你答应过他？"

顾卿遥迟疑了一瞬，转头道："请岳少在门口等我，我一会儿出来。"

"嗯，这还差不多。"岳景峰心底舒坦了几分，点头应了。

顾卿遥一进去，就微微蹙起眉头。

看守所的环境并不算好，虽然卫生条件还算达标。可是看到林夏雪出来的时候，顾卿遥还是没忍住吃了一惊。

短短一段时间，林夏雪整个人都瘦了一圈。

本来就瘦削的人现在脸上连点血色都没了。

看到顾卿遥，林夏雪的眼眶倏地红了，带着哭腔哑声开口："小遥……"

"你这是怎么了？"顾卿遥向后躲闪了一下。

这个动作似乎是深深伤害了林夏雪，然而林夏雪也真的不敢再往前靠了，只低声道："我……我没怎么，我就是心底难受。"

顾卿遥沉默了一会儿，问道："你认罪了吗？"

林夏雪点点头，又摇摇头。

顾卿遥看了林夏雪良久，方才道："有句话我之前就想和你说，只是一直没有机会。"她顿了顿道："你知道你自己可能会被判多久吧？"

"景峰学长和我说了。"林夏雪哑声道，"我是初犯，年纪也小，而且也是一时糊涂，没有造成太严重的后果。估计是三年有期徒刑，加上个缓刑吧。"

顾卿遥和黎霂言对视了一眼，开口道："不可能的，你的求刑区间大概是在五年以上，而且没有缓刑的可能。"

林夏雪难以置信地看向顾卿遥："怎么可能？景峰学长不会骗我的！"

"我问过检察院了，而且现在证据链还没有齐全。等找到了补强证据，或许还会有进一步的求刑可能。"顾卿遥的语气很是平静，眼神近乎悲悯地看向面前的林夏雪。

林夏雪难以置信地颤抖起来："这不可能，这……这太可怕了。我才多大，如果在监狱里面待上五年，等我出来我就什么都没了。"

"而且岳景峰未必会等你到那个时候。"顾卿遥循循善诱。

"对，对……"林夏雪的牙齿几乎是在打战，"到时候如果景峰学长也不要我了，那我就真的一无所有了。我，我……"

她几乎要晕过去了，顾卿遥方才轻声开口："夏雪，这件事是岳景峰让你做的吗？"

林夏雪抬起头来，眼底满是惊慌。

顾卿遥看向林夏雪，一字一顿道："夏雪，有些话我现在让你说出来，也是为了你好。倘若真的等到了无法挽回的那一天，你无论和谁说出这件事的真相，都不会有人再相信你了。你可以做很多事，但是绝对不包括帮人顶罪。你真的以为这样会让岳景峰珍惜你吗？一个能让你顶罪的男人，你真的相信他会爱你吗？"

"你不懂。"林夏雪却像是忽然冷静下来了似的。她的笑容和哭一样难看，低声道，"小遥，你真的觉得我是在替岳景峰顶罪？你真的觉得我做这一切，只是因为我喜欢岳景峰？"

她低声笑了，轻轻摇着头。

"小遥，你真的是什么都不懂。"

"你这是什么意思？"顾卿遥蹙眉。

"我做这一切，不仅仅是为了岳景峰，也是为了我自己的未来。"林夏雪咬咬牙，低声开口，"小遥，想要夺走你的一切的人，不仅仅是我。我只是做了这件事而已,你的好日子也差不多要过到头了。"

顾卿遥遍体生寒,冷着脸开口:"林夏雪,你……"

"你不会还想对我说,我们是朋友,所以我不该对你做这些吧?小遥,我们的确曾经是朋友,但是那都是曾经的事情了。往后的日子里我们也不可能再做朋友,我……"

"夏雪,你误会了。"顾卿遥的语气淡漠而疏冷,"我只是想对你说,往后的日子里你可以做好心理准备。你或许是做了什么交易,那么相对应的,你会付出应有的代价。"

"我会的,我现在就在付出代价了。"林夏雪怔了怔,这才苦笑开口,"只是小遥,你要面对的敌人远比你想象中的要可怕得多。看在曾经的分上,我提醒你一句,但也是最后一句了,你没忘记车祸的事吧?"

顾卿遥还想说什么,却被黎霂言伸手拦住了。

"小遥,你先出去一会儿,好吗?"自从进来以后始终沉默不语的黎霂言忽然开口。

顾卿遥一怔:"你要做什么?"

"我和林小姐单独说一些事情。"黎霂言微微弯起唇角,摸了摸顾卿遥的头,"听话。"

他的语气那么温和,像是在哄劝小孩子似的,不知不觉,嫉妒漫上林夏雪的眼底。

顾卿遥没多想,点头应下了。

她在门外等待的时间并不算长,旁边还有看守所所长陪着说话,时间倒是也不算难熬。

很快,黎霂言就走了出来,淡淡笑了笑,揽住了顾卿遥的肩膀:"走了,"说完,转头看向看守所所长,"谢谢您,丁所长,给您添麻烦了。"

"不用。"丁所长神色有点复杂,似乎是在打量黎霂言,然而很快便笑道,"举手之劳,程序内的事情。"

黎霂言只是笑了笑,带着顾卿遥往外走。

顾卿遥却总是忍不住想起刚刚黎霂言推门而出的时候,里面林夏雪的表情。

她就像是彻底失去了灵魂似的,脸色惨白得吓人,像是一个木偶一样坐在那里,那显然是极度的恐惧。

"你刚刚和林夏雪说了什么?"走出去一段路,顾卿遥方才忍不住问道。

黎霂言一怔,道:"哦,我只是例行询问了一些过去的事情。我想知道幕后操纵的人究竟是谁。"

见顾卿遥似懂非懂，黎霂言道："林夏雪之所以愿意顶罪，或者说之所以心甘情愿地一口咬定是自己做的，一方面是因为受了岳景峰的欺骗，以为可以缓刑了事，另外一方面也是因为，她有很大的可能已经做了交易。"

"给我下药，然后换取利益……"顾卿遥喃喃道。

"能让她甘愿留下未来一辈子的污点都要做的交换，定然不是一个小数目。刚刚我就是在问林夏雪这些。"黎霂言淡淡道。

"她不可能说的，不是吗？"顾卿遥看向黎霂言，总觉得黎霂言隐瞒了什么。

黎霂言笑笑，将一份通话记录递给顾卿遥："你可以看一下。"

顾卿遥定睛看向上面被标红的通话记录："有很多都是给我家的……"

"在美国期间，她打出去的电话并不多，有不少都是给顾先生的，还有这一通。"黎霂言指着其中一个，淡淡道，"现在已经是空号了。"

顾卿遥蹙起眉头。

然而不远处，岳景峰显然已经看到了他们，匆匆忙忙地走了过来。

第17章

多希望出现的人是他

顾卿遥微微蹙眉,看向旁边的黎霂言。

黎霂言轻咳一声,道:"你答应陪他过生日了。"

这是在吃醋?

顾卿遥有点无奈。

她倒是记得这桩事,虽然已经不记得前因后果了,可是当时自己好像的确是答应,倘若岳景峰帮自己一个忙,自己就陪他过一个生日。

她只是没想到,岳景峰都吃了那么多次闭门羹,还愿意来自讨没趣。

岳景峰看向顾卿遥的眼神充满了期待:"顾小姐,其实我真的和我家里争取了很久的。本来他们想要给我办个生日派对,说是为了我的人际关系。可是我想了很久,最后还是想将这个重要的日子和顾小姐一起分享。"

顾卿遥微微蹙眉:"岳少如果有安排的话就算了吧。"

"我没有安排!我已经和我父亲说过了,那天无论有什么安排都要取消掉。我一定要和顾小姐单独过这个生日!"岳景峰脸红脖子粗的,顾卿遥顿时觉得有点头疼。

她沉默了一会儿,岳景峰顿时就失望起来:"顾小姐,你别忘了,当时你真的答应过我的。你说了如果我带林夏雪一起去美国,如果我到时候还坚持,那么顾小姐就会答应我这个请求。"

"好。"瞥到黎霂言微凉的脸色,顾卿遥抢在他开口之前说话了。

岳景峰几乎要笑出声来,张了张嘴,却是连要说什么都忘记了。

"真的太好了,顾小姐,你真的不知道我有多么高兴。谢谢您顾小姐,谢谢您！"岳景峰是真的太高兴了，他将顾卿遥的手拉起来就要在上面落下一吻。

黎霂言猛地伸手，死死钳制住岳景峰的手腕。

岳景峰惨嚎一声："黎少，您这是做什么啊！"

"这要问你。"黎霂言的脸色难看至极。因为吃痛，岳景峰早就放开了顾卿遥的手，然而黎霂言却始终没有松手的意思。

"这，这不就是吻手礼吗？我看人家西方都是这样的！黎少您这过分了吧？您难不成还要真的管控顾小姐全部的社交吗？"岳景峰在努力煽风点火。

"你也知道是西方的礼仪，这是国内。"黎霂言挑了挑眉。

他依然没有放手，岳景峰终于忍不住了："黎少，有话好好说……哎哟，你先松手！"

黎霂言这才淡漠地笑了一声，将手放开了："岳景峰，如果你连现在的这些都受不住的话，我奉劝你还是少惹是生非。"

岳景峰的脸色愈发难看了几分："所以我最近什么事情都做不了，天天被问话真的是你做的？"

"如果你真的没有做亏心事，警方也不会颠倒是非。"黎霂言语气凉薄，将顾卿遥护住，"走了。"

"顾小姐您等等，"岳景峰急了，匆匆开口道，"地址和时间我给顾小姐。"

他想了想，还是讪笑道："对了顾小姐，你的工作手机和生活用的是不是分开了啊？如果方便的话……"

"没有，岳少直接联系我的手机号码就好。休息时间会关机，你可以联系萧泽。"顾卿遥的语气很是温和平静。

岳景峰只好打碎牙齿和血吞，干笑道："那好，那麻烦顾小姐了。"

他将短信发到了顾卿遥的手机上。顾卿遥倒是也没看，只笑了笑道："到时候我会到场的。"

"我想要一个和黎少一样的……"岳景峰话还没说完，看了一眼旁边黑面杀神一样的黎霂言，顿时闭嘴了，"顾小姐，那我到时候等您。"

"好。"顾卿遥似乎是想到了什么，微微笑了笑。

岳景峰逃也似的离开了，顾卿遥鼓着腮帮忍不住笑出了声。

"黎先生。"她转头好整以暇地看向黎霂言。

黎霂言淡淡应了一声："怎么？"

"没什么，"顾卿遥小声笑了，想了想还是钩着黎霂言的手臂补充道，"对了，说起生日宴会那件事，我当时是真的答应了。只是我完全没想到他的生日这么近,更没想到他居然真的要我兑现这个承诺。"

黎霂言心知肚明这个小姑娘在笑些什么,却也只是无奈地摸了摸顾卿遥的头,道:"到时候我会让人在旁准备,不用担心他害你。"

顾卿遥怔住了。

"你……"

"怎么?"

"没什么。"顾卿遥看了黎霂言良久,忍不住笑了。

笑眼弯弯的样子好看得很。

顾卿遥本以为黎霂言只是因为吃醋,却不曾想过在黎霂言的心底,好像所有的一切都是以自己为优先考虑的。

他的愤怒是因为自己,他的担忧也是因为自己。

顾卿遥忽然想起自己曾经对念宛如说的那句话——黎霂言是真的好。

顾卿遥拉着黎霂言的胳膊轻轻晃了晃,像是在撒娇似的,小声嘟囔道:"你以后也不许骗我。"

"嗯?"黎霂言的胳膊似乎是微微一僵。

顾卿遥没多想,只认真道:"我这样说,你可能会觉得很奇怪,可是……我真的觉得能够遇到你是我这二十二年来最最幸运的事。"

黎霂言沉默良久,这才轻声道:"未来的路很长,可是只要你信我,那么无论发生什么,我都能护住你。"

那时候的顾卿遥并不明白这句话的意义,她认真地看向黎霂言深邃如海的眼眸,认真颔首:"我当然信你。"

黎霂言沉默良久,方才微微笑了:"那就好。"

顾卿遥的思绪却是已经飘离开来:"不过按照岳景峰的说法,他这些日子被传讯,真的是因为你吗?"

黎霂言的呼吸微微一窒,忍不住莞尔:"你真的认为我有办法影响警署的想法?"

"嗯?"顾卿遥忍不住想起了之前有人对自己说的,黎霂言好几次从警局出来,一待就是一天的事情。

鬼使神差地,她并没有说出口,只笑着道:"你不是帮我将林夏雪的管辖权带回国内了吗?"

"那不过是律师从国际法角度做了些文章罢了。"黎霂言轻笑一声,道,"走了,不说这个,带你去看点东西。"

"看什么?"

"凌筱蔓的出入境资料拿到了。"黎霂言的语气很是平静。

顾卿遥微微一怔，将黎霂言手中的资料接过来。

她几乎能够听到自己心跳加速的声音，然而很快，看到了标红的部分。

"慕寒出生那年，她真的去过美国。"顾卿遥的嗓音很是喑哑。

"没错。"黎霂言微微颔首。

顾卿遥闭上眼。

不是有那么一句话吗？

排除了所有的不可能，那么最后剩下的无论多么残忍，都是真相。

"我查了一下当时的私人会所。因为他们对雇主的个人隐私保护得极为严格，暂时还没有确定凌筱蔓当时在哪家私人会所产子。"黎霂言看向顾卿遥，斟酌着自己的措辞。

顾卿遥点点头，轻叹了口气："至少有一件事可以确定了，这么多年，父亲隐瞒我的事情还真是多得很。"

"小遥。"黎霂言蹙眉。

顾卿遥却只是苦笑着摇摇头："没事，我其实多少也有心理准备，不要紧。"

年份惊人的一致。

再加上之前的一切，顾卿遥忽然意识到，其实那些莫名的熟悉感也好，顾彦之微妙的态度也罢，在这一刻全都有了根据。

"慕寒很可能是顾彦之的儿子，所以他才会那样轻易地让凌筱蔓打掉这个孩子。所以在凌依依的事情暴露时，他毫不犹豫地舍弃了凌依依，因为他还有要护住的人。"顾卿遥的嗓音微哑，总觉得这一切是如此可笑。

或许慕寒才是顾彦之全部的希望，也正是因此，当自己想要进驻顾氏时，顾彦之会那样抗拒。

那么自己的车祸，也是父亲为了将财产全部留给慕寒，不让自己染指，这才想给她安排了一个那样滑稽的结局吗？

顾卿遥沉默地笑了，一个字都说不出来。

"我再好好考虑一下以后的事情要怎么安排。"顾卿遥的神色有点恍惚，推开车门就要往外走。

黎霂言蹙起眉头，将人拉住了："你去哪里？"

"我先回家一趟。"

"我送你。"黎霂言蹙眉将面前人拉回来，扣好安全带。

他的眉头紧紧蹙着，唇角也微微抿紧。

黎霂言太了解自己了。他不擅长规劝人，但是此时，他不得不开口："你要冷静一点，这件事要从长计议，倘若你表现得太明显，那么反而会让顾彦之有所防备。"

顾卿遥抿紧下唇，点头应了："我知道。"

"你需要一个突破口。"

"凌筱蔓不适合作为突破口，她现在对我防备心很重。"顾卿遥迟疑了一下，道。

黎霖言长臂微伸，轻笑了一声："其实现在有一个人很适合。"

"凌依依。"

"没错，"黎霖言淡淡道，"你可以想一下，凌依依现在人也在美国。那天我们见到她的时候，她明显是在等人。"

他们不太可能不认识。

慕寒从小被养在美国，即使第一次和自己的见面是偶然，后来的一切也不大可能是偶然了。

慕寒知道自己被保护起来的身份，那么凌依依呢？凌依依可曾认清了自己的地位？她不过是个牺牲品而已，不管顾彦之给了她什么承诺，她真的会心甘情愿吗？

顾卿遥微微垂眸笑了笑："我明白了。"

"小遥，这一切可能很艰难，你要做好心理准备。"黎霖言说着，轻轻摸了摸顾卿遥的头发，"你或许没有办法再在你的父亲面前说真心话，也没有办法像是从前一样和慕寒推心置腹。"

"我从不曾和他推心置腹。"顾卿遥苦笑一声。

黎霖言微微有点诧异，可是顾卿遥只是垂眸笑了笑："其实一家人生活在一起，一旦离心离德，还是蛮容易感受到的。后来我才知道，原来妈妈也那么早就知道了。"

黎霖言没说话，只是靠过去，轻轻吻上顾卿遥的额头。

他的动作带着百般的怜惜和温柔。顾卿遥闭上眼，轻轻笑了："这件事我会好好想一想，绝对不会冲动的。"

"嗯，"黎霖言顿了顿，颔首应了，"有任何需要我帮忙的，就直接给我打电话。"

"好。"顾卿遥笑着点头。

然而顾卿遥无论如何都没有想到，第二次和凌筱蔓的见面竟然来得如此快。

说来也是巧合，顾卿遥去顶楼总裁办公室找顾彦之的时候，顾彦之人并不在办公室。慕听岚很是自然地让顾卿遥去办公室里面等，顾卿遥一眼就看到了正在振动的手机。

鬼使神差地，她向前走了几步，将手机拿了起来。

解锁密码……

顾卿遥犹豫了一下，输入了自己的生日。

错误。

念宛如的生日，错误。

凌筱蔓的生日，依然是错误。

五次密码错误，手机上的数据就会被清除了，到时候自己动过顾彦之手机的事情将会无从辩驳，顾卿遥几乎能够听到自己心跳的声音。

她犹豫了一下，忽然福至心灵，输入了资料上慕寒的生日。

密码锁应声而解。

饶是已经无数次肯定过的真相，此时赤裸裸血淋淋地摆在自己的面前，还是让顾卿遥有种说不出的滋味。

她点开最上面的短信，是凌筱蔓发来的。

"彦之，我知道你最近不耐烦理我。上次的事情我也知道错了。可是……我们的宝宝都没了，我明天中午想在荣华医院和你见一面，好吗？这么多年了，你总不能让我一直这样委屈着。"

下面是一张照片，顾卿遥下意识地将短信截屏转发给自己的手机，下一秒，门竟是响了！

顾卿遥想要将手机放下，可是已经迟了。

她迟疑了一瞬，将那条短信径自删了，锁了屏幕，果断将手机抓在了手里。

于是顾彦之进来的时候，看到的就是顾卿遥抓着手机一脸镇定地看着他。

顾彦之的脸色相当不好看："怎么回事？"

"刚刚看到爸爸手机落下了，我想给爸爸送过去来的。"顾卿遥神色如常。

"谁让你动我手机了？"顾彦之三步并作两步冲了过来，一把将手机从顾卿遥的手中夺走了！

他的脸上写满了紧张，顾卿遥心底微动，面上却是一派平静，语气甚至带着点委屈："我没看，我就是想直接给爸爸送过去的……"

顾彦之看向自己的锁屏，这才松了口气。

她不会知道，她没可能知道。

良久，顾彦之方才蹙蹙眉："你有什么事？"

"想问一下爸爸的意见。"顾卿遥神色如常地拿起手中的简报，递过去道,"这一年房地产事业部整体部门表现不错。虽然有了美国的金融危机影响,可是至少现在看来,海城的房地产并未受到太多影响。只是,之前于家曾经问过我,要不要和他们合作做一批精装修的房子,看来事业部这边是给了预案,父亲觉得如何?"

顾彦之来了点兴致,拿起简报看了良久,又和顾卿遥说了一会儿,这才若有所思道:"行了,过几天吧,我和于家吃顿饭,你如果愿意也可以跟着一起。"

"好。"顾卿遥点头应下。

"去吧,"顾彦之像是想起了什么似的,蹙蹙眉补充道,"还有,以后如果没什么事情,不要随便动我的手机,明白吗?"

"哦。"顾卿遥乖乖点头。

顾彦之才满意地挥挥手,示意顾卿遥可以出去了。

直到进了电梯,顾卿遥方才看向自己手中的手机。

全图截屏果然很好用,顾卿遥向下拉,就看到了凌筱蔓无比性感的自拍照。

她的身材果然很好,情趣内衣之下若隐若现的诱惑让人浮想联翩。

顾卿遥微微蹙眉,脸色相当不好看。

她下了楼,径自将萧泽叫了过来:"能帮我查一下凌筱蔓现在在哪间病房吗?荣华医院。"

"当然。"萧泽应声而动,很快回应道,"小姐,现在凌筱蔓在高级护理病房。"

高级护理……

荣华本就是私人医院,再加上高级护理病房,隐私权能够得到百分百的保障。

在那里和顾彦之见面,凌筱蔓是真的打了一手好算盘!

顾卿遥冷笑一声,淡淡道:"既然如此,那么明天我便去见见她。"

"小姐要去?"萧泽怔住。

"我有些事情要问凌筱蔓,父亲手机上面的短信被我删除了。听着凌筱蔓的意思,这些天父亲没怎么理会她,想来这些事情也都是旁人陪着办的。这样说来,她今天发了这个短信,父亲没有回应,以凌筱蔓的性子也未必会再催促。"顾卿遥淡漠地笑了笑,"既然如此,明天便由我来给凌筱蔓一个惊喜。"

萧泽忍不住笑了:"小姐这个方法还真是不错,到时候凌筱蔓一时气急,不知道会说出什么来。"

顾卿遥等的就是这个。

她太了解凌筱蔓了。

凌筱蔓工作能力并非很强，更是没有殷实的家底。她没办法像是念宛如一样全心全意地帮衬着顾彦之，那么就要在旁处给顾彦之一些惊喜。

她很温婉贤惠，也很懂得卖弄风情，甚至能忍旁人之不能忍。

这些都是念宛如做不到的。

牺牲凌依依的名分，毫不犹豫地打掉自己的孩子，只为了保全自己的儿子，这是何等的狠心？

顾卿遥微微蹙眉，她知道，现在是最好的时机。

凌筱蔓刚刚打掉孩子心理本就脆弱，再加上顾彦之的冷待，她相信，自己明天能够得到自己想要的一切。

果然，第二天顾卿遥出现在凌筱蔓病房门前时，凌筱蔓惊喜抬头的瞬间，笑容就僵在了脸上。

"怎么是你？"她的嗓音近乎尖刻。

顾卿遥微微一笑，将花篮摆在一旁："意外吗？"

"这不可能……"凌筱蔓的脸色难堪至极。她看向顾卿遥拿过来的花篮，里面的花零零落落，显然也不是精心准备的，反而像是随手挑的便宜货，"怎么可能是你，我明明发给了彦之！"

"嗯？还有一张照片，"顾卿遥轻笑一声，道，"我看到了，不过是差强人意罢了。"

凌筱蔓本就虚弱，而今听顾卿遥这样冷嘲热讽一番，简直要气炸了："你怎么能说出这种话，你，你恬不知耻！"

"凌女士若是懂得廉耻二字，想必也不会待在这里了。听凌女士昨天短信的语气，似乎还挺委屈的。我以为你已经想到了你本该有的下场，"顾卿遥顿了顿，不吝以最尖刻的语言刺激面前的女人，"还是说，凌女士觉得将这个孩子生下来会更好？像是凌依依一样，从小没有父母，没有感受过正常的亲情，性格也愈发畸形，长大后甚至连海城都待不下去，只能狼狈地逃到国外去……你当真以为凌依依会感激你将她带到这个世界上吗？"

"你给我闭嘴！"凌筱蔓心底难受得厉害。她咬牙喝道，目光死死定格在顾卿遥脸上，"那就是凌依依的命！她能够有这么多年锦衣玉食的日子，还不是因为我！如果没有我，你以为她是什么？这么多贫苦人家的孩子都不怨自己的父母，你觉得凌依依有什么理由来怨恨我？"

她只字未提慕寒，顾卿遥看了凌筱蔓良久，方才轻笑了一声。

"是啊，这是凌依依的命，你根本就没有想过凌依依也可以活得像是正常人一样。凌女士,或许这就是第三者的悲哀吧。你的孩子永远无法活在阳光之下,你只能带着他们在夹缝里面生存。甚至有一天,倘若父亲不允许你拥有凌依依,你也会毫不犹豫地将她抛弃在国外,让她自生自灭,这就是你,不是吗?"

"顾小姐,你不用激我。"凌筱蔓咬紧牙关,一字一顿道,"我想要什么你比任何人都明白。我也可以告诉你,没错,我可以为了我的目标牺牲一切。凌依依的确是成为了牺牲品,可是那也是为了我们未来更好的生活。顾家女主人的位置只能是我的,为此我可以付出一切代价。"

"包括你的孩子。"顾卿遥的眼神满是嘲意。

凌筱蔓抿抿唇,抓紧了自己的手机,点头应下:"没错,包括我的孩子,那又如何?这是值得的!等我真正人主顾家的那一天,就是你的好日子到头的那一天!到时候我倒是要看看,顾小姐,你还能用什么在我面前耀武扬威!"

顾卿遥看了凌筱蔓片刻,微微笑了笑。

她将手机从包里拿出来,好整以暇地对着听筒那边的人淡淡道:"凌小姐,现在你听清了吗?"

那边的人,不是凌依依又是谁?

凌筱蔓的脸色几乎瞬间惨白,不受控制地开口:"你怎么那么奸诈!你,你做这种事离间我和我女儿的感情,你还是不是人?"

顾卿遥任由凌筱蔓破口大骂,只是轻笑了一声,对电话那边的凌依依道:"凌小姐,我只是想让你听听你母亲的真实想法。这么多年,你母亲对你如何,你心底应当也明白。"

凌依依的嗓音无比沙哑,良久方才道:"我有什么可不明白的……她心中哪里有过我。"

凌筱蔓跌跌撞撞地想要下床去抢顾卿遥的手机。顾卿遥微微一抬手,就让凌筱蔓扑了个空。

"你刚刚做了流产手术,都说这算是小月子,还是不要妄动的好。"顾卿遥淡漠地看向凌筱蔓,像是在看向一只微不足道的蝼蚁。

凌筱蔓的眼神一片死寂,哑声道:"顾卿遥,你不得好死。"

"都说人种了什么因,就能收获什么果。按照这个说法,凌筱蔓,这句话我原封不动还给你。"顾卿遥说完,转身按了医生铃。

果然,医生很快赶了过来,见凌筱蔓气喘吁吁汗流浃背地站在地上,顿时就怔住了:"凌女士,您快去床上。您现在的身体情况不适合情绪激动。"

顾卿遥静静地站在一旁看着,眼底满是嘲意。

凌筱蔓咬牙看向顾卿遥:"今天是你自作主张来的,是吗?"

"你觉得呢?"顾卿遥挺直脊背,轻笑一声,"凌筱蔓,你莫要忘了,你没有家族作为靠山,也没有强劲的工作能力。换言之,你的温柔贤淑是你唯一的本钱,至于你能怀孕生子的本事,这世界上也有无数年轻的女子可以做到,也包括我母亲在内。只是我母亲顾念着我,所以从不曾想过再要一个孩子罢了。我和我的父母才是一家人,而你,不过是一个随时可以被取代的人罢了。"

凌筱蔓一个字都没有说,只是死死抓住了旁边的床垫。

她急促地呼吸着,明明知道顾卿遥不过是激将法,她却不得不承认顾卿遥有很多话说的是对的。

这么多年了,她有了慕寒也那么多年了,她所念所想,不过是那个近在咫尺的位置罢了。

顾彦之答应了她那么多,却从来都不曾给她一个准话,告诉她那个位置真的可以毫不犹豫地给她。

做第三者哪里有那么容易?要学会察言观色,要学会忍常人之不能忍,要学会在男人的家庭里周旋,要学会喜怒不形于色,做他最喜欢的那个乖顺的女人,甚至要舍弃本应属于自己的一切。

太难了。

凌筱蔓从来没有这种感觉,仿佛自己整个人都被顾卿遥看透了似的。

可是想到顾卿遥从未提及的慕寒,凌筱蔓忽然就有了底气。

她抬头看向顾卿遥,虽然小腹的痛楚让她几乎要倒吸一口冷气,凌筱蔓却依然努力地勾出了一个微笑:"顾小姐,我希望你过些日子还能这样笑得出来,我说过,属于我的我一定会拿到。你现在离间我和我女儿是没用的,等到我入主顾家的那一天,所有属于我的我都会拿回来,包括我女儿的名分。"

顾卿遥轻笑一声:"那我祝你马到功成。"

凌筱蔓心底掠过一丝狐疑,她不过是虚张声势罢了,见顾卿遥全然没有半点反应,说是一点心慌都没有也是假的。

顾彦之对顾卿遥始终不错,更何况顾彦之和念宛如还是那么多年的模范夫妻,他真的会给自己那一切吗?

凌筱蔓自己都不敢笃定。

顾卿遥心情轻松地从病房走了出去,一眼就看到门口脸色不好看的萧泽。

"怎么了?"顾卿遥一怔。

萧泽显得有点慌乱，紧忙将手机收了："没……没什么。"

这此地无银三百两的样子让顾卿遥愈发怀疑："给我看看。"

"真的什么都没有。"萧泽的表情简直要哭了。

顾卿遥固执地伸手，萧泽只好将手机乖乖送上："就是一些谣言罢了。"

"违禁药物流入海城，警方彻查或与黎氏有关。"顾卿遥一个字一个字地看下来，蹙眉道，"《南读周报》，这倒是有意思，黎先生怎么说？知道这消息了吗？"

《南读周报》本就是八卦小报性质，这些年捕风捉影的报道不少，顾卿遥没怎么当回事，却还是忍不住多过问了一句。

"黎先生应该还没，黎少不怎么喜欢看这类报纸的。"萧泽道。

顾卿遥怔了怔，倒是笑了。

也是，黎霂言根本就不是会看八卦的人。他的报纸架似乎只有一些经典的政经报纸，其他的一概不会进入他的办公室。

"我一会儿问一下。"顾卿遥没怎么放在心上，直接拨通了黎霂言的手机。

手机响了一会儿，被人挂断了。

顾卿遥怔了怔，就见一条短信发过来："顾小姐吗？我是于菡岚，抱歉现在黎少不太方便接电话。"

就像是一盆冷水泼下来，顾卿遥怔在原地。

意识到顾卿遥的不对劲，萧泽紧忙停住脚步："小姐？"

顾卿遥抓着手机看了一会儿，像是没能理解那条短信的意思似的。

她沉默了一会儿，这才道："没什么，应该是于菡岚有意而为之的。"

就像是之前白楚云刻意摆拍让黎霂言帮她拿包一样，像是之前无数次恶意传出的流言蜚语一样。

顾卿遥死死闭了闭眼，脑海中仿佛回荡起黎霂言的那一句"信我"。

分明那么轻的声音，却又让顾卿遥的心瞬间安定下来了。

她微微笑了笑，回复了过去："好的，那你帮我转达给霂言，有空的时候给我回个电话，多谢于小姐。"

亲昵的称呼，恰到好处的感谢，毫不犹豫的亲疏有别。

对面的于菡岚盯着那条短信看了很久，简直咬牙切齿！

这简直就是把自己当成特助在用！

见黎霂言出来了，于菡岚紧忙坐好，笑意微微地将手机送上："黎少，刚刚顾小姐来电话了。"

"你接了？"黎霂言蹙眉看过去。

"顾小姐打了好一会儿，我担心顾小姐误会，就自作主张给顾小姐回复过去了。"于菡岚轻声道，"黎少不会怪我吧？"

她的声音轻轻柔柔的，让人无法生起气来。

黎霂言淡淡道："这是工作手机，你回复了也没什么。只是于小姐也在社会上游走这么多年了，我倒是很意外于小姐竟然会擅动旁人的手机，这是于家教给于小姐的礼仪吗？"

于菡岚脸色微白，刚想解释，就见黎霂言已经自然地拿起手机去了窗边，显然是急着去给顾卿遥解释。

于菡岚下意识地揪住了自己的衣襟，一个字都说不出来。

顾卿遥刚刚准备离开，手机就急切地振动起来。她看了一眼，眼底眉心便添了三分笑意，接起电话："黎先生。"

"在忙吗？"

"还好，刚刚从凌筱蔓病房出来。"顾卿遥全然不曾隐瞒。

黎霂言笑笑："我这几天可能会有点忙，刚刚于菡岚过来还东西。"

"还东西？"顾卿遥的语气有点狐疑。

"之前订婚的时候顾家给的东西，我的本意是让她直接还给顾远山。可是菡岚直接上了门，我便让人清点了，再送还给顾家就是，左右不过是经一次手。"

黎霂言的语气很是平静，顾卿遥心底的猜忌也就跟着烟消云散了。

"你最近有看《南读周报》吗？"她语气轻松地换了个话题。

"违禁药物进入海城市场这件事是吧？"黎霂言的声线沉了几分，"听说是边境的毒品黑势力，现在警方在彻查。小遥，你也要小心。之前林夏雪家里搜出来的药物用量远超之前的购买记录。可是现在林夏雪不说，警方的调查也一筹莫展，现在又出现了这种事，很可能是同一派势力所为。"

"我明白。"顾卿遥蹙眉，"不过说起这个，上次跟踪我们的那批人，现在查清是什么人了吗？"

说起这件事黎霂言就觉得懊丧："查清是查清了，为首的是向山城的摩托帮。这些年扫黄打非，他们也不敢做什么大动作了。后来给我的解释是因为私怨追人，结果认错了车，也就追错了人，直接撞到了我们面前。"

"这理由听上去很站不住脚。"顾卿遥蹙眉。

越是这样遮遮掩掩，顾卿遥越是觉得很可能和自己还有黎霂言有关。

顾卿遥的脸色不太好看，黎霂言也跟着应下："所以这些天，我会尽可能地跟着这边的案件进度。小遥，你身边除了萧泽，我还给你派了一些人保护，你可以让萧泽带你认识一下。"

"那你自己也要注意安全。"顾卿遥几乎是下意识开口。

黎霈言微微一怔，笑了："好，你放心。"

依依不舍地放下电话，顾卿遥看向萧泽，刚想开口，就见顾彦之匆匆赶来。

见到顾卿遥和萧泽就堵在病房门前，顾彦之的脸色极为难看。

"小遥，你怎么在这儿？"

"我听说凌小姐就在这里做的流产手术。想着父亲的身份恐怕也不方便过来看，所以就过来给凌小姐探病。"顾卿遥笑道，神色如常。

顾彦之有点诧异。

他倒是从来都不觉得顾卿遥会有这种心思，然而顾卿遥的脸色那么平静，并不像是作伪。

"爸爸是为了凌小姐而来吗？"顾卿遥小声道，脸上慢慢覆上不满。

顾彦之心底一凛，下意识地否认了："不是，我之前在这边做过身体检查，所以想来看一下是不是又要到身体检查的日子了……"

"顾先生？"迎面而来的医生听到顾彦之的话，忍不住笑道，"顾先生的身体好着呢，上次检查不是三个月以前吗？以顾先生现在的年龄，一年检查一次就可以了，也不用频率太高。"

顾彦之的脸色顿时难看起来。

这医生简直不会说话！

顾卿遥差点笑出声来，见过拆台的，没见过这样当面拆台的。

顾彦之轻咳一声，掩饰住自己的尴尬，道："行了，那就回去吧。"

"来都来了，父亲不去看看自己的老下属吗？"顾卿遥跟着煽风点火。

"不了，小遥说得对，"顾彦之的笑容微微有点发苦，"这种事去一趟没意义，而且还平白惹出麻烦。最重要的是……那凌筱蔓本就对我有想法，如果我这时候再去看她，她心底怕是会又有希望了，不好。"

顾卿遥听着顾彦之一本正经地胡说八道，心底有点想笑，却好歹忍住了，点头跟着应了。

"哦，对了，"顾彦之像是忽然想起什么似的，道，"我今晚的飞机，要去美国一趟。你和你妈妈说一声。时间挺赶的，我就不回去收拾行李了，让梁叔给我送到机场。"

"爸爸要去谈项目吗？"顾卿遥心如明镜，却还是问道。

"差不多吧。"顾彦之没多说。

"好。"顾卿遥点头应了，又下意识地问道，"爸爸去哪个城市啊？最近美国经济也不景气，现在谈合作还能谈下来吗？"

"说不清,现在的确是经济不景气,所以爸爸也就是去碰碰运气。"顾彦之摸了摸顾卿遥的头。顾卿遥这次难得没有和他强问,倒是让顾彦之心底舒服了几分,"和你妈妈说一声,别让她胡思乱想。还有之前那个德国的项目,你也帮我和你外公说说,让人帮着盯着点。这是有关系拿下的,之后若是不盯着被人拿走了,顾氏今年就很难审批下来项目了。"

"好,我明白了。"顾卿遥一一应了,像是不经意似的开口,"妈妈最近可忙了,一直都在为顾氏忙,前些日子还有点咳嗽。本来我还想着爸爸在家就好了,不过爸爸为了工作要出差也没办法。爸爸也要注意些,最近流感病毒挺严重的。"

顾彦之的动作像是微微僵了一下,尴尬地笑了一声:"没事,爸爸身体好着呢。倒是你,别让你妈妈操心,知道吗?"

"放心吧爸爸,我都明白。"顾卿遥含笑应着,抬眼看向顾彦之。

不知道为什么,顾彦之总觉得心底咯噔一下,像是被顾卿遥看穿了什么似的。

第二天,顾卿遥一早上刷了一下微博,就微微怔住了。

昨天还是八卦小报捕风捉影的消息,就像是一夜之间传遍了整个海城,进而在网络上疯狂传播起来。

"黎少那是我梦中男神啊,我不信黎少和这种事有关系。"

"这时候还有脑残粉真是让人无语,黎少那种人一直隐瞒自己的身份背景,保不齐就是因为这种事呢。"

"就是啊,黎少一夜之间发家致富,哪里有那么多好事。你们都是童话故事看多了吧?我就觉得这种事肯定是有的,只是黎少不可能主动站在你们面前承认吧?"

"等警方说话,这种时候不想站队。"

顾卿遥盯着那迅速盖起的楼看了半天,脸色愈发难看起来。

有人在刻意引导舆论,顾卿遥一眼就看得出来。

顾卿遥的手机刚好响起,看了一眼就蹙起眉头,顾远山。

"爷爷。"

"起来了吗?看到新闻了?"顾远山的声线很沉。

"什么新闻?"顾卿遥佯作懵懂。

顾远山冷笑一声:"黎霁言很可能已经涉嫌非法药物买卖进出口。这一旦定下来,就是大罪,是我们国家这些年重点警示的范围。"

"黎霁言?"顾卿遥诧异道,"这不可能,黎先生是做房地产的……怎么可能和这些事情有关系?这是警方给出的消息吗?"

听顾卿遥如此冷静，顾远山的语气更沉了几分："小遥，爷爷也是为了你好。黎霖言起家的时候你还小不清楚，也是情有可原。黎霖言的起家速度非常快，几乎可以说是一个奇迹，可是你相信商界有奇迹吗？黎霖言的钱不可能那么干净，这也是他这些年避人耳目的原因。不然你认为他为什么一直不肯让媒体采访他，也不肯与顾家有太多的联系？因为一旦有联系，很可能他的秘密就藏不住了！"

顾卿遥抓着手机沉默良久，这才问道："爷爷认为黎先生的秘密是什么？是非法药物贩卖吗？"

"现在只等着警方落实了。你是黎霖言的女朋友，这件事一旦敲定了，你是不可能脱得了干系的。就算你是无辜的，你要被一次次问话，你的家里也会被一遍遍检查，甚至你的父母，都会被牵连。小遥，爷爷和你说这些是为了你好，你最好趁早和黎霖言划清界限。以前黎霖言有没有什么做得不对的事情，你若是知道，就尽快和我说。"

顾卿遥怔了怔："不是和警察说吗？"

顾远山气结："你现在和警察说不是将自己送上去了吗？我还能给你拿个主意。旁的我也不多说了，小遥，你年纪也不小了，自己应该有自己的想法了，你自己考虑清楚。"

顾远山将电话重重放下。

他喜欢用金属的电话机，很是老式的模样，现代的家庭里已经很少见到了。

于是顾卿遥听到那边砰然一声响，下意识将手机远离了耳朵。

流言甚嚣尘上。

都说信息社会好，顾卿遥自己作为充分享受其便利的一员，倒也不是说信息社会不应出现，可是这也同样让这件事发酵得太快了。

顾卿遥没来由地想起之前黎霖言经常出入警局，也想到了黎霖言有时候会失联，一失联就是好几天。

曾经念宛如问过自己，和黎霖言恋爱真的有安全感吗？

在黎霖言面前，自己清晰明朗得宛如一张白纸，可是黎霖言呢？

黎霖言在自己的面前像是浓墨重彩的水墨画，自己看不出他的心，也看不懂他的奥义。

顾卿遥闭了闭眼，拨通了黎霖言的电话。

忙音。

她怔了怔，又打了一次。

还是忙音。

这一次，顾卿遥没有再去尝试。

她坐在桌前，打开了一个又一个网页。

从外人角度看过去，这件事简直再清晰不过。

一个迅速崛起的企业家，他的背后不可能一无所有，而现在他们似乎是认定了，黎霖言的背后是一个黑暗帝国。

萧泽进来的时候，看到的就是顾卿遥怔怔地坐在电脑前的样子。

他打心底叹了口气，轻声叩了叩门。

顾卿遥很快回头，神色如常道："怎么？"

"小姐在忙吗？"

"看了一些资料。"顾卿遥揉揉眼睛。

"小姐，岳景峰先生的生日宴快到时间了，造型师和设计师已经到了。"萧泽只好道。

顾卿遥一怔，像是将这件事彻底抛在脑后了似的，这才点点头："好，我这就准备出发。哦，对了……造型师和设计师就不必了，我想过要穿什么了。"

她将头发简单地挽起，盘了一个丸子头，看起来娇俏而可爱，却明显不怎么费心思，又囫囵套了一件鹅黄色丝绸质地的长裙，在外面套上一件毛茸茸的外套，便径自出了门。

直到快到地方了，萧泽方才开口："小姐是在怀疑黎少吗？"

顾卿遥摇摇头："怎么会……"

几乎是下意识地就选择了信任。

顾卿遥知道，黎霖言有很多秘密，这些秘密从未曾道与人知。

从一开始，自己和黎霖言就是不对等的，自己的一切黎霖言全都知晓，而黎霖言的一切，自己却连探寻的机会都没有。

她看到的，就像是他人生中的冰山一角一样。

黎霖言不主动坦诚，她却也不忍向前窥视。

可是现在……她还是第一反应选择了信任。

"我只是在想，这件事究竟是谁做的。"顾卿遥看向窗外，神色有点说不出的意味，"还有，黎霖言现在究竟在哪里。"

自己有困难的时候，黎霖言总会千里万里而来。

顾卿遥几乎已经形成了习惯，她从不担忧黎霖言会缺席自己的人生，可是黎霖言呢？

他护着自己走过了万千沟壑，却毫不犹豫地在这种时候转身，一个人面对着那些刀光剑影。

她想要陪他一起,他都不肯给自己一个机会。

"不想这些了,我……"

话音未落,顾卿遥看向手机,微微蹙起眉头。

那是一封邮件,依然是匿名的,邮件的内容简简单单,只是一张照片。而看到那张照片的瞬间,顾卿遥的瞳孔猛地紧缩——

萧泽似乎是意识到了什么,紧忙上前一步:"小姐……是有人说了什么吗?"

顾卿遥努力平复了一下呼吸,看向萧泽的眼神却已经恢复了平静:"没什么,刚刚看了一眼微博,被有些话气到了。"

她的语气轻描淡写,萧泽自然知道现在的微博是什么鬼样子,只好劝说道:"小姐别太将这些放在心上,总有些人人云亦云。分明什么都不知道,也会说一些不该说的话。"

"我都知道。"顾卿遥笑着道。萧泽起初还有点担忧,可是看着顾卿遥已经将手机屏幕转向短视频津津有味地看了起来,便也跟着松了口气。

顾卿遥的手指微微蜷紧,转头看向窗外。

照片中的黎霂言依然俊朗,长身而立,手中一把匕首,目光锐利难当。他的姿势是如此行云流水,根本看不出半点生疏感。

顾卿遥第一眼就被黎霂言的眼神吸引了。他的目光是如此坚定而果决,全然没有半点犹疑。

可是以黎霂言的职业和社会地位为什么会无缘无故进行这种训练?

想到最近甚嚣尘上的流言,顾卿遥微微闭了闭眼。

萧泽虽然好奇,但是见顾卿遥唇角带着笑,显然也没将这件事太放在心上,便也放了心,只去看那些新闻了。

岳景峰将地点定在了丽影旋转餐厅,竟是和当时自己为黎霂言生日宴选择的地点如出一辙。

顾卿遥上楼的时候脚步就微微顿了顿,旁边的岳景峰笑着看过来:"顾小姐,怎么了?"

"没什么。"顾卿遥神色淡淡的。

岳景峰也觉得有点没趣,他和旁人在一起的时候哪里需要这样刻意讨好维系?唯独和顾卿遥……可是顾卿遥就是不一样。

他曾经见过她眼含桃花的模样,也曾经见过她冷若冰霜的样子。

车祸之后,他以为自己和顾卿遥不会再有什么交集了。可是他却还是在父亲的胁迫下走到了顾卿遥身边,只可惜当年的顾卿遥再也看不到了。

他强行收回思绪,微微蹙蹙眉道:"到了。"

下意识地伸手去扶电梯门，顾卿遥很是自然地走了出去，岳景峰心底暗恼，只好紧忙跟上去。

旋转餐厅显然被岳景峰包场了。顾卿遥坐下，岳景峰就干笑了几声："顾小姐，其实我对顾小姐也是用了心的。顾小姐有所不知，最近我们岳家的情况不太好，上次的共享汽车项目最后也没审批下来，现在刚好赶上金融危机，也没什么人愿意轻易投资，这件事就这么吹了。最近……岳家的资金链都出了问题，我爸其实挺希望我能开个生日宴会的，至少还能有交际，可是！"

他忽然抬高声音，顾卿遥被吓了一跳，手中的茶杯都顿住了，放在了唇边。

岳景峰涨红了脸，情绪依然显得很是高亢："我是真的喜欢顾小姐，所以我愿意将我的一切都给顾小姐。"

顾卿遥沉默了一会儿，道："没这个必要。"

岳景峰顿时就有点委屈："我为你付出了这么多，就算顾小姐不给我回应，也没有必要在我生日这天这样泼冷水吧？"

顾卿遥沉默着笑了笑，将手中的生日礼物递过去："生日快乐，岳少。"

"谢谢。"岳景峰迫不及待地拆开精致的包装，看了一眼就怔住了，"这是……"

"是古驰设计师今年限定的领带夹。"顾卿遥解释道。

"我很喜欢。"岳景峰紧忙将它别在了自己的领带上，对顾卿遥赧然地笑了笑，"真的是谢谢你，顾小姐，我真的很高兴。"

看着岳景峰诚惶诚恐讨好自己的模样，顾卿遥心底情绪复杂，轻咳一声道："不用客气。"

"顾小姐，我说这些话你可能不爱听。但是我拿你当朋友，有些话是真的不吐不快，"岳景峰看前菜已经上来了，却还是说了下去，"黎霁言真的不是什么好人。顾小姐，你想想之前黎先生被捕风捉影多少次了？也就是仗着他本人有点势力吧，这些事情都被压下去了。可是都是普通人，黎霁言才多大？差不多三十二岁，你信他的财产是正常来路的吗？那怎么可能啊……顾小姐你还小，很多时候可能是被金钱蒙蔽了双眼。就拿上次美国比赛来说吧，黎霁言之所以愿意和顾小姐组队一起去，还不是因为他去了，就能帮顾小姐拿个冠军？男人想要骗女人，真的就是那么些路数。"

岳景峰没喝酒，然而明显有点情绪过于激动了。

顾卿遥静静听了一会儿，甚至有点想笑。

良久，她方才淡漠开口："岳少的意思是，黎霁言这些全都是设计好的，甚至我的冠军也来得不明不白?"

听顾卿遥语气平静地说了这一句话,岳景峰却是心底一突,干笑道:"不,我也不是那个意思。我就是说黎霂言这次的事情肯定是事出有因。顾小姐您想啊,怎么之前没有这么厉害的人,往后也基本没有这种所谓的商业奇才,就在黎霂言这里出了一个?这怎么可能?"

顾卿遥向后靠了靠,笑容更冷了。

是啊……

岳景峰说的这些话,想必就是社会上很多人的观点吧!自己做不到的,旁人若是做到了,就是有关系有门路,又或者是钱财来路不明了。

他们不想着如何去努力,反而想着看旁人的笑话。

顾卿遥淡笑了一声,道:"我只问岳少一句话,这件事岳少有参与吗?"

岳景峰的身体微微一僵。

"我是为了顾小姐好。"

"所以岳少当真是参与了。"顾卿遥的目光有点懒怠。

旁边的生日蛋糕推车已经被推出来了。显然是感受到了这边剑拔弩张的氛围,侍应生也有点尴尬,不知道是该往前还是该停下。

岳景峰静静看了顾卿遥一会儿,忽然咬牙开了口:"我也不是故意这样的。怎么说呢,顾小姐,我就直说了吧,我的确提供线索了,我问心无愧。"

顾卿遥看了岳景峰良久,岳景峰却是说了下去:"顾小姐,你现在也联系不上黎霂言不是吗?如果你能联系上黎先生,那倒是无所谓。可是黎先生将顾小姐一个人抛在风口浪尖,他为你想过什么?"

"将我抛在风口浪尖……"顾卿遥微微顿了顿,问道,"你如何得出的这个结论?"

"什么?"岳景峰蹙眉,"现在楼下都有很多记者啊。"

顾卿遥眉头微蹙,就见萧泽匆匆过来了:"小姐。"

"记者都在楼下?"顾卿遥问道。

萧泽为难地蹙蹙眉,脸色不怎么好看。

这个岳景峰!

"你让我过来给你庆生,其实就是为了断绝我心底对黎霂言的全部念想。让我往后安心地和你在一起,是吗?"顾卿遥淡漠地笑了笑,拨弄了一下面前的酒杯。

岳景峰的脸上写满尴尬:"这叫什么话,我当然没……没这个意思。"

"是吗?"顾卿遥淡漠地反问。

"顾小姐,我之前也问过我父亲,即使黎霂言真的因为那种见不得光的勾当进去了，这件事也肯定与顾小姐没关系。顾小姐放心，将来我们绝对不会歧视顾小姐的过去。"

他说得信誓旦旦，顾卿遥却只觉得好笑。

她径自起身，淡淡道："我先回去了。"

"啊？"岳景峰下意识伸手想要将人拦住，却因为旁边萧泽的存在，只能讪讪地看过去，"顾小姐这是什么意思？"

"岳少将记者都找到了这里，有些话我自然是要下去说明。"顾卿遥好笑道，"不然岂不是辜负了岳少的一番美意？"

"我不是这个意思。"岳景峰简直目瞪口呆。他开始反省自己刚刚说的话，难不成自己说了什么让顾卿遥误会了？

"另外岳少，"顾卿遥的脚步微微顿住，淡淡道，"我或许没有和岳少说过，不过……我始终很厌恶被人威胁着做事。"

她说完，无视了刚刚拿起生日蛋糕餐刀的岳景峰，径自拎起手包下楼了。

岳景峰在后面欲哭无泪。

这是他拼命争取来的两人共处的一个生日，可是显而易见，他又一次搞砸了。

他就是不明白，为什么黎霂言无论做什么都是对的，可是自己无论做什么都是错的。

不知不觉，他想起了自己父亲说过的话，脸色就慢慢冷下去了。

而此时，顾卿遥已经走到了楼下。

萧泽在旁小声道："小姐如果不想理会这种事，我们可以直接从后门出去。我开车绕一下，这些记者就被绕开了，他们不敢强追的。"

顾卿遥的脚步微微一顿，忽然问道："萧泽，你知道黎先生现在人在哪里吗？"

萧泽一怔："小姐，我也不太清楚。"

"黎先生不是只有这一个号码，是吗？"顾卿遥拿出手机递过去。

她始终看着萧泽的眼睛。萧泽的目光有那么一瞬间的闪烁，然后摇头道："还有一部手机，但是不太常用，所以可能就没有留给小姐。"

"嗯。"顾卿遥沉默片刻，点头道，"最近也没有和你联系？"

"没有。"

顾卿遥没来由地笑了笑，道："我从前门走。"

萧泽心底有点紧张，却还是径自跟了上去。

"顾小姐出来了！"

"真的是顾小姐!"

"顾小姐,您好,我是《南读周报》的记者,我叫白丽丽。我想请问顾小姐几个问题。"白丽丽神色锐利道。

顾卿遥看过去,倒是想起这个所谓的《南读周报》了,最初报道的就是他们。

顾卿遥微微蹙眉,淡淡开口:"你说。"

"顾小姐和黎先生是情侣关系吗?"

"没错。"

"那么顾小姐和黎先生平时交往密切吗?换言之,顾小姐认为自己足够了解黎先生吗?"白丽丽问道。

"我们交往不过一个月,白记者认为我们之间的了解深刻吗?"顾卿遥反问道,"我始终认为情侣之间的彼此了解也是与时间相关的。换言之,也是随着时间的推移而不断深化的。"

白丽丽笑了:"那么顾小姐对这次事件怎么看?顾小姐会无条件支持黎先生吗?"

"是啊……"有人在旁边跟着举高了话筒,"顾小姐,因为黎先生与顾家本就有托养关系,黎先生的所作所为代表的不仅仅是他自己,也不仅仅是黎氏。现在顾老先生已经出面说过了,他对这件事痛心疾首,一定会尽快协助警方,将黎霂言逮捕归案,不知道顾小姐对此怎么看?"

顾老先生……

顾卿遥听到了这个名字,微微蹙起眉头。

这是顾远山的意思?

顾远山和黎霂言不和,自己一直都心知肚明。

上次顾远山的心腹入狱一事,保不齐现在顾远山还记恨着黎霂言呢!可是现在忽然闹出这么一出,顾远山意思是要彻底舍弃黎霂言了?

顾卿遥淡漠地开口:"痛心疾首,这句话这位记者可是有录音证据?现在一切未定,我不认为我的爷爷会说出这种盖棺定论的话。我虽然对黎先生不敢说是什么都很了解,但是至少,我相信黎先生的人品。换言之,在警方给出明确结论之前,我始终站在黎先生这一边。"

一时之间,众人哗然。

顾卿遥这是公然站在顾家的反向立场了?

看来前段时间的谣言属实,顾卿遥与顾家的掌权人之间果然不和!

这样看来,将来顾家的权属也未可知啊。

"顾小姐和黎先生的爱情果然感人。可是顾小姐可知道,黎先生这段时间一直都杳无音讯。虽然不知道警方是否已经找到过顾小姐,请顾小姐提供线索,可是顾小姐自己不觉得奇怪吗?倘若黎先生真的如顾小姐所说一样无辜,那么他现在何必不出现在人前?"白丽丽本就是浸淫此道多年,立刻毫不犹豫地开口。

顾卿遥看向白丽丽,轻笑一声:"如白记者所言,这个案子现在既然已经是海城重案,想必很多资料也不会由警方这样迅速地流出。白记者这样笃定黎先生杳无音讯,是因为得到了什么特别的消息了吗?"

白丽丽浑身一颤,立刻干笑道:"怎么可能……我也是,之前看其他的报道说的。"

"是吗?这样说来也是传来证据了。现在这样重要的时候,希望白记者不要混淆视听,"顾卿遥尽量压下心底莫名的情绪,沉声道,"我相信黎少会给警方,会给我们所有人一个解释。"

外层记者传来一阵喧哗,顾卿遥下意识看过去,神色便是微微一凝。

顾卿遥的心跳从未这样快过。

直到看到来人——

顾远山。

顾远山看向顾卿遥,眼神带着点沉怒。然而很快,顾远山的目光就转向了面前的记者:"关于这件事,我想我已经和大家解释清楚了。很显然,我说过不希望家人被打扰,而各位似乎并没有理解我说的话。"

记者面面相觑,心说有这回事吗?

然而顾远山毕竟是在社交场合游刃有余这么多年。顾家的声名更是众人万万不敢轻易招惹的,也正是因此,以《南读周报》为首的白丽丽首先讪笑着道了歉,离开了这里。

很快,众人也慢慢散开了。

顾远山这才看向顾卿遥,忽然抬起手来。

顾卿遥反射性地向后退了半步,于是顾远山的巴掌落了空。

可是这并不妨碍顾远山绷紧得难看至极的脸色:"好,好啊!你真是太好了,你真是给我顾家长脸!"

顾卿遥条件没说话,萧泽的手死死钳在顾远山的胳膊上。让萧泽有点诧异的是,顾远山的力量很大,让萧泽几乎支撑不住。

想到这里,萧泽微不可察地蹙了蹙眉。

"松手!"顾远山身旁的人靠近了一点,脸色不愉地看向萧泽。

顾卿遥沉默片刻,道:"萧泽,将人放开吧。"

萧泽低声道了句"得罪",这才将手松开。

顾远山不冷不热地看了萧泽一眼,轻笑一声:"黎霂言的人,是吧?"

"顾老先生误会了,我不过是顾小姐的保镖罢了。"

"区区一个保镖,本事倒是大得很,脾气也不小。"顾远山活动了一下手腕,脸色依然很是难看。

顾卿遥开口道:"爷爷,是我的授意,您不必怪萧泽。"

顾远山冷冷道:"上车。"

回去的车上,顾远山淡淡开口:"你爸爸去美国了?"

"是。"

"知道为什么吗?"

"说是有个项目在那边。"顾卿遥的回应规规矩矩。

顾远山冷笑一声:"项目……"

顾卿遥下意识侧头看了顾远山一眼。她总觉得顾彦之有慕寒这个儿子这件事,顾远山应当是知情的。

那么这个笑容……是在嘲讽自己这么多年的徒劳无功吗?

顾卿遥觉得心底有点冷。

顾远山便说道:"你和黎霂言,趁早断了吧。"

刚好车子一个急刹车,顾卿遥差点撞到前座后背。顾远山便也转过头来,脸色淡淡的:"这句话不用我说第三遍了吧?"

"爷爷这是什么意思?"

"什么意思?你是为了你自己的感情,让顾家为你陪葬吗?你可知道黎霂言碰的那是什么东西!说是非法药物,那是毒品!"顾远山的语气带着满满的愤怒。

"毒品?"顾卿遥一怔。

"今天警方找我约谈了,"顾远山尽量控制了一下情绪,道,"黎霂言之所以敢做这些,也不知道之前是不是结交了什么不当交的朋友。我是他的养父,这件事理所当然要承担责任。但是至少我们顾家要和这件事彻底划清界限,不要惹火上身。"

顾卿遥的呼吸都要凝滞了:"听记者说,爷爷已经表态了。"

"没错,你若是不愿意直接表态,就干脆不要再理会黎霂言了。你自己想想,他为什么要在这个时候和你在一起,还不是为了拖顾家下水?"顾远山冷冷道。

他重重拍了一下座椅,这才道:"如果你断不了,那就休怪我下狠手。"

"爷爷……"顾卿遥眉头微蹙。

"断不了,就不用在国内经商了,直接出国吧。"顾远山将一个信封丢过来,"我给你要了推荐信,英国的一所大学,也是世界前一百名了。"

顾卿遥抓着那封信,手几乎在微微颤抖。

"你自己好好考虑,下车吧。"顾远山点了一支烟,淡淡道。

顾卿遥却没动,只是转头看向顾远山:"爷爷为什么认为您有权力左右我的人生?"

"放肆!怎么和顾先生说话呢?"顾远山身旁的人立刻开口。

顾卿遥垂眸笑了笑:"我是认真地在问爷爷这句话,爷爷为什么认为自己有这个权力?在我二十二年人生中,爷爷没有给过我半点长辈应该有的关怀。在我成长的过程中,爷爷对我没有一丁点的好。甚至在我濒死之际,爷爷也没有来看我。那么此时此刻,爷爷忽然想要关心我的人生了。为什么我就要理所当然地接受,只因为这牵涉了顾家的利益?"

"你生在顾家,长在顾家。不管我是否善待了你,你利用了顾家多少资源?你自己不清楚吗?你自诩有商业天赋,倘若不是因为你是顾家的孩子,你有什么资格走到今天?现在你倒是会说这些话了。好啊,好啊,不如你就好好自立门户,我倒是要看看现在的你能做出些什么来!"顾远山指着顾卿遥的鼻子骂道。

顾卿遥垂眸静静地笑了:"爷爷这句话还真是说错了。我是生在顾家,可是那也是我的父母给了我今天的一切,而不是爷爷。爷爷这手,未免伸得太长了些。"

顾远山冷笑一声:"你是觉得你爸爸不在,我委屈了你了?"

顾卿遥没应声,顾远山却显然明白了顾卿遥的意思。

他淡淡点了点头,道:"可以,等你父亲回来,你好好问问你父亲的意思。切莫觉得是我在慢待你。"

说完,顾远山冷哼一声,径自打开了车门。

顾卿遥静静下了车,神色淡然如水。

萧泽跟在顾卿遥身后,一个字都不敢说。

直到回到房间,顾卿遥方才低声开口:"你大概不知道,刚刚我多希望出现在那里的人是黎先生。"

萧泽一怔。

他很少听到顾卿遥假设什么。顾卿遥似乎永远是理智的,超越了年龄层的理智。

可是现在,顾卿遥的嗓音都带着压抑的意味。

"我知道是我在痴心妄想。"顾卿遥苦笑了一声,道,"算了。"

萧泽沉默了一会儿,拿起手机拨了一个电话。

很快,电话就接通了。他对那边说了几句话,然后将手机递给顾卿遥:"小姐,是黎先生。"

顾卿遥一怔。

明明没有失联多久,可是真正听到电话那边黎霂言的声音时,顾卿遥还是微微怔住了。

她的嗓音都带着点沙哑,轻声开口:"黎先生。"

"抱歉。"黎霂言开口道。

他那边风声很大,信号好像也不太好,带着一点沙沙声。

顾卿遥眼眶有点酸,只字未提这几天受的委屈,也没有提及这些天的双面夹击,只道:"你还好吧?"

"我还好,有人污蔑我。但是这些事的的确确发生在海城,我想寻找一些蛛丝马迹,或许能有些意外的收获。"黎霂言的声线很沉,带着让顾卿遥无比熟悉的沉稳。

顾卿遥向后靠了靠,靠在了冰冷的墙壁上:"你一直没和我联系。我之前真的很担心,可是现在我好像也慢慢放下心来了。"

黎霂言一怔:"卿遥。"

"我是认真的。"顾卿遥哑声苦笑,"我其实明白黎先生的苦衷。在黎先生的心底,或许我帮不上什么忙。我的事情对你而言都是举手之劳,可是你的事情对我而言是难如天堑。或许连我想帮你的心情,都会被你视为不自量力。我没办法知道你在想什么,也不知道你接下来想要怎么办……"

顾卿遥的呼吸渐渐慢了下来,语气都带着委屈:"我真的在为你担心,可是我连这份担心都不敢说出口。"

黎霂言沉默良久。他甚至下意识地伸出手,这才意识到他们之间隔着那么遥远的距离,他无法抚摸到小女孩的头。

良久,黎霂言方才开口:"我现在人在边境。"

"嗯?"顾卿遥一怔。

"之前听说这边有违禁药品销售,所以我就过来看看。有人将这些带入海城,是绝对不能被容许的。这对于任何地方而言都是莫大的灾难,所以我想要从根源找到线索。"黎霂言道。

顾卿遥的呼吸都急促起来:"可是这很危险。"

"我知道。"黎霂言顿了顿,道,"你放心,我会尽量避免风险,但是这件事必须要查清。"

他的声线依然温和,可是顾卿遥却比任何人都明白,黎霂言既然下定了决心,那么在一切查明之前,他是不会轻易回来的。

顾卿遥只好道:"既然如此,黎氏怎么办?"

"我都已经安排好了。"黎霖言道,"这方面不用担心。"

顾卿遥其实还有很多问题想问,她想问黎霖言什么时候回来,想问黎霖言为什么不直接配合警方的安排,反而要自作主张去调查,可是这些问题全都被顾卿遥悄无声息地压了下去。

她沉默了一会儿,努力让自己的声线听起来轻快一点:"你安排好了就好。不过以后不要失联啊,我真的很害怕忽然联系不上你。"

"好。"黎霖言笑着应了,"如果下次有什么事情联系不上我,可以给我这个号码联系。"

"可以吗?"顾卿遥知道黎霖言现在在做的事情一定很危险,下意识地问道。

黎霖言笑笑:"能接的时候我一定会接。如果情况不容许,至少我会知道你和我联系过,我有时间就会打回去。"

顾卿遥小声道:"等你回来,我有一件事要问你。"

"你现在说也无妨。"黎霖言听起来心情不错。

顾卿遥的脑海中几乎不受控制地掠过那张照片,迟疑了一下。

那边的沙沙声更大了,过了一会儿,黎霖言喂了几声:"小遥?能听到吗?"

"嗯,能。"

顾卿遥回过神,却是没有再问下去,只是浅浅笑道:"没什么,我等你。"

"媒体的事情我已经听说了。我听说他们给了你很大压力。"黎霖言淡淡道。

顾卿遥眨眨眼,"啊"了一声,又笑了笑道:"也不算多大压力吧,只是来问了一些琐碎的问题。今天被我爷爷打发走了。"

"顾远山去了现场?"黎霖言似乎是有点诧异,又像是想到了什么、

"对。"顾卿遥顿了顿,道,"说来也是好事,最近父亲也不在海城。"

黎霖言有点心疼,然而那边已经有人在叫他了。

他只好比了个噤声的手势,又对着话筒温和道:"小遥,我先去忙了。"

"嗯,好。"顾卿遥还想说什么,可是那边的"再见"都淹没在风声中。顾卿遥还想细听,却只听到挂断电话的嘟嘟声。

她沉默了一会儿,微微笑了笑,神色如常地将手机还给了萧泽。

"小姐还生黎少的气吗?"萧泽小心地问道。

顾卿遥一怔,笑了笑:"我什么时候生气了?"

"可是小姐刚刚的表情……"

"黎少有黎少的不得已,我都明白。"顾卿遥深深吸了口气,笑容带着点恍惚的意味,"他身上背负的东西太多了太重了,我不知道等到一切真的揭开的那一天,我和他究竟会如何。"

萧泽听得心惊肉跳:"黎少一直在努力保护小姐。"

"我明白。"顾卿遥苦笑。

她当然明白。倘若不是如此,他们怎么会一直走到了这里?

黎霂言在努力维系着这一段关系,不管这段关系的背后是什么。

顾卿遥闭了闭眼,道:"见面安排了吗?"

"已经安排好了,只是……小姐为什么忽然急着要见于小姐呢?"萧泽有点不解。

顾卿遥笑容平静:"我是去谈公司合作的,你想什么呢?"

她的眼底盛满了狡黠,萧泽迟疑了一瞬,这才似懂非懂地点了点头。

"萧泽,"顾卿遥一边看着电脑,一边佯作不经意地开口,"你跟着黎少多少年了?"

"也没多久,"萧泽显然没多想,笑着道,"没仔细算过,反正没到十年。"

"是吗……"顾卿遥微微垂眸,"那你和黎少的关系倒是不同一般。"

萧泽怔了怔,明白了顾卿遥的意思,高高兴兴地笑了:"是啊……黎少对我好,所以我肯定也全力以赴。"

"那你知道黎少和顾家的往事吗?"顾卿遥忽然抬眼看过去。

萧泽的动作猛地一僵。

第18章

小遥，我们分手吧

注意到萧泽的动作，顾卿遥顿时什么都明白了。

她微微垂眸笑了笑，道："萧泽？"

"我……"萧泽有点尴尬地轻咳一声，道，"我只是黎少的特助。对黎少的私事不怎么过问的，而且黎少也不喜欢提起过去的事情。"

"是吗？"

"对，对啊。"萧泽小心地打量着顾卿遥的脸色。

萧泽忽然就有点警觉起来："小姐，您约于小姐，不会是因为……"

"我想对黎先生多一点了解。"顾卿遥平静地喝了一口茶。

萧泽顿时在心底叫苦不迭。

多一点了解啊……

其实听顾卿遥说出这句话的时候，萧泽几乎是下意识紧张起来。然而这些话无论如何都不能挂在嘴边，他只能极力压抑着自己的情绪，点头一本正经道："对，小姐想的没错。"

顾卿遥似笑非笑地看了萧泽一眼，淡淡道："去休息吧，明天开始想必还是很忙。"

看着萧泽愁眉不展地走了出去，顾卿遥迟疑了一下，重新打开了邮箱。

还是那封邮件，还是那张照片，她今天仔细端详了一下，那把匕首显然是警察专用的。

意识到这一点，顾卿遥闭了闭眼。

黎霖言是个好人，这一点顾卿遥始终坚信着。可是看到这一切，即使明知道这可能是有人刻意污蔑,引导着自己往不对劲的地方去想。顾卿遥却不受控制地想到,黎霂言会出现在自己病房门前,真的是偶然吗?

黎霂言不是个爱管闲事的人,之前和顾家更是几乎断了联系。可是那一天,黎霂言出现在了那里,像是天神一样帮了自己。

也正是从那一天开始,他们之间的关系愈发紧密。

顾卿遥闭了闭眼,将那封邮件关上了。

在一切了然之前,她不想去考虑那么多。

不想去考虑这一场相遇是不是黎霂言费尽心思造就的,不想去想黎霂言这么久以来是不是根本就是有所图谋。

像是曾经所有人想象的那样,他或许从不曾真正喜欢过自己,只是为了利用自己而不得已罢了。

自己还有什么可让人利用的呢?

明明曾经只差一点,她就已经堕入了阿鼻地狱。

顾卿遥微微垂眸,笑容有点苍白。

第二天,在公司的会客室见到于菡岚的时候,于菡岚显得有点诧异。

"原来真的是顾小姐约了我。"

"很意外吗?"顾卿遥含笑问。

于菡岚挑挑眉:"还算意外!虽然顾小姐提出过合作,可是我本以为顾小姐不喜欢我,便定然不会将这个合作机会留给于家。"

"我的确不喜欢于小姐。"顾卿遥含笑道,"只是……于小姐,我仔细参考了一下海城现有的装修公司,于家的公司内部结构是我最为欣赏的。所以我还是希望和于小姐谈谈。"

于菡岚了然地笑了:"既然顾小姐有这方面的诚意,我很高兴。这是我们公司和房地产公司的合作提案,如顾小姐所见,这是法务部出的格式合同,是不需要修正的。如果顾氏能够接受,那么我们再进一步洽谈就是了。"

她向后靠了靠,显得老神在在。

顾卿遥没说话,只是一页页看起来。

于菡岚本以为顾卿遥只是做做样子。然而很快,顾卿遥将合同放下了,上面勾画了几条:"我认为这几条有欠妥当,尤其是关于一次性付款的部分。其实这样的外包模式,更适合以项目作为界定,而项目款自然不可能提前一次性清偿。我想对小姐应当明白我的意思,倘若真的出现质量问题,那么我们作为房地产商,也需要有一定的解决措施。"

于菡岚微微蹙眉,看了一会儿,将合同递给了身后的法务:"看一下。"

法务显然也很习惯这种聊天方式了,于菡岚不怎么会看合同的条款。她在于家基本上等同于一个花瓶的存在,善于参加各种社交活动,善于与人沟通,至于真正的实际工作,都是交给下面的人来做的。

于菡岚其实也很习惯这种工作模式,曾经觉得自己这样才像是公司的一把手,然而现在……

看着顾卿遥和那法务你一言我一语,看着自家法务脸上不断凝重起来的神情,她顿时就不自在起来。

于菡岚几乎是不受控制地想起了之前在美国的时候,所有人看向顾卿遥的眼神,都带着说不出的敬畏和尊崇。

人们将"天才商业少女"的名字送给了顾卿遥,评审最终点评的时候,甚至用上了"奇迹"这样的词汇。

顾卿遥……

这个从前甚至没有进入过社交圈的人,这个浑身棱角根本不懂得相处为何物的人,正毫不犹豫地绽放在人们的眼前。分明是带刺的玫瑰,却又让人无比欣赏。

于菡岚咬住下唇,忽然开口:"顾小姐,我们公司的合同一直都是如此,之前也没有人提出过任何异议。为什么到了顾小姐这里,就要来主动修改我们公司的合同呢?还是说顾小姐认为,我们于家很需要这个合作,如果没有这个合作,会给我们造成多么重大的影响?"

她的语气堪称咄咄逼人。其实出口的瞬间,于菡岚自己都后悔了。

她知道自己失控了。

从前于菡岚从未让自己的私人情绪影响到自己的工作,可是现在……

自己这是怎么了?

说出口的话,自然没有回收的可能。于菡岚只好看向顾卿遥,等着顾卿遥开口。

顾卿遥沉默片刻,唇角微弯笑了笑,将桌上的合同啪地一声合上了:"于小姐误会了,我从未认为这个提案可能会对于家产生什么影响。但是很显然,于先生认为这个合作很重要。事实上,就从昨天开始,从我将这件事告知了于先生开始,网络上就流传起了顾家与于家合作的消息,今天早上于家的股票直接涨停。据我所知,于家的股票已经徘徊不升很久了,看来投资者很看重这一次战略性合作。倘若因为于小姐而耽搁了,不知道于先生会做何感想。"

顾卿遥好整以暇地看向于菡岚越来越苍白的脸色,这才满意道:"于小姐,我们现在可以好好谈谈了吗?"

于菡岚不喜欢被动,可是在顾卿遥的面前,于菡岚知道自己是个彻头彻尾的失败者。

工作能力自然是无法和顾卿遥相提并论的，恋爱更是一样……

自己分明是占了先机，却还是处处落于下风。只要有顾卿遥在，黎霂言就根本不曾正眼看过自己。

于菡岚默默攥紧拳头，哑声道："当然，我们谈。"

她的心底简直写满了屈辱，这是和任何人在一起都不曾有过的感觉。

顾卿遥很是自然地提起了很多商业化的名词，也有很多，于菡岚从未听说过。她只能一边飞速地在纸上写上几笔，一边在心底咒骂着。

到了后面，顾卿遥开始一本正经地分析起最近海城的商业化指数，于菡岚就更是头痛欲裂。

她是真的不知道顾卿遥在说什么，可是很显然，身旁的人都听得很认真，甚至情不自禁地点起头来。

良久，顾卿遥方才结束了自己的长篇阔论，于菡岚已经连笑容都提不起来了。

她沉默良久，这才道："这就结束了？"

"结束了，还是说于小姐还有其他的意见？"顾卿遥很是客气地问道。

于菡岚有点憋屈，她哪里有什么意见？

她本以为顾卿遥是故意炫技来避免自己参与讨论。可是现在看来，顾卿遥是真的懂行情，这才能让自己身边这些部长级别的人精心服口服。

这样直接的打击，比任何事情都让于菡岚泄气。

她沉默了一会儿，这才道："没什么了，都听顾小姐安排。"

"那好，差不多是午饭时间了，"顾卿遥看了一眼挂钟，道，"我请于小姐去餐厅吃一顿简餐？"

于菡岚终于来了点兴致，就知道这件事没那么简单！

顾卿遥之所以主动邀请自己过来，肯定是有事相托。

想到这里，于菡岚便轻声笑了："当然。"

顾卿遥就微微笑了笑，引着于菡岚径自去了员工餐厅。

这是于菡岚第一次近距离地感受顾卿遥在顾氏的地位，一路上总有人和顾卿遥打着招呼，眼底眉心都是毫不掩饰的钦佩。

顾卿遥在顾氏的声望，不知不觉已经到了这种程度。

于菡岚暗自心惊。

她跟在顾卿遥的身后，手不自觉地攥紧。

直到落座，顾卿遥方才淡淡开口："于小姐喜欢吃港式点心吗？"

"挺喜欢的。"于菡岚点头应了。

"那好，就照着这份餐单，将经典的都上一份吧。"顾卿遥吩咐着，见旁人都离开了，方才含笑看向于菡岚，"于小姐，其实我一直想找个机会和于小姐好好说说话。"

"嗯。"于菡岚看向顾卿遥的眼神微妙地闪烁。

顾卿遥含笑道："于小姐曾经对我说过，说对黎先生很是了解。不想隐瞒于小姐，我的确是考虑过这个问题。"

"顾小姐这是什么意思？"于菡岚嗤笑一声。

顾卿遥努力让自己脸色看起来无比真诚，认真道："黎先生与顾家的前尘往事，我的确是听说过了一些。只是……黎先生对我始终有所隐瞒，我想，或许他还是不够相信我。"

于菡岚在对面笑得花枝乱颤，半隔离式的座位让于菡岚觉得无比舒服，至少她可以不用掩饰眼底的仇恨了。

"顾小姐，你是个聪明人，你不如好好想一想。黎少既然那么不喜欢顾家，怎么可能还会喜欢你？"于菡岚靠近了一点道，"你的确在很多地方比我优秀，可是那又如何？"

顾卿遥静静看着眼前的于菡岚，眼神很是平静，平静得让于菡岚甚至有点心惊。

她蹙蹙眉轻咳一声："你这是什么眼神？"

"我知道在很多地方，我比不上于小姐。毕竟于小姐和黎先生很久以前就认识了，可是于小姐说的这一番话，黎先生从未和我说过。"

于菡岚惊疑不定地看向顾卿遥："你是说，黎霂言从未和你说过，他和顾家有仇的事？"

顾卿遥微微垂眸喝了一口茶，于菡岚就当做是默认了，带着点炫耀语气地开口："也是，黎少还要利用你呢，有些话自然不能对你说。我和黎少相知这么多年，倒是多少知道一些。只是顾小姐，我尚且有一事不明。"

顾卿遥大抵已经猜得到于菡岚要出口的话了。果然，于菡岚的脸色都带着些讽意，道："既然顾小姐心底已经知道，黎少与顾小姐的未来定然不得圆满，那么顾小姐何必还要坚持呢？"

顾卿遥的动作微微一顿，轻笑一声开口道："是谁对你说，我和黎少的未来不得圆满？"

"我最初认识黎少的时候，黎少还不像是现在这样，什么事情都藏在心底。那时候的黎少曾经对我说过，他是不可能接受顾家的安排的。他与顾家，不死不休。"说起这件事时，于菡岚的脸色也微微有点苍白。

顾卿遥没说话，只是心底瞬间揪了起来。

耳畔于菡岚还在说着话:"我那个时候年纪也不算大,当时根本就不曾放在心上。只是我始终记得黎少那时候的眼神,那得是多恨,才能露出那种表情啊。"

顾卿遥的大脑仿佛瞬间变得一片空白。

她什么话都没说,只是微微抿紧唇。

得多恨……

她不知道,她甚至无法去想,当时的黎霂言究竟是在想什么。

可是她却像是忽然就明白了,于菡岚在看到自己的时候是有多么不能理解。

曾经被黎霂言说过恨之入骨的顾家的自己,和黎霂言站在了一起。

那天于菡岚离开的时候,眼神仍然带着不解。"我先回去了,顾小姐,"褪去了之前的愤恨,此时的于菡岚看向顾卿遥,眼底添了三分淡淡的笑意,"我以为你们都已经说开了,却是从不曾想过,黎少竟然一直隐瞒着顾小姐。顾小姐,这些事情我告诉你,也是成全了你。避免有一天你真的被黎少弃如敝屣,还在那里以为一切安好呢。"

顾卿遥轻笑一声,淡淡道:"你也说了那些都是陈年往事。"

"如果你能自欺欺人,"于菡岚似乎是微微怔了怔,笑了,"那自然是最好。"

自欺欺人吗?

顾卿遥不知道自己这样算不算自欺欺人。但是她知道,整个一下午,自己的状态都相当不好。

她静静坐在桌前,一份文件都看不下去。

良久,顾卿遥方才闭了闭眼,叫了萧泽进来。

"小姐?"萧泽显然有点紧张。

"我想要你帮我查一些陈年的报道,能查到吗?"顾卿遥问道。

萧泽一怔:"陈年的?"

"当年黎先生父亲的死因。"顾卿遥看向萧泽的眼睛。

萧泽的动作顿时停住了:"小姐为什么忽然要查这个?"

"今天我问了于菡岚什么,虽然你当时并不在我身边,但是我想你应当也知道了,"顾卿遥向后靠了靠,嗓音低哑,"我知道你是黎少的人。虽然我说了很多次,你既然跟在我身边,就要为我做事。可是这么久了,你在想什么,我想我也是知道的。"

萧泽的手松开又蜷紧,似乎是在挣扎:"黎先生的父亲是执行任务而死的。"

"我知道。"顾卿遥点头,"可是倘若真的这么简单,你就不会想要隐瞒我了。"

萧泽的眼神有点说不出的绝望,低声像是恳求似的开口:"小姐,黎少对您什么样,我想您心底也清楚。黎少是不会伤害您的,您可以等黎少做完这些事情,再去考虑这些吗?"

"……我也怕啊萧泽!我怕等到那个时候,一切都来不及了。"顾卿遥低声笑了。

如果不是因为太在意,顾卿遥根本不会去考虑这些。

她不想失去,她已经无法承受再次的失去了。

倘若真相就是无比残忍,那么她宁愿知道真相,也不想混混沌沌地随着生活的风浪随波逐流。

萧泽迟疑了一下,转身走了出去:"小姐稍等。当年的报道并不多,我那时候也没跟着黎少,只能帮小姐尽量去查。"

"好。"顾卿遥点头应了。

然而让顾卿遥无论如何都没有想到的是,当天晚上萧泽先带回来的,却是另外一份资料。

"这是……"

"想必也寄给了夫人。"萧泽脸色不怎么好看。

顾卿遥面色微沉,径自去了客厅。果然,念宛如就坐在那里,看向手中的信封。

"小遥,"见顾卿遥下来,念宛如神色如常地开口,"你也收到了?"

顾卿遥有点诧异。她想过念宛如无数种反应,却绝对不包括这一种。

这是绝对的平静。

"这应该是凌筱蔓寄过来的。邮戳是这边的,估计是找了凌依依要了照片,然后再打印下来寄给我们。"念宛如淡淡道,仔细打量着眼前的合照,"顾彦之和凌依依这样的合照,倘若放给媒体小报,大概能赚上一笔。"

顾卿遥一怔,倒是笑了:"捕风捉影的报道,媒体未必敢出来报道。"

"是啊,毕竟这么多年,我和你父亲的感情一直这么好。"念宛如轻声说着,说不出是自嘲还是讽刺。

见顾卿遥没应声,念宛如便笑了笑,淡淡道:"不过凌筱蔓最近倒是不怎么安分。"

话音未落,顾卿遥的手机便响了起来。

她看了一眼便微微蹙了蹙眉:"是爸爸。"

顾彦之的声线听起来有点说不出的紧张:"小遥,你现在在哪里?"

"我？我在家。"

"你自己一个人吗？"顾彦之蹙紧眉头，道，"小遥，你去医院一趟，现在就过去。"

"是发生什么了吗？"

"凌筱蔓现在情况很不好。医生给我打电话了，她身边一个人都没有。万一真的出了事，连个能给她签字做手术的人都没有……"顾彦之显然也是慌了神了。

顾卿遥听着听着，便忍不住笑了："父亲是不是打错了电话？我和凌筱蔓非亲非故，何况她并不喜欢我，看到我病情怕是会恶化得更快吧？"

"凌依依也回去了，昨晚就回去了。"顾彦之像是冷静下来了似的，顿了顿方才说道。

顾卿遥这是结结实实地一怔。

"小遥……人当时是我找人送进去的，很多人都知道，"顾彦之哑声道，"你也知道，爸爸是为了这个家，才让凌筱蔓将孩子打了的。说到底，不管这个孩子是不是我的，爸爸都脱不了干系。爸爸或许做过一些错事，但是往后的日子里，爸爸肯定要好好护着你，护着宛如，护着我们这个家。所以我们不能再在这件事情上留下后患了。你过去看看，好吗？"

他的语气几乎带着恳求的意味，顾卿遥却只觉得无比讽刺。

这叫什么逻辑？

让自己的女儿去帮着照看小三，还理直气壮地说着是为了这个家，这是何等的厚颜无耻？

顾卿遥心底冷笑，手中却还是稳稳地抓着手机，淡淡开口："好。"

"小遥？"顾彦之显然很是惊喜。

顾卿遥淡漠地笑了一声："只是最后会发生什么，我就不能保证了。凌筱蔓并不喜欢我，爸爸应该也知道。"

"没事，你去了，爸爸心底也放心一些。凌依依……她是带着情绪回去的。"到了最后，顾彦之还是将真相说了出来。

顾卿遥淡淡应了，就听顾彦之在那边犹豫着补充了一句："对了小遥，这件事你别和你妈妈说知道吗？你妈妈肯定会生气。"

顾卿遥弯起唇角，淡淡应了。

将电话放下，顾卿遥这才看向念宛如："妈妈，我出去一趟。"

"是凌筱蔓的事？"念宛如一脸的不愉，"小遥不该答应这件事的。"

"没关系，真正有权力签字决定的人是凌依依，父亲只是让我过去看看。"顾卿遥平静道。

她知道这件事对于自己有百利而无一害。就算真的见到了记者，也只会让人感慨豪门生活不易，甚至会对自己产生同情心，而这是将来自己夺权的时候势必会利用到的。

想到这里，顾卿遥笑着在念宛如侧脸落下一吻，笑盈盈地撒娇道："妈妈等我回来。"

"嗯，别和她们起冲突知道吗？凌筱蔓和凌依依现在都是破罐子破摔了，她们怕是早就毫无畏惧了。"念宛如颇为担忧。

顾卿遥心底一动，点头应了。

其实此行倒是还有一个目的，她想要知道凌依依的目的。

既然凌依依是带着情绪回来的，顾彦之竟然还这么放心，为什么？

没来由地，顾卿遥想起了看守所里面的林夏雪。即使明知道可能会面临刑期，却还是一口咬死最初的答案，那么也只有一个原因了——

利益已经足够了，足够让她不会反水。

凌依依，也是一样的情况吗？

顾卿遥到医院的时候，一眼就看到了不远处的凌依依。

凌依依正百无聊赖地玩着手机，看到顾卿遥来了，倒是主动笑了笑。

顾卿遥神色如常地走过去，淡淡道："我倒是很意外你会回来。"

"她身边只有我一个人，我不回来也得回来啊。"凌依依变化挺大，去美国的时间并不算长，倒是让她习得了一身的朋克风，现在看起来像是一个叛逆的不良少女。

凌依依侧头看了顾卿遥一会儿，道："流产以后怎么会出现大出血的？"

顾卿遥来的路上已经多少知道了凌筱蔓的情况，此时却也懒怠解释，只淡淡道："估计是心情不好吧。"

"也是……她现在一个人在国内，心情肯定不好。"凌依依搅动着手指，低声道。

顾卿遥来了点兴致，转头看了凌依依一眼，倒是笑了："凌依依，你现在的态度似乎是变了不少。"

"啊……"凌依依想起自己那天的反应，顿时就有点尴尬，"我……"

"听父亲说，是你给凌筱蔓打了个电话。凌筱蔓一时气结，就变成今天这样了。"顾卿遥看着凌依依的脸色。

凌依依的脸色愈发苍白，低声道："我也不知道会这么严重。"

"患者家属在吗？"医生匆匆走了出来。

"在，这位。"顾卿遥指了一下凌依依。

凌依依无措地站了起来："对，我是。"

"正常来说胚胎完全流出后，凌女士的出血量会逐渐减少。可是这次情况明显属于小产后的大出血，是子宫收缩不良导致的。"医生解释道，"现在需要进行急诊清宫手术，因为病人刚刚已经昏迷了，所以如果病人家属同意进行手术，在这里签个字。"

凌依依的手微微发颤，接过笔，看都没看上面的条款一眼，就要在下面签字。

"你父亲在吗？"这个医生显然是刚调过来的，不太清楚病人的实际情况，只匆匆在本子上写了几笔，蹙眉问道。

凌依依的脸色顿时一片惨白，不悦开口："如果在的话还能让我过来吗？"

她的声音猛地抬高，显然是极为不悦。

医生也微微一怔，很快，副院长匆匆赶了过来。

一眼看到凌依依和顾卿遥站在一起，副院长心底便是叫苦不迭。

她知道这病人是谁了。

凌筱蔓，只可能是凌筱蔓。

"这个病人可以做手术，不用再问了，凌小姐的签字有法律效力。"副院长挥挥手，让医生尽快离开了。这才看向面前的凌依依和顾卿遥，赔着笑道："二位去这边休息一下吧，手术过程不会很长，二位可以放心。"

"是被我气的吗？"凌依依抬眼看过去。

副院长微微一怔，她怎么从凌依依的眼底看不出半点悔意？

"子宫收缩不良与子宫内膜炎、附件炎等妇科炎症，营养不良、精神和情绪因素、个人体质都有关系，所以也不能说全部是凌小姐的错。"副院长只好说道。

凌依依这才觉得心底舒服了几分，轻笑一声道："我就知道，不可能是因为我个人的原因。"

副院长微微蹙眉，顾卿遥便看过去，和副院长低声说了几句话。

副院长顿时更纠结了："这……顾小姐，这不合规矩。"

"如果到时候真的追究起医院的责任，想来医院也是难辞其咎。毕竟人来的时候好好的，在医院小产手术做完以后却又出现这样的情况，值班医生和护士都有责任不是吗？若是更严重一些，怕是就要酿成医疗事故了。"顾卿遥的语气依然无比温和，却让人无法拒绝。

副院长的脸色有点难看，沉默良久，这才勉强点了点头。

凌依依伸手将顾卿遥的手拉住了："姐，这是要去哪儿？"

"我不是你姐姐。"顾卿遥的脸色很是淡漠，甩开了凌依依的手。

凌依依僵立在原地，脸色相当不好看："你这是什么意思？我到底是什么身份，旁人不知道，你还不知道吗？"

顾卿遥轻笑一声："这句话应该反问你，凌小姐。你究竟是什么身份，旁人都承认了你什么身份，你自己不清楚吗？"

凌依依的嘴唇翕合，良久方才哑声道："我知道，我太知道了。"

她慢慢放开手，眼神划过一丝绝望。

"等我回来。"顾卿遥的语气温和了几分，淡淡道。

顾卿遥不过是去取了凌筱蔓这些天的监控录像。既然答应了顾彦之来了，自然要做点自己要做的事情才能回本。

回到休息室，凌依依果然还乖乖地坐在沙发上，也没玩手机，只是眼神空茫地看向外面。

见顾卿遥一个人进来了，凌依依显得有点局促："顾小姐。"

"我有些话想和你聊聊。"顾卿遥在旁边坐下，淡淡笑了，"依依，父亲这次为了慕寒留在美国，让你一个人回来，你心底真的过得去？"

凌依依的手猛地一颤，难以置信地抬头看向顾卿遥："你都知道？"

顾卿遥的心微微一沉。

"不，不可能的，爸爸说了你不知道的……"凌依依咬住下唇，几乎不敢看向顾卿遥的眼睛。

顾卿遥只觉自己的心一点点坠入深渊。

"我既然能说到这里，你觉得我知道多少？"顾卿遥反问道。

凌依依苦笑一声："我有什么不高兴的，你那天不是也说了吗？我从最开始就注定了是要被抛弃的，我和你不一样。"

顾卿遥伸手轻轻握住了凌依依的手背。

凌依依的手微微一颤，下意识想要挣脱出去。

顾卿遥盯着凌依依的眼睛，淡淡道："你应该明白，让你这些年孤苦无依的元凶，究竟是谁。"

凌依依不耐烦地甩开了顾卿遥的手，沉声道："我当然明白！如果我妈妈能够入主顾家，那么这些年我也不会过成这样。顾小姐，我本应是现在的你，坐拥顾家的财富，住在豪宅里面，衣食住行都有人看顾着，而不会像是我现在这样落魄，我有什么不明白的？"

"这就是凌筱蔓教会你的。"顾卿遥的眼底满是讽意，"即使凌筱蔓没有办法入主顾家，她就真的不能给你一个舒适安逸的生活了吗？她甚至从未想过要在你身上尽一份母亲应尽的责任。你不过是一个道具，甚至是一个不好用的道具。因为即使有了你，凌筱蔓依然没有足够的底气来要挟父亲做任何事情，不是吗？你当众认亲，你可是忘了你母亲是怎么对你的？你被毫不犹豫地抛弃了，甚至被直接送到了国外。只是因为现在手术需要签字，才准许你回来。凌依依，你看清楚一点，你真正该怪的人究竟是谁！"

凌依依一个字都说不出来。

她怔怔地看向顾卿遥，阳光从窗口洒落，让顾卿遥的脸色看起来极为好看。

顾卿遥整个人仿佛都在发光。

也是……

顾卿遥本就是活在阳光之下的，从来都是。

即使经历了那次车祸，她也能很快走出来，甚至更加光彩照人。

而自己呢？

自己永远是屈居一隅，永远是见不得光的那个人。

而这一切究竟是从何而起。

凌依依捂住脸，呜呜咽咽地哭了起来。

"我也不想啊……我也不想变成现在这样，你说我能怎么办？我唯一能翻身的机会也没了，我现在只能听他们的话，将来他们还能分给我一些钱。"凌依依低声哭着。

她的妆容很快就花了，看起来狼狈而可怜。

而凌依依没有抬头。如果她抬起头来，她会看到顾卿遥冷淡的神色，那会击垮她最后一丝希望。

顾卿遥轻轻拍了拍凌依依的后背，递过去一包纸巾。

凌依依直到哭够了方才抬眼，小心地端详着顾卿遥的脸色："顾小姐，你为什么要告诉我这些？"

"你需要明白自己的立场。"

"你希望我和你合作，是吗？"凌依依小声问道。

她的眼底带着淡淡的期冀。

顾卿遥却只是笑了："你能给我什么？"

"那要看你能拿什么来换。"凌依依的眼珠转了转。明明眼睛还红肿着，可是凌依依看起来就像是已经一点都不介意了似的。

顾卿遥终于明白，其实凌依依这样的人，早就不在意自尊为何物了。

她静静看了顾卿遥一会儿，这才比了比指头，道："我要五千万，还要顾小姐帮我找个好男朋友，将来我一定对顾小姐唯命是从。顾小姐，你觉得这笔买卖还划算吗？"

凌依依话说到了这个程度，顾卿遥却只是垂眸笑了。

"凌小姐，你大概是误会了。我现在家庭美满，父母感情和睦，我只是看你可怜，这才将真相告诉你。你为什么会认为我需要和你的合作？"顾卿遥的眼底是明明白白的讽刺。

凌依依简直难以置信！

她看着顾卿遥刚刚的脸色分明是已经要应允了，甚至已经开了录音笔打算将来当做证据！哪里能想到顾卿遥这人竟然说变卦就变卦？！

这叫什么人啊！

"顾小姐，你！"凌依依咬紧牙关，"你这是在耍弄我吗？"

"顾小姐，凌小姐，凌女士的手术结束了。"门被副院长推开，副院长赔着笑开口道。

顾卿遥看向咬牙切齿的凌依依，好整以暇地笑了："走吧，我们也该过去看看了。"

凌依依犹豫了一下，还是跟在顾卿遥的身后走了过去。

凌筱蔓显然是已经醒来了，见顾卿遥和凌依依一起进门，脸色就微微变了。

"顾小姐还真是贼心不死。"凌筱蔓咬牙。

"凌女士误会了，"顾卿遥弯唇笑了笑，"是父亲让我过来的。"

凌筱蔓的眼底划过一丝笑意，人也跟着坐了起来："是吗？"

有的时候顾卿遥觉得凌筱蔓其实挺可悲的。这么多年忍辱负重，换来了的这些，就能让她沉寂的眼底燃起光芒。

凌筱蔓轻咳一声，道："顾小姐应该挺不情愿的吧？"

她的语气带着三分笑意，明显是很得意。

顾卿遥淡淡道："凌女士可知道为什么父亲要让我过来？"见凌筱蔓没开口，顾卿遥便笑了笑道："因为父亲担心凌依依一个人无法处理好凌女士的事情，万一出了什么意外就不好了。凌女士，说来也是可悲，父亲比起依依，竟然更相信我。"

凌筱蔓下意识看向旁边的凌依依，犹豫了一下方才伸出手："依依，你过来，妈妈和你说两句话。"

凌依依迟疑了一下，这才上前一步。

"你这次回来，是你爸爸让的？"凌筱蔓问道。

凌依依点头应了："爸爸还有事，所以让我回来陪着妈妈。"

"嗯，"凌筱蔓看了顾卿遥一眼，蹙眉抓紧了凌依依的手，"依依，自从你长大了些，妈妈也很少和你说这些体己话。你是妈妈一手带大的，妈妈也承认，这么多年有时候的确是忽视了你的感受。可是依依，母女关系本就是这样,我的确没有办法将生活的重心全部放在你身上。在这一方面,我是失职的,可是……啊!"

凌依依的手动了动,凌筱蔓一脸惊怒地看向凌依依:"你做什么?"

她下意识伸手护住了自己,凌依依便嘲讽地笑了:"原来妈妈这么怕我。"

凌筱蔓一怔,看向凌依依的眼神有点闪烁:"依依你说什么呢?"

"我只是没想到,我自己的妈妈,口口声声说爱着我的妈妈,原来心底连我的靠近都害怕。妈妈是怕我害你吗?"凌依依的脸色愈发苍白。

她看了凌筱蔓良久,这才转过身去:"其实我早该想到的,妈妈你放弃了我那么多次。若是真的还爱我,是不可能这样做的吧?"

凌筱蔓想要辩解,语言却是无比苍白。

她的确是亏欠了凌依依良多。这么多年,她为了追逐自己想要的,牺牲的永远都是凌依依。

倘若不是凌依依现在这样看着自己质问着这一切,凌筱蔓甚至没有意识到自己竟然已经做了这么多。

"依依,"凌筱蔓咬住下唇,沉默了一瞬方才道,"你先冷静一下,我想我们都需要冷静一下。"

"好。"凌依依毫不犹豫地点头应了,出门的时候轻轻钩了一下顾卿遥的手。

她的动作是毫不掩饰的亲昵,凌筱蔓的脸色又惊又怒,哑声道:"所以你根本不是为了我而来,而是为了离间我和依依。"

顾卿遥在门上靠了一会儿,淡淡笑了:"凌筱蔓,你和凌依依母女情深多年,如果简简单单几句话就能离间了你们的感情,那么你们之间的感情还真是廉价。换言之……"顾卿遥顿了顿,笑意更深了几分,"凌筱蔓,你曾经对我说过,你做的这一切,都是为了你最终的目的。那么……你为此付出了这么多,不惜尊严扫地不顾廉耻,也不惜现在近乎生命的代价,我只能祝你梦想成真了。"

"借您吉言,只是不知道到时候顾小姐还能不能笑得出来。"凌筱蔓看向顾卿遥的眼神充满挑衅。

顾卿遥看了凌筱蔓片刻,忽然弯唇笑了。

"说起来,不知道凌女士有没有看过一组写真。虽然只是作为一个学生的申请作品,可是的确拍得挺不错的。"顾卿遥说着,将一本写真集放在了凌筱蔓的手边,伸手微微示意。

凌筱蔓虽然心底狐疑,却还是拿了起来。

封面上的顾卿遥静静端着咖啡看向窗外，阳光熹微，透过窗棂洒下来，画面看起来温暖而动人。

凌筱蔓不知道顾卿遥送上这个的用意，只微蹙眉头翻看着。

"顾小姐是想表达什么？"

"看来凌女士对这个摄影师不太熟悉，"顾卿遥的眼底透出些遗憾，笑道，"这位摄影师，我遇到他的时候他还未成年，应该是来海城采风的，刚好就遇到了我，也刚好拍下了这一组写真。后来听说慕先生用这组写真申请到了不错的大学，又回到美国继续钻研了。凌女士对艺术还真是不闻不问呢。"

凌筱蔓难以置信地看了顾卿遥一眼，又看向自己手中的写真集，哑声道："慕先生？"

"那位摄影师的确是如是说的。"

凌筱蔓的手翻过最后一张相片，果然看到了最后的署名。

良久，她方才将相册合上，款款笑道："顾小姐果然气质绝佳，这位摄影师的拍照手法也的确不错。"

"我也觉得，"顾卿遥将相册收了，径自起身，"后来我在美国又和这位摄影师偶遇了。听闻他年少开始就只身一人流落在外，和父母都鲜有联系。也是可惜了，不管有了多少炫目的成就，甚至连个分享的人都没有。凌女士，你说凌依依是不是也是如此？这么多年你甚至不敢明言凌依依的身份。凌依依虽然知道自己的父母姓甚名谁，却和不知道也没什么区别了。"

凌筱蔓愈发觉得心惊。

她不知道顾卿遥的意思。顾卿遥是不是已经知道了慕寒就是她和顾彦之的儿子，这是在试探，还是说……这一切只是巧合？

更重要的是，她摸不清慕寒的心思。

慕寒为什么从未说过，他已经和顾卿遥见了两次面的事！

她的两个孩子，凌依依也好，慕寒也罢，从什么时候开始，竟然会对自己这样百般隐瞒了？

而这一切的起因，全都是因为顾卿遥……

凌筱蔓微微攥紧拳头，心底一个念头却是蒸腾而起。

如果那次让顾彦之讳莫如深的车祸成真了就好了，如果这个世界上不再有顾卿遥，是不是一切就都迎刃而解了？那个念宛根本算不上什么麻烦！

这个想法让凌筱蔓甚至浑身都战栗起来！

顾卿遥从荣华医院出来的时候，神色很是平静。

凌依依亦步亦趋地跟在后面，顾卿遥有点无奈，只开口道："你不回家吗?"

"啊?"凌依依一怔,"我以为你要带我回去。"

"家里只有我和母亲,你这个身份回去不方便。"顾卿遥看着凌依依略显单薄的衣裳,心底一动道,"自己回去吧,注意安全。"

"哦。"凌依依点头,茫茫然地应了。

顾卿遥看着凌依依缩着手脚的样子,轻叹了口气,将人拉了回来:"等等。"

"顾小姐?"凌依依的眼神带着点空茫。

"那天在美国,你见到我和黎霂言以后,将消息放出去了吗?"顾卿遥看向凌依依的眼睛。

凌依依咬住下唇,低声道:"我没有,但是我和我妈妈说了。后来我听说了,国内的媒体都知道了,估计是我妈让人说出去的。"

"是吗……"顾卿遥若有所思,想了想方才道,"最近国内挺冷的,你多穿一点。"

"嗯?好。"凌依依有点受宠若惊,紧忙应下了。

"去吧。"

左右也是无事,顾卿遥径自去了公司,处理了不少事务。一整天电话不断,却都是关于公务的。

到了晚上夜色低垂,顾卿遥看向窗外,方才意识到她和黎霂言又有一段时间没有联系了。

黎霂言很忙,他所处的环境或许是自己无法想象的危险。

顾卿遥什么都明白,却还是觉得心底有说不出的微沉。

没有人在公司楼下等她了,好像一瞬间连牵挂都没了。

顾彦之不在公司,最近秦凯丰也在出差,公司不少事情直接就压在了顾卿遥的头上。顾卿遥几乎不得闲暇,马不停蹄地忙碌起来。

工作是最好的良方,忙碌起来了,便也就不会去想那么多有的没的了。

萧泽第三次进来的时候,看到的就是顾卿遥头枕着手臂,迷迷糊糊浅寐的样子。

他下意识松了口气,心说终于睡了,这都凌晨三点了。

他看得出顾卿遥的反常。尽管她依然微笑,尽管她处理工作的效率依然那么高。可是顾卿遥偶尔的失神也好,甚至是看向手机时下意识的停顿也罢,都让萧泽清清楚楚地明白,顾卿遥在想念,想念那个远在天边的人。

萧泽小心地伸手,想将毛毯披在顾卿遥的身上,然而下一秒他猛地转身——

"什么人?!"

"黎……黎少?"萧泽差点口吃,怔怔地看向眼前的人。

黎霂言不是在边境吗?怎么会出现在这里?

"唔……黎先生。"顾卿遥不知道梦到了什么,转了个方向,唇角都挂着甜笑。

萧泽顿时紧张起来:"那个,黎少,我真的什么都没做,就是想给小姐披个毯子……"

他一边说,一边向后小心翼翼地挪着步子。

黎霂言的目光却始终定格在顾卿遥的脸上。良久,他方才微微弯唇,声线却是极冷:"出去。"

萧泽毫不犹豫,转身就走。

黎霂言带着一身的清冷,静静将顾卿遥抱了起来。

总经理办公室的设计不错,外面是办公室,里面是休息室,有一个不大不小的双人床。黎霂言目光微微暗沉了三分,将人放在了床上,这才低头去打量顾卿遥的睡颜。

小家伙睡起觉来一点都不老实,被放下了手还钩着自己的领带,像是无声无息的邀请。

黎霂言轻叹了口气,觉得自己再看下去,怕是要做出些无法控制的事情来了。

他刚想转身,就见顾卿遥迷迷糊糊地睁开眼,看向他的眼神都软糯无比:"霂言?"

黎霂言就觉得自己大脑的弦仿佛瞬间燃烧殆尽。他看向床上的人,还没动作。顾卿遥就又笑了:"你回来了就好,我就放心了。"

她的手毫不犹豫地拉住了黎霂言的小指,然后……

又一次迅速地睡着了。

黎霂言无法去形容那种感觉,像是心脏涨满了暖暖的热度。无处可逃,只能沉溺。

良久,他方才低笑一声,俯身珍而重之地落下一个吻。轻柔,却又深情。

他觉得自己这样匆匆忙忙地赶回来,真是一点都没错。

能够看到这样的顾卿遥,是他赚了才是。

那些舟车劳顿的疲惫仿佛一瞬间变得不值一提。什么都不再重要了,只要这个人还在自己身边。

第二天顾卿遥醒来的时候,就觉得自己身边仿佛躺着一个人。

顾卿遥顿时就僵住了。

脑海中一瞬间掠过了无数记忆，她想起了这些日子那些人的蠢蠢欲动，想起了自己险些被下药……

她几乎是下意识弹跳起来，伸手就要去抓旁边的花瓶。

不，不能让他们如愿了！无论如何都不能！

"小遥？"旁边的声音瞬间将顾卿遥拉回了现实。黎霂言的手微微有点凉，附在顾卿遥的腕际，却是让顾卿遥顿时清醒过来。

顾卿遥眨眨眼，再眨眨眼，眼底的痛楚和仇恨慢慢散去，变成了满满的茫然："霂言？"

听出顾卿遥的欣喜，黎霂言忍不住莞尔："昨晚你还拉着我不让我走，一觉醒来就忘了？"

"有这回事吗？"顾卿遥赧然，想到自己可能真的伸手拉着黎霂言不放，脸顿时就红了。

"刚刚想到什么了？看你醒来的时候表情不对。"黎霂言的语气很温和，像是春风拂过。

"哦，"顾卿遥红着脸轻声道，"做了个噩梦，醒来的时候没缓过神。"

"是吗？"黎霂言的目光带着点审视的意味，却又在顾卿遥转过头来的瞬间恢复了平常模样。

顾卿遥一边起身一边自然地问道："你的事情都处理好了？"

"都处理好了。"黎霂言眉头微蹙，道，"只是这次依然让幕后人跑了。很显然，他很谨慎。"

"只是为什么会针对你呢？"顾卿遥有点不解，"你曾经得罪过什么人吗？"

黎霂言轻笑一声，神色淡漠："若是说得罪人，那倒是多了。"

门被人猛地推开，顾彦之站在门外，看着床上的两人，脸色难看无比："你还知道这里是公司吗？顾卿遥，你在做什么？！"

顾彦之几乎是疯了一样冲过来。下一秒，顾卿遥神色如常地揭开被子，看向顾彦之的眼神是如此平静："昨夜在公司加班就迷迷糊糊地睡着了。爸爸这是怎么了？怎么这么快就回来了？"

被子下面的顾卿遥和黎霂言都衣衫整齐，全然没有半点纠缠过的痕迹。

顾彦之的脸色变了变，沉声道："你们这是怎么回事？"

"昨晚加班太迟了，刚好黎先生来看我，也没有个正经休息地方，就在这里勉强歇下了。"顾卿遥笑容可掬地解释道。

顾彦之的眉毛抽了抽，看向顾卿遥的眼神满是狐疑。

"更何况……"顾卿遥顿了顿,眼神带着三分笑意,"父亲,我现在也成年了。纵使我和黎先生真的发生了什么,父亲何必用这种眼神这种语气?"

顾彦之的火气登时又发作了:"你这叫什么话,这是公司!你总要考虑影响!你乐意放荡,那是你的事情。可是在顾氏你是我的女儿,我定然不能允准你如此!"

"顾先生这次去美国项目做得还顺利吗?"黎霂言忽然开口。

顾彦之有点不耐烦:"和黎先生有什么关系?"

"当然有关,顾先生怕不是忘了,我也是顾氏的大股东之一。"黎霂言好整以暇道。

顾彦之的笑容僵在了脸上。

停顿片刻,他方才道:"这件事我会在之后的会议中汇总报告,现在就不和我们的黎大股东一一说明了。"

"我只是很好奇,这么多天,倘若顾先生只是做了一个无用功,甚至是以公务为借口,去美国处理了诸多私事,那么……"黎霂言的眼神满是讽意,"顾先生还真是不配站在这里讽刺旁人。"

顾彦之冷漠地笑了一声,道:"黎少,不管如何,这是顾氏的总经理办公室,而现在……"

"而现在还没有到工作时间。"顾卿遥轻声道。

顾彦之的话被堵在了喉间,冷哼了一声,径自让开了位置。

黎霂言恍若无事地低头,在顾卿遥的脸上轻轻印下一个吻,淡淡笑了笑:"那我就先回去了。"

"等等。"顾卿遥眼尖,一伸手将人拉住了,看向黎霂言的腰间。

她的眼底写满了担忧,显然是什么都看到了。

黎霂言轻咳一声,摸了摸顾卿遥的头,道:"已经处理过了。"

"那你要多加小心,"知道顾彦之在这里,顾卿遥没有多言,只笑着问道,"晚上来接我吗?"

她的语气满是期许,黎霂言忍不住笑了:"好。"

"那我晚上等你。"

"没问题。"黎霂言点头应下。

顾彦之脸色愈发难看了,直到黎霂言出了门,这才开口:"卿遥,你是我女儿,所以我才会对你说这些,不然我根本就不会管这些事。"

顾卿遥微微垂眸:"我知道。"

"你自己看看你做的这些事!"顾彦之猛地一拍桌子,道,"你是不是叛逆期到了?"

"爸爸,美国的项目是出了什么问题吗?爸爸忽然这么生气……"顾卿遥轻声道。

顾彦之有点狼狈地咳嗽了一声,看向顾卿遥的眼神带着点探寻,迟疑了一下方才道:"没出什么问题,我就是看不惯你和黎霂言这样子。你现在年纪尚浅,很多事情可能不明白,但是一旦跨出那一步,你知道未来会如何吗?你知道黎霂言是怀着什么心思?你知道这种事情如果传出去,你的名声会成什么样子?"

"可是爸爸,之前他们差点给我下药时,父亲可不是这样说的。"顾卿遥低声道,看向顾彦之的眼神写满了委屈,"当时爸爸还对我说,岳景峰不是这个意思。昨天黎少分明什么都没有做,父亲何必这样大动干戈?"

顾彦之的额头青筋直蹦。

他忽然意识到,顾卿遥说得没错,不仅没错,甚至让人无从反驳。

当时岳景峰做的事情明显更加过分,可是自己当时是怎么说的?

自己是在为岳景峰开脱。

顾彦之只是完全没想到,顾卿遥竟然真的将这一切记得一清二楚,简直就像是——

她一早就等着自己的这一句话一样。

顾彦之向后退了半步,沉声道,"快到上班时间了,今天就先这样吧。"

"爸爸别急。"顾卿遥紧忙道,"我还没和爸爸说凌筱蔓的事情呢。"

她的语气那么天真无邪,可是顾彦之此时简直想要直接落荒而逃!

顾彦之努力让自己的逃避心理不要表现得那么明显,强忍着不悦的心情开口:"她怎么了?"

看得出来顾彦之强装的不耐,顾卿遥有点想笑,只道:"那天凌依依和凌女士之间闹了点矛盾,后来凌依依一个人回公寓去了,也没在医院陪着。凌女士这次发病的原因父亲知道吗?"

"不知道,我也没多么关心,"顾彦之生硬地说着,想了想又补充了一句,"反正孩子也不是我的。"

"主治医师和我说了,说是情绪过度激动。那时候凌依依给凌筱蔓打了个电话,凌筱蔓好像是特别生气,结果一不小心就子宫大出血了。"顾卿遥轻声说着,一边看着顾彦之的表情。

"这个不让人省心的废物!"顾彦之听了这句话,显然没能控制住自己的情绪,一甩手差点将手机甩出去。

顾卿遥好整以暇地看过去。顾彦之似乎也意识到了自己的失态,轻咳一声道:"这件事没传出去吧?别到时候让人觉得和我们顾家有什么瓜葛,那就不好了。"

"没有。"顾卿遥想了想,这才认真道,"不过爸爸,还有件事我不知道当讲不当讲。"

"你直接说就是,和爸爸还有什么当讲不当讲的。"

"我总觉得我走的时候,凌筱蔓看我的眼神不对劲。她好像很恨我,毕竟这么久以来,我也一直在阻挠着她靠近爸爸,想来凌筱蔓心底早就恨起我来了,"顾卿遥显得有点惆怅,"爸爸,你说我该怎么办才好?"

顾彦之的心头猛地一震,蹙眉看向面前的顾卿遥。

顾彦之不知道顾卿遥到底是想到了什么,也不知道凌筱蔓究竟说了什么刺激顾卿遥的话,只能干巴巴地解释道:"小遥,这种事不能胡思乱想,凌筱蔓……她最近的确是受了不少刺激。但是爸爸向你保证,凌筱蔓对小遥你绝对不敢有任何想法,她不是那种人……"

"爸爸这样了解凌女士吗?"顾卿遥含笑反问。

顾彦之的动作微微一僵。

他第一次觉得这个问题是如此棘手,无论自己怎么回答,好像都是掉入了顾卿遥设计的坑里似的。

顾彦之只好道:"她针对你有什么用。我和你妈妈感情好,她针对你无非是自讨苦吃罢了,更何况……"顾彦之笑了笑,摸了摸顾卿遥的头,"我家小遥这么聪明,凌筱蔓如何能动得到你?别怕。"

顾彦之这样说了,顾卿遥便也配合地笑了笑:"那我相信爸爸。"

"乖。"顾彦之早就忘了自己刚刚来的时候是多么怒气冲冲,转身径自出门了。

顾卿遥的眼底满是冷淡的讽意,良久方才静静坐了下来。

很快,凌依依的短信到了:"顾小姐,我想找个时间和您谈谈。"

"我在公司,你有什么事吗?"顾卿遥平静地回复过去。

其实对于凌依依的邀约,顾卿遥是真的一点都不意外。

现在凌依依不太可能沉得住气,然而凌依依回复的下一条短信,却是让顾卿遥径自坐直了——

"是一件大事,我想我能提供的线索足够之前提出的条件了。"

顾卿遥看了那条短信良久,这才微微弯唇笑了,慢条斯理地回复过去:"那我拭目以待!就今天下午两点吧,约在城中艺景咖啡厅。"

"好。"凌依依立刻应下了。

下午两点,顾卿遥到的时候,就见凌依依匆匆下了车,向这边跑来,快到地方又慢下步子,打理了一下自己,这才重又吸了口气,朝着咖啡厅走来。

顾卿遥有点想笑，看来凌依依根本就不知道自己的所作所为完全被人尽收眼底。

见顾卿遥已经在咖啡厅里了，凌依依脸上这才添了三分笑意，径自在顾卿遥对面坐下："顾小姐，我今天带来的消息，其实我觉得顾小姐已经知道一些了。只是绝对不会有我手中这份东西这样详细。"

"关于慕寒的。"

"对，关于……你真的知道……"凌依依的神色尤为复杂。

顾卿遥轻笑一声，将手中的咖啡杯放下。

"慕寒和我认识，你可知情？"顾卿遥反问。

凌依依不受控制地张大了嘴，脸上写满了震惊："怎么可能……那，我妈要是知道不得气死了，难怪慕寒当时无论如何都不愿意回来。"

顾卿遥没说话，现在凌依依情绪这么不稳定，自己不说话，反而能让凌依依说出更多。

果然，凌依依惊骇地说了下去："可是……慕寒为什么不愿意和你争抢，难道你们是朋友？"

顾卿遥轻笑一声，淡淡道："只是见过几面而已。"

她没有多言，凌依依却已经坐不住了。

她将手中的照片递过来，道："那这个，你应该也不觉得意外了。"

顾卿遥将照片接过来，一张一张地看过去。

那是顾彦之和慕寒的合照，从慕寒小时候开始。

"听他们说，顾先生从一开始就隐瞒好了慕寒的存在。一直将慕寒放在外面，就是为了有一天，这边没有后顾之忧，他能够直接将慕寒接回来。不用担心被人察觉，到时候直接给慕寒一个名分就好了，"凌依依的语气有点酸涩，低声道，"和我不一样，顾先生很在意慕寒的。之前也是，每年慕寒过生日，顾先生不管多忙都会赶去美国和慕寒一起拍一张合照。后来长大了，慕寒说自己感冒了发烧了，顾先生这次也是火急火燎地就去了……"

顾卿遥拿着照片的手微微有点发颤。

她记得。

她怎么能不记得？

从小时候起就是如此，每年总有那么一段时间，前前后后都是在十一月，顾彦之总会离家一段时间。

起初念宛如还说过几次，可是顾彦之出差的次数越来越多，念宛如后来也就不怎么过问了。

现在看来……

竟然全都是去了美国。

顾卿遥闭了闭眼。

顾彦之……他用全部的心机和手段藏住这么一个孩子，是为了什么？

答案简直是昭然若揭。

他瞒住了世人留下来的孩子，将来顾家的一切，定然都是属于慕寒的。

顾卿遥沉默地笑了笑，将那一摞照片收了起来，淡淡道："这些还不够。"

"还不够？"凌依依震惊道，"你自己看看上面都有什么，从出生的时候开始，甚至还有顾彦之和慕寒的手在上面，这些还不够的话，你需要……"

凌依依自己说了一半，显然也意识到了顾卿遥的意思："你不会是想要DNA鉴定吧？"

"凌筱蔓当年赴美产子。父亲这样谨慎的人，既然会费心思藏起了慕寒，定然是确定了慕寒就是他的孩子。"顾卿遥的脸色堪称冷漠，淡淡道，"凌依依，你想要和我谈判，最好拿出点真切的证据来。"

凌依依的手微微攥紧。

"你知道我做了这些，意味着什么了吗？"

听出凌依依语气之中的绝望，顾卿遥却只是笑了："是，意味着你和顾彦之已经基本决裂了，你和凌筱蔓也是一样。"她顿了顿，说了下去，"凌依依，你该知道你的身份。没有人在意你的感受，他们为慕寒花费的心思也从来没有用过你身上。你先出生，却不过是作为牺牲品一样存在着……而现在，你已经违背了他们的意愿。如果你和我的合作也宣告破裂，那么你在这个世界上会连容身之处都没有。"

"我和慕寒也并不熟悉。如果不是因为这次我被要求去了美国，我根本就不会有机会认识慕寒……"

"我知道。"顾卿遥淡漠地笑了笑，"那你该想办法熟悉起来。"

她正要起身，凌依依的手机响了。

凌依依被吓了一跳，还是尽快拿了起来。

她看了一眼屏幕，脸色登时变了："是我妈妈。"

"接。"顾卿遥淡淡道。

凌依依犹豫了一下，还是依言接了。

"妈……嗯，对，我在外面……什么？好啊，我可以去医院，我这就来……啊？你是说让我今晚回美国去？为什么这么急？"

顾卿遥没有听凌依依又说任何一个字。她诧异地看过去，就见凌依依不知何时却是哭了。

她将电话慢慢放下来,看向顾卿遥的眼眶红得厉害。

"我妈催我回去了。"

"她甚至不关心她自己的身体状况,却希望我尽快回去。因为她不想让我和你多接触,也想让我回去陪陪慕寒。"凌依依的笑容很难看,像是哭一样。

顾卿遥看向凌依依,神色带着淡淡的讽意:"你知道你该怎么做了。"

"我知道又有什么用……慕寒也不一定会给我。"凌依依哑声道。

"那你可以好好想想办法。如果你们住在一起,事情或许会方便很多。你们既然在同一个城市,身为姐弟没理由不能共享同一个公寓。"顾卿遥的语气无比平静。

凌依依看向顾卿遥的眼神有点说不出的意味,顿了顿,这才轻声问道:"不过话说回来,我一直都没来得及问你。"

"什么?"

"慕寒为什么不愿意跟着回国哪怕一小段时间?"凌依依诧异道,"他是不是怕你?"

"我们只有几面之缘。"顾卿遥轻描淡写地笑了。

凌依依总觉得事情并没有那么简单,然而她终究没有说什么,只轻叹了口气,道:"算了。"

"这件事,"顾卿遥轻轻敲了敲手中的档案袋,道,"是有期限的,如果你能给我最直观的证据,那么你之前要的东西我都可以给你。"

见凌依依的眼睛都跟着亮了,顾卿遥顿了顿,道:"哦,你还希望有一段好姻缘。这个我不能肯定,可是我可以带你去一些联谊。"

凌依依根本难以想象,这些事情顾卿遥居然说答应就答应了下来。

她紧忙点了点头:"好,谢谢顾小姐,真的谢谢顾小姐。"

凌依依匆匆出去了,顾卿遥在位置上多坐了一会儿,这才起身。

她们谁都没有注意到,马路对面不远处,有人悄无声息地拍下了她们的照片。

晚上下班时间黎霂言果然在公司楼下等着,顾卿遥几乎是急急忙忙地将人拉进了车里,一上车就伸手去解黎霂言的扣子。

黎霂言简直哭笑不得:"顾小姐,顾小姐?"

听出他语气之中的促狭,顾卿遥蹙蹙眉:"干吗?"

"虽然车窗的确是单面玻璃,外面看不到里面。可是……你的动作的确让我浮想联翩。"黎霂言忍不住莞尔。

"那是你不正经！总是想到不该想的地方去。"

顾卿遥已经成功地将黎霖言的扣子尽数解开，露出了里面微微白皙的皮肤。

她下意识地咽了口口水，脸上有点微红，却还是小心地探向黎霖言的腰侧。

黎霖言没动，眼神盛满了饱满的温柔。

顾卿遥看着上面包扎好的纱布，心底还是有点酸酸涩涩的："疼吗？"

"之前有一点，现在基本没什么感觉了。"

"真的吗？"顾卿遥抬头，黎霖言刚好凑过来，鼻子被撞了一下，无奈地叹了口气。

想要偷亲一下还真是不容易。

顾卿遥小声道："真的不疼了？看起来还挺严重的。"

"是有人在警告我而已。"黎霖言淡漠地笑了一声，"那人有同伙，在我腰侧捅了一刀，所以我才没追到人。"

顾卿遥蹙紧眉头："所以现在警方有没有明确的结论，这幕后人……"

黎霖言斟酌了一下措辞，道："幕后人显然是长期运营边境非法贸易。这一次栽赃到我身上，想必也是蓄谋已久。"

顾卿遥沉默了一会儿，这才问道："这件事……和顾家有关吗？"

黎霖言看了顾卿遥一眼："你觉得呢？"

"顾家一直是房地产事业为主，这些年从未改变过方向，可是你之前的态度让我很担忧，"顾卿遥顿了顿，这才哑声道，"如果真的和顾家有关，那我……"

"不会的。"黎霖言打断了顾卿遥的话，轻轻在顾卿遥的侧脸落下一吻。

顾卿遥的眼底仍然写满了担忧，良久，方才低声道："如果你要做出什么决定，希望你能告诉我。"

"好。"黎霖言这一次也是沉默了好久，方才开口。

他的眼神那么深邃，顾卿遥看不懂。

他的腰是肉眼可见的劲瘦，却又带着好看的线条。

顾卿遥靠近一点，再靠近一点。黎霖言看出了顾卿遥的心思，轻笑一声，将顾卿遥整个人拉下来："靠着，我没事。"

"不疼吗？"顾卿遥忍不住小声问。

"没感觉了。这种伤不是贯穿伤，还撑得住。"黎霖言平静道。

"那以后不要出去了，国内就不会发生这种事。"顾卿遥小声嘀咕着。

她将黎霖言稍微抱紧了一点，声音有点沙哑。

"小遥。"黎霖言似乎是想要说什么，又改了口，"明天可能没办法陪你，我要去警局做个简单的笔录。"

"需要我陪你吗？"顾卿遥下意识紧张起来。

"不需要，现在已经解除怀疑了，"黎霖言顿了顿，道，"这次我配合警局进行非法组织的清剿工作，估计过段时间还要授予我一面锦旗。"

他的笑容很是轻松，可是顾卿遥清清楚楚地明白，他这是为了让自己不要那么担心。

"霖言……"顾卿遥话音未落，车就猛地一个急刹车，在路边停住了。

而看清前面的来人，顾卿遥眉头微蹙，看向旁边的黎霖言。

黎霖言慢条斯理地将衣服扣好，这才淡淡道："我下去看看。"

"霖言！"顾卿遥想要拉住面前的人，却没能做到，只好跟着下了车。

顾远山看到跟下来的顾卿遥，淡漠地笑了一声，道："小遥原来也在这里。"

"顾老先生。"黎霖言语气平静，"不知道顾老先生在这里等我，却又是何意？"

顾远山淡淡开口："我听说你去了边境一趟。"

"是。"

"你父亲就是死在了这件事上，我以为你不会重蹈覆辙。"顾远山蹙紧眉头。

"顾老先生，此处也只有我们几人。顾老先生就不必用平日在媒体面前的那套说辞了。"黎霖言淡淡笑了一声。

顾远山沉默了一会儿，淡淡问道："听说你王叔最近的日子也不好过。之前捎的药，你给带过去了没？"

"最近没过去，过些日子吧。"黎霖言蹙眉道。

"做这行根本就是刀尖舔血，非法组织都是些什么人，你去和他们对着干，还能有你的好处去？"顾远山蹙紧眉头道，"你和你父亲不一样，你不是警察，没必要去蹚这趟浑水，知道吗？你看看你父亲，看看你王叔，你就该知道，你该好好地走你自己的路。"

顾卿遥眉头微微蹙起。

她不知道这么多。

之前虽然让萧泽帮忙查了资料，可是萧泽始终没有将材料交过来。他从来都是效率极高，唯独在这件事上，反而拖延了起来。

顾卿遥知道萧泽的顾虑，索性也没催。

只是现在……

听着顾远山的话，顾卿遥似乎忽然就懂了。

"小遥,你跟爷爷过来。"顾远山伸出手。

顾卿遥蹙眉,脚下却是没动。

"小遥!"顾远山的声线挑高了一点,又看向了黎霂言道,"你父亲是英雄,是让人钦佩。可是如果你执意要追随你父亲的路,那么你父亲泉下有知,怕是也要怪我了。"

"父亲不会的。"黎霂言淡淡开口,眉宇之间痛楚一闪而过。

顾远山冷笑一声:"我的确自私,可是你该知道你做这样的选择,过的日子是什么样的。如果你要走下去,我尊重你的选择。你去警局吧,你是烈士子女,想要加入这个队伍也不难,但是你不要拖累小遥。"

黎霂言却忽然开口了:"知道我去边境了的人并不多,刚好顾老先生您就是一个。可是我很确定,我不曾对您主动说过这件事,那么……顾老先生,您是如何得知的?"

顾远山看了黎霂言一会儿,这才淡淡道:"我有我的渠道。"

"是吗?"黎霂言的眼神很是凛冽,玩味地笑了。

顾远山伸手就要去拉小遥,顾卿遥却是向后退了半步:"爷爷,我明白我的选择,而且黎少现在也没有去做缉毒警察。他只是协助了一次行动而已。"

"你不要后悔,黎霂言!你别忘了,你和从前不同了,你已经有了软肋。"顾远山冷冷道,甩手示意身后人离开。

别住黎霂言的车很快也让行了,里面的人看了黎霂言良久,鹰隼一样的眼睛让人不寒而栗。

顾卿遥拉紧了黎霂言的手,良久方才轻声道:"不是我说出去的。"

黎霂言微微一怔,笑了:"我没有和你说过我父亲的事情,是吗?"

"说过一点。"顾卿遥轻声道。

"我父亲原先就是个警察。之前卧底在边境一个犯罪团伙里。"黎霂言说着,手微微蜷紧,"后来一次行动中,父亲几乎接近了幕后的头目,却在这个时候暴露了。他中了十七刀,却都是以折磨为目的。最终被我们的人带出来的时候,意识就已经不清醒了。"

顾卿遥没说话,只是更紧地拉住了黎霂言的手。

"我父亲从未后悔过选择这个职业。这个职业让他保护了无数人,只是没能保护住他自己。"黎霂言微微垂眸,道,"这一次行动的,很可能就是当年的那群人。"

顾卿遥看向黎霂言,哑声道:"所以他的目标现在换成了你。"

"小遥,从今天起,我想你还是和我保持距离为好。"黎霂言吸了口气,像是下定了决心似的，语气却是万分平静。

顾卿遥难以置信地看过去："你……"

"虽然说是保持距离，可是我还是会派人保护你，"黎霂言轻轻捋顺顾卿遥的头发，认真道，"你不用担心，这些事情不会影响到你。"

顾卿遥沉默良久，这才哑声道："然后呢？"

"什么？"

"伯父离开到现在，也已经有快十年了吧？"顾卿遥低声说着，"如果你一直没能抓到那个毒枭，人生又有多少个十年？你想让我一直等下去吗？"

黎霂言轻轻摸了摸顾卿遥的头，眼神中有说不出的复杂情绪。

见黎霂言沉默下来，顾卿遥微微垂眸，哑声道："其实有一件事，我一直都不明白。你是那种会在做事前考虑再三的人，如果明知道会承担风险，你会直接放弃这一切。那么……你当时为什么会对我告白？"

黎霂言看向顾卿遥，手上的动作彻底僵住。

他从来都没有想过，顾卿遥会在这个时候问出这个问题。

她的眼神依然那么清澈明亮，这个问题却让黎霂言避无可避。

"小遥……"

"我在听。"

无论这个答案是多么动人或者残忍，她都会听。

黎霂言的眼神宛如坠入了万家灯火，温暖而动人，可是他说出的话却又是一字一句，让人无法不清醒冷静——

"我当时以为，这件事与顾家有关，所以我决定接近你。"

黎霂言看着顾卿遥的眼睛，平静地说了下去："可是现在看来，顾彦之不像是知情人，顾远山也与此事无关，所以我已经不再需要和你的这份亲密关系了。"

"抱歉，小遥。"

顾卿遥坐在那里，难以置信地看向黎霂言。

"你在骗谁？"

良久，她方才找回了自己的声音。

她的嗓音沙哑得发颤："黎霂言，你在骗谁？"

黎霂言想要伸手摸一摸顾卿遥的头，却还是忍住了："到了，下车吧。"

"所以你现在是单方面地，要对我提分手，是吗？"顾卿遥努力弯起唇角，觉得这一切是如此荒诞。

黎霂言垂眸，无比淡漠地笑了笑："你该知道，我大你十岁。或许之前念女士和顾先生说的是对的，我想要骗你，实在是轻而易举。"

顾卿遥没动,然而黎霖言已经伸手将车门拉开了,神色也是淡漠无比:"下车吧。"

第19章
就像是牵了手就能一起走到霜雪白头

外面的风很冷。

分明已经是早春了,可是今年的海城气候也是奇诡,竟然一直都没有沾染上丝毫暖意。

顾卿遥下车的时候还想说句什么,然而黎霂言根本就没有给她这个机会,车子扬长而去。

一直都说,黎霂言在做出什么决定的时候,简直是一气呵成。

现在亲眼见证了,顾卿遥却只觉得有点晃神。

好像一直以来,见到的都是那个温柔的黎霂言,那个能够将所有风雨都挡在外面的黎霂言,却是鲜少看到这样的他。

冷漠而近乎无情。

她不愿去相信,这也是她的黎先生。

顾卿遥微微闭了闭眼,淡淡开口:"萧泽。"

"在。"萧泽低声应了,小心地看着顾卿遥的脸色。

"你跟了黎先生这么久,黎先生……是个会说谎的人吗?"顾卿遥轻声问道。

萧泽有点犹豫。顾卿遥现在的情绪明显不稳定,萧泽愈发想不通自己该如何说才是对的。

迟疑片刻,萧泽低声道:"小姐,我不知道。虽然我跟着黎先生的时间很长,可是黎少的情绪始终让人揣摩不透。其实和小姐在一起的时候,黎少已经难得像是一个年轻人一样了,只是……"萧泽沉默了一下,这才鼓足勇气说了下去,"其实人看到的未必就是真相,小姐如果相信黎少,不如就等等看?"

顾卿遥微微垂下眸去。

她听过很多人的规劝,有善意的,也有恶意的。

念宛如也好,顾彦之也罢,甚至是于菡岚,所有人都在对自己说,她和黎霖言不合适。

可是她还是执着地走下去了,她相信自己的选择,也坚守自己的决定。

现在萧泽对她说——

"小姐如果相信黎少,不如就等等看?"

她别无选择,只能应下。

黎霖言就像是画了一张巨大的无形的网,而她早已无处可逃。

顾卿遥深吸了口气,推开了门。

看到来人,顾卿遥却是蹙起了眉头。

"林夏雪?"

"我的案子今天开庭了,缓刑两年。"林夏雪的眼睛微微有点红,跌跌撞撞地起身,径自扑向顾卿遥,然后扑通一声,竟是当着顾卿遥的面跪下了,"小遥,我真的对不起你,我不该这样做的,我真的知道错了……"

她涕泗横流,顾卿遥看着林夏雪,却只觉得恍如隔世。

多久了?

林夏雪在自己面前戴上面具,已经多久了?

她已经没办法去考虑林夏雪的话究竟有几分真又有几分假,只静静地伸手将人扶起来:"你怎么会来我这里?"

"我……"见顾卿遥如此冷静,林夏雪心底已经有几分慌了,低声道,"小遥,我是来和你认错的,还有件事,我实在是不吐不快。"

"你说吧。"顾卿遥淡淡颔首。

"不是有很多药物,之前一直都没有找到来源吗?"林夏雪不自在地轻轻搓了搓手,道,"那些药物不是我买的。后来我想了一下,唯一有可能的……"

顾卿遥直觉她要说出一个自己熟悉的名字。

果然,林夏雪咬咬下唇,低声道:"就是黎少!之前黎少和我见过一面,然后我包里就莫名多出了些东西,我的确是没有仔细查看,但是……那真的不是我买的啊!"

顾卿遥闭了闭眼。

"小遥,你别生气。真的,我知道我错了,你对我那么好,我不该嫉妒你。我是真的疯了才会这样做,往后你说什么我就听什么,好吗?求求你了小遥,你别生我的气。"林夏雪低声下气地说着。

顾卿遥沉默良久,这才淡淡道:"你回去吧。"

"小遥……"林夏雪的动作僵住了,却还是忍不住用余光偷觑顾卿遥的脸色。

顾卿遥却只是闭了闭眼:"回去吧,我现在没有这个心情。"

"可是黎先生的事情,"像是想起了什么似的,林夏雪固执地说着,"你还是要放在心上,黎先生真的不是什么好人!"

"滚出去!"顾卿遥微微挑高声线。

林夏雪显然被吓傻了,紧忙抓过手包出去了。

顾卿遥看向空无一人的家,觉得自己的心脏也跟着有点疼。

她慢吞吞地上了楼,把玩着手机,觉得心都像空荡荡的收件箱一样,不着边际地难受。

沉默良久,她方才点开微信,点开置顶的黎霂言——

"我不能接受这样莫名其妙的分手。如果你真的要和我分开,我希望你能够再和我当面谈谈。如果你是为了保护我,那么我不喜欢这种方式。"

顾卿遥写完了,光标停在最后一个字上良久,却还是无法下定决心摁出发送键。

太难看了。

纠缠的样子太难看了。

她不喜欢。

可是她又没办法接受这样的结局。

她记得黎霂言眼底的欢喜,也记得他不受控制的笑意。

她甚至记得今天早上他们还躺在同一张床上,笑着对彼此说"早安"的样子。

他匆匆忙忙赶回来,只是为了急着见到自己,不让自己一个人面对流言蜚语,不让自己孤军奋战。怎么可能这么快就对自己说分手,一切都是假的?

顾卿遥忽然想起今天顾远山说过的那句话——

"你别忘了,你秒从前不同了,你已经有了软肋。"

沉默半响,顾卿遥将刚刚对话框里面的内容尽数删除了。

重新一字一顿地打上去——

"我不会是你的软肋,你应该明白的。"

良久都没有回音,顾卿遥俯下身去,觉得眼眶有点湿。

其实仔细想来，很多事情一早就有了定数。黎霂言不该出现在那个医院，却偏偏成了自己那一天的救世主。

黎霂言对旁人都是那么淡漠，却唯独对自己温和。

可笑的是，那时候顾卿遥以为自己是特别的。

明明好不容易活了下来，怎么还是那么轻而易举地喜欢上了不该喜欢的人呢？

顾卿遥吸了口气，打开了电脑。

上面还有黎霂言给自己的文档，整理得无比详尽。起初顾卿遥以为那是黎霂言公司的人帮忙的，可是后来她才知道，那些都是黎霂言自己一个人尽心尽力地熬夜处理好的。

门被人轻轻叩响，外面传来了萧泽的声音："小姐，您的电话。"

顾卿遥懒怠地起身，看了萧泽一眼，见萧泽神色依然淡淡的，顿时就什么都明白了。

倘若这个电话是黎霂言打来的，萧泽不可能是这个表情。

果然，看了一眼上面的电话号码，顾卿遥轻叹了口气。

"你好。"

"顾小姐，我是慕寒。"那边的人急切地说着。

顾卿遥微微垂眸："嗯，我知道。"

现在她的确是没有什么心情去和慕寒寒暄，更何况她现在早就对慕寒的身份一清二楚。

只要想到慕寒是因为什么才接近自己，再想想自己之前对慕寒的态度，顾卿遥就替自己觉得不值。

"顾小姐是不是有什么心事不太开心？"慕寒小心翼翼地说道，"还是……顾小姐已经休息了？我算了一下时差，现在国内应该不到十点。"

"没什么，怎么了？"顾卿遥将手机换了个手拿，语气还是平静万分。

慕寒只好小声道："我是想问一下顾小姐，如果你在很重要的事情上被人欺骗了，你会原谅他吗？"

顾卿遥沉默良久，只觉得心底无比疲惫。

她现在一点都不想回应这种问题。慕寒的问题让她觉得无比愚蠢，像是一般年轻人经常喜欢说的情啊爱啊。有些时候顾卿遥觉得自己和慕寒的认识或许就是一场错误，也可能是上苍有眼，想要让自己看清这一切，想要让自己看清自己的父亲究竟还做了什么，仅此而已。

而不是让自己和慕寒深交。

"不会。"顾卿遥沉声开口，"如果一个人会甘心欺骗我，除非是善意的谎言，否则我不会原谅他。"

"可是，"慕寒显然急了，声音都变得焦灼三分，"可是如果那个人也只是无能为力呢？他现在没有能力承担这一切被揭开的后果……"

"那只能看这个人是不是我的例外了。"顾卿遥淡淡道，想了想又笑了，"是发生了什么了吗？"

对面的声音听起来有点失魂落魄。良久，慕寒方才哑声道："没什么，我这边都挺好的。"

"之前听说你得了流感，现在都好起来了吗？"顾卿遥平静地问着。

她自己都要被自己欺骗了，好像他们真的是萍水相逢的陌生人一样。

慕寒听着顾卿遥问，就跟着笑了："都挺好的，顾小姐放心。"

"嗯，那我差不多也该去休息了。"

"刚刚顾小姐是心情不好吗？如果是的话……顾小姐可以和我说说的。"慕寒轻声开口，显然是用尽了自己全部的勇气。

"之前你似乎是对我说过，你喜欢我。"顾卿遥沉默片刻，淡淡道。

慕寒顿时手足无措起来："那……那个……"

"我有男朋友了，慕寒，"顾卿遥的语气依然是含着笑的，却是让慕寒觉得如坠冰窟。顾卿遥却只是径自说了下去，"我很抱歉，可是我想，我们的关系还是止步于此的好。"

慕寒点点头，忽然意识到顾卿遥看不到，紧忙开口："对对对，顾小姐说的都对。其实我也知道，我不该喜欢上顾小姐的。我都明白的，从一开始……这就是错的。"

顾卿遥知道慕寒的意思，却是什么都没问，只是浅笑道："那祝慕先生前程似锦。"

慕寒只觉得嗓子仿佛都被人掐住了："谢谢。"

电话挂断了，顾卿遥这才轻轻叹了口气。

她还是对慕寒狠下心了。

倘若没有遇到过慕寒，或许等到自己见到他的时候，他对自己也没有任何感情，更加不会认识自己这个素未谋面的姐姐。

可惜造化弄人，他们在不该相遇之前就遇到了彼此。

慕寒甚至懵懵懂懂地喜欢上了自己。

尽管刚刚他说了很多囫囵的话，可是顾卿遥从未相信过慕寒真的会为了自己放弃什么。

她微微垂眸，轻轻笑了。

很快，她听到了楼下传来关门的声音，然后是剧烈的争吵——

"我就说了他们两个人不行,你自己看看,现在这叫什么事!"

"你小点声,小遥可能都睡了。"

"她睡什么睡?发生了这么大的事情,她还不下来!"

"小遥,小遥!"

顾卿遥拉开门,微蹙眉头看向楼下的人。

念宛如正拉扯着顾彦之,显然是希望顾彦之不要那么冲动。

而顾彦之的脸色难看至极,沉声道:"小遥,你下来,爸爸妈妈有话和你说。"

顾卿遥点点头下了楼,神色还是平平静静的:"爸爸有什么话就说吧。"

"今天你爷爷去了是吧?去路上拦了你和黎霂言。"顾彦之面色微沉。

顾卿遥点头:"没错。"

"那你现在想通了吗?"念宛如不无担忧地看向顾卿遥,轻声道,"小遥,妈妈回来的时候听你爸爸也说了。黎少这个人,也是太莽撞了些。这些事情他做之前和你说过吗?怎么忽然就去了边境,甚至还是去子承父业?以后成家是要图个安稳,这个职业是值得人尊敬没错,可是风险也太大了。聚少离多的生活你能承受得住吗?"

"更何况他不在编内,这次不过是个辅助,"顾彦之冷笑一声道,"而且最近,海城关于你爷爷的流言蜚语也特别多,甚至还有人怀疑边境那些事情是你爷爷做的。我一听就知道,这根本就是黎霂言的手段,你找这么一个男朋友,这简直就是灾星!我们顾家怎么对不起他了?他这么诋毁我们!"

顾卿遥沉默良久,这才淡淡开口:"我们已经分手了。"

"我就说你们该分手……"顾彦之这才意识到自己听到了什么。他猛地怔住了,"你说什么?"

"我们已经分手了,"顾卿遥的眼底是显而易见的疲惫。她轻叹了口气,揉揉眼睛道:"如果爸爸妈妈找我就是为了黎霂言的事情,那我就先上去了。"

念宛如这才发现,顾卿遥的眼睛有点红,显然是强忍着没哭出来。

她心底一疼,想要伸手拉住顾卿遥,伸出的手却还是落了下来。

顾彦之显然还想问,却被念宛如拉住了:"让孩子一个人静静吧。"

顾彦之沉默良久,这才冷哼一声。

顾卿遥从前其实并不知道,原来和一个人分手是这么难过的事情。

整个屋子里面仿佛都是他的痕迹,打开电视也能到黎氏的新闻,甚至关于黎霂言的流言蜚语还在。

只是那些事情再也和自己无关了。

自己没有理由去靠近黎霂言，一点理由都没有。

她只能静静地保持着自己日常的工作，从公司到家里，再周而复始。

这一周的时间风平浪静，公司里面好像迅速传开了顾卿遥和黎霂言分手的消息，顾卿遥想都不需要想，知道肯定是顾彦之传出去的。

好处倒也是有，至少顾远山没有再找过自己的麻烦。

顾卿遥无数次想要给黎霂言打个电话过去，最后还是放弃了。她知道自己不该去纠缠，分手是黎霂言提出的。都说男人提出了分手，那就是真的厌倦了。女孩子再怎么纠缠都是无济于事。

所以顾卿遥的日子再怎么难过，却也没有再去叨扰黎霂言半点了。

她再也没有推开过休息室的房门，仿佛一推开就能看到一周前的那个早上。

睁开眼就看到身边的黎霂言，那样幸福，却也转瞬即逝。

再次见到黎霂言，却已经是一周以后的事情了。

顾彦之让慕听岚来通知顾卿遥晚上有土地拍卖会的时候，距离开场时间已经只有两个小时了。

顾卿遥看着屏幕上面的邮件，有点无奈地看了慕听岚一眼。

慕听岚神色自若地笑了："两个小时不够顾小姐准备的吧，所以我提前发了个邮件。"

顾卿遥笑出声："谢谢。"

慕听岚眨眨眼笑了："心情好一点了吗？最近不怎么看到你笑。"

听着慕听岚的话，顾卿遥的心底动了动，向后靠了靠，难得放下了手中的文件："能看出来吗？"

"其实也还好，工作效率也挺高的，只是顾小姐以前很爱笑的。"慕听岚轻声道。

尤其是手机短信来的时候，顾卿遥总会看着手机发呆，然后莫名地笑了出来。

哪里会像是现在？面无表情工作效率又高，简直就像是一个完美的机器人一样。

顾卿遥发了一会儿呆，道："今晚的参选公司定下了吧？"

"嗯。"慕听岚的脸色有点迟疑。

顾卿遥看过去："怎么了？"

"今天晚上的座位安排顾小姐看过了吗？"慕听岚问道。

顾卿遥犹豫了一下，鼠标点在那个文件上，却是无论如何都无法下定决心去点开。

她大概知道自己会看到什么。慕听岚见顾卿遥犹豫，只好开口说道："今晚小姐左手边是顾先生，右手边是黎少，黎少的右边是白楚云。"

顾卿遥怔住了。

"这个是主办方定的吗？"她下意识地问道，嗓子都有点发干。

慕听岚沉默了一会儿，道："不是，是黎少要求的。白家似乎没有拿到邀请函，是黎少邀请白楚云去的。"

"这样……"顾卿遥微微垂眸，点头应了，"那我知道了。"

"顾小姐，我自诩是顾小姐的朋友，才会这样问……你和黎少还好吗？"慕听岚轻声问。

顾卿遥沉默了一会儿，这才哑声笑了："不太好。我们分手了，你该知道的。"

"公司里面的人都这样说，我也只是觉得太可惜了，所以才会这样问顾小姐。"慕听岚轻叹了口气，轻轻拍了拍顾卿遥的肩膀，"如果你有什么想说的，你可以和我说，二十四小时热线开通。"

顾卿遥没忍住笑了："谢谢你，听岚。"

"不客气，应该的。"慕听岚笑道。

顾卿遥做好了心理准备。却是无论如何都没有想到，晚上黎霂言和白楚云进来的时候，她还是下意识地怔住了。

不习惯。

浓重的违和感。

她总觉得黎霂言身边的那个位置就该站着自己，从来都是。可是现在，白楚云虽然没有挽住黎霂言的手臂，却还是堂而皇之地站在了黎霂言的身边，甚至在看到自己的时候还耀武扬威地笑了一下。

顾卿遥紧紧抓住手中的香槟酒杯，这就见黎霂言看了过来。

她的妆容依然得体，她身上的裙子被改了腰线，这一周的时间，顾卿遥以肉眼可见的速度瘦了下去。

如果说最初还有希望，那么现在……

黎霂言一点点将希望全部消磨殆尽了。

顾卿遥还没开口，顾彦之却已经笑着迎了上去："黎少和白小姐，还真是郎才女貌。"

顾卿遥下意识看向黎霂言，就见黎霂言并没有反驳，只是淡淡笑了笑："顾先生今天没有和夫人一起。"

"宛如今晚有事要出门，所以我就带着小遥来了。小遥，你和黎少还有白小姐不是也很熟悉吗？刚好座位也安排在了一起，可以多叙叙旧。"顾彦之若无其事地介绍道。

顾卿遥感觉得到唇齿之间的苦意。

她抬眼看向面前的两人，微微笑了笑："好久不见。"

"顾小姐，"白楚云二话不说，径自伸手去拉顾卿遥，"我最近一直没找到机会，我真的可想和顾小姐好好聊聊了。"

顾卿遥却是没动，定定地看向黎霂言，固执地等着他开口。

白楚云的动作僵在半空，显然也意识到了眼前这两人并没有那么简单。

"白小姐是黎少的女友吗？"顾卿遥又问了下去。

这一次，白楚云唇角的笑意也凝固了。

她最近一段时间听说了顾卿遥和黎霂言分手的事情，立刻就重新粘了上去。黎霂言始终表现得淡淡的，可是这次主动邀请自己同行，白楚云本以为自己是有机会了。奈何她现在方才发觉，其实即使顾卿遥问出了这个问题，她依然不敢开口点头说是。

她只能惶恐不安地看向旁边的黎霂言，等待着那个未可知的答案。

黎霂言淡淡开口："不是，白小姐是我的朋友。"

"对……"白楚云显然也反应过来了，干笑着开口，"我们只是朋友。"

心底没有失落是假的，黎霂言那语气，简直就像是故意要撇清什么似的。

"是吗？"顾卿遥平静地笑了笑，淡淡道，"黎先生不觉得欠我一个解释吗？"

顾卿遥曾经以为自己可以理智地看待这一切。

她曾经以为自己可以无比理智地站在这里，可以平静万分地和黎霂言打个招呼，然后各奔东西，就像是无数分了手的人一样。

当着这么多人的面，甚至有记者在旁边蠢蠢欲动，她知道自己不该问出这句话。

可是她还是没忍住。

只要看到黎霂言和其他女孩子亲近半分，她都忍不住。

顾卿遥紧紧盯着黎霂言的眼睛，一字一顿地问道："黎先生？"

黎霂言的眼底似乎有那么一瞬间的软化。

这几天不见，顾卿遥发现黎霂言似乎也瘦了，肌肉线条都更加明显了。

既然你也过得不好，那么何必还要坚持分开呢？

顾卿遥漫无边际地在心底想着。

黎霂言轻叹了口气，道："我以为那天我们已经说得很明白了。"

"我们还有一个项目在合作期间。"

"没错,那个项目我会保留我的投资。顾小姐,我做你的股东。"黎霂言笃定道,声线也是温和的。

顾卿遥太熟悉了,这种态度简直就和做生意无二了。

这样的黎霂言,是商界纵横的黎少,却不再是她一个人的黎霂言。

太过熟悉就是这点不好,分明这一刻的黎霂言依然绅士翩翩,可是她就是知道,她的黎霂言不在了。

顾卿遥沉默良久,这才开口道:"我买回你手中的股份。"

黎霂言似乎是一怔:"恕我直言,你手中的资本暂时不足以进行这么大的变动。而且公司起步初期,一旦发生这么大的股东变化,很可能会对未来的融资造成影响,更不要说是对信用评级……"

"黎少,如果大家都是生意人,那么我想黎少不需要考虑那么多。我溢价赎回。"顾卿遥沉声道。

她的眼神那么执拗,定定地看向黎霂言。

黎霂言却是有点无奈。

"我没有和前男友共事的习惯。"顾卿遥轻笑一声。

黎霂言的动作微微僵住了。

他看了顾卿遥一会儿,忽然伸手将顾卿遥的手腕拉住了:"你跟我出来一下。"

"黎先生?"

"你自己说的,我欠你一个解释。我现在还给你。"黎霂言的声线愈发沉了下去,冷得慑人。

顾卿遥没作声,径自跟了上去。

直到两人到了外面的露台,黎霂言方才松开了顾卿遥的手。

顾卿遥轻轻活动了一下,有种说不出的如释重负。

她看向黎霂言,神色依然是说不出的固执。黎霂言有点无奈,轻叹了口气开口:"你看到我的人了?"

"保护我的人?看到了,黎少派的人很多,也很明显。"顾卿遥反问道,"需要我将钱款给黎先生付清吗?尽管我认为这是强制消费……"

仿佛这么多天的怨气在一瞬间爆发出来,顾卿遥自己也知道不该说出这些,可是她控制不住。

"你想多了,是我给你带来了危险。这是我应做的。"黎霂言沉声道。

有那么一瞬间,顾卿遥觉得自己听到了他的语声中带着三分颤音。

可是那只是转瞬罢了。很快,他又恢复了从前的模样,冷静而自持,像是一个没有感情的机器人。

他是如此强大，却又让人觉得如此地难以接近。

顾卿遥静静打量着黎霂言，沉默良久，这才哑声笑了："你不知道我要来，是吧？今天原本在名单上的人是我母亲。上周的晚会你都没有参加，你在躲着我。"

"我不该接近你。"黎霂言沉声道。

"为什么？"顾卿遥反问。

她的眼底写满了不甘，哑声道："我从来都没有觉得和你的相遇是错误。两个人在一起不可能是百分百的契合。而我们既然相爱，就注定要一起跨过所有的矛盾和沟壑。你从来没有给过我选择的机会。"

决定在一起的人是黎霂言，决定分开的时候头也不回的人也是黎霂言。

"如果你不试试看，你怎么会知道我们就不能走下去？"顾卿遥哑声问道。

她抬眼看向他，眼底的光芒星星点点。

见黎霂言没开口，顾卿遥眼底的神色缓缓暗淡了几分。她垂眸笑了："我来之前就在想，如果你真的决意要分手，我这样做有什么意义。可是我总觉得我该赌一场，赌你对我不是假的，赌你对我的喜欢能超过一切，赌你……"

她的嗓音愈发嘶哑，顾卿遥几乎要用尽全身的力气才能让自己的嗓音不要哽咽，她闭了闭眼，自嘲笑道："是我输了。"

那一刻，所有的理智灰飞烟灭。

在顾卿遥转身的瞬间，黎霂言猛地伸手将顾卿遥的手拖住了——

迎着顾卿遥错愕的眼神，他终于还是没有忍下去，倾身向前径自吻上了顾卿遥的唇。

"唔……"

这个吻带着三分绝望七分炽烈，顾卿遥几乎没见过这样的黎霂言。

良久，直到顾卿遥觉得自己就要窒息了，黎霂言方才松开手。

"为什么？"顾卿遥低声问道，"既然你还喜欢我，为什么？"

为什么要提分手？

为什么要单方面决定我们没有办法再走下去？

为什么……不管发生了什么，都毫不犹豫地将我推开，像是只要有我在，就会影响你的决定？

黎霂言沉默片刻，这才轻轻摸了摸她的头。

在黎霂言开口之前，顾卿遥伸手做了个噤声的动作，这才沉声道："我不知道过去究竟发生了什么，我只知道，那时如果没有你，或许我已经死在了医院里。我根本不会有所谓美好的未来。现在我只想问你……你真的打算放弃我吗?"

她的话击溃了黎霂言最后一丝冷静。他闭了闭眼,径自将顾卿遥拉进怀里。

这一次,他的动作无比坚决,沉声开口:"怎么可能?"

"那你……"顾卿遥咬牙。

"最近顾远山盯我盯得太紧。你全然不知情,反而是好事。我担心他会对你不利。"黎霂言低声道。

"你要演戏却不和我说,就不怕我真的一走了之……"顾卿遥嗓音沙哑,眼睛也慢慢红了。

黎霂言从来没见过这样的顾卿遥。

记忆中她似乎从来都没哭过,知道岳景峰可能是害她的元凶时没哭,发现顾彦之家外有家时没哭,甚至后来孤注一掷到差点失去一切时……

她也没哭。

顾卿遥总是咬着牙发着狠,然后在众人面前云淡风轻地笑着,仿佛所有的一切都没办法对她造成任何影响。

这样的顾卿遥,黎霂言也是第一次见到。

黎霂言不想忍耐下去了,她的眼泪毫不客气地冲垮了他心底最后一道防线——

什么小心翼翼什么胸有成竹的谋划全都不作数了。黎霂言一向喜欢计划周全,可是这一刻,他只想孤注一掷地拥住眼前的小姑娘,他的小姑娘。

事实上他也的确这样做了,黎霂言单手擒住顾卿遥的下巴,将一个珍而重之的吻落在她的额上。他的声线无比温柔:"不怕……"迎上顾卿遥不满的眼神,黎霂言笑意渐深,"不管你走到哪里,我都会找到你,然后把你追回来。"

"小遥,我想放你走。但是如果你决定和我一起面对,就不会再有反悔的机会了。"

月光轻柔,透过树叶间的罅隙,落在两人身上。

顾卿遥微微踮起脚尖,再次吻上黎霂言的唇。

"我不怕。"顾卿遥呢喃道。

他们之间隔着过去的万丈沟壑,而此时的顾卿遥尚不知道,顾家的过去将会是一颗怎样的定时炸弹,又会给他们的未来带来怎样无法挽回的影响。

至少这一刻,她怀着千万分的笃定和无与伦比的欢喜,重新站在了他的身边。

至少这一刻，顾卿遥是笃定的，笃信他们可以义无反顾地走下去。
就像是只要牵了手，就一定可以一起走到霜雪白头。
她相信他。

在顾卿遥的记忆里，二十二岁那年是和黎霖言的第一次相遇，事实上并非如此。
黎霖言第一次见到顾卿遥时，是在顾远山的生日宴上。
那年顾卿遥十岁，黎霖言的父亲黎骁也还在世。
黎霖言到顾家时，顾远山的神色明显微微一顿，这才笑着迎了过来："霖言到了，黎骁呢？又出任务了？"
黎霖言没多言，只是微微颔首："父亲让我给您带好，顾伯伯生日快乐。"
他说着，将手上不算贵重的礼物递了过去。
顾远山笑意渐深，目光在黎霖言身上不着痕迹地打量了一会儿，这才道："替我谢谢你父亲。"他像是想起了什么似的，径自叫了顾卿遥过来，"来，认识一下，这位是黎霖言黎少，是我老战友黎骁的儿子。你黎爷爷是个很优秀的警察，霖言现在没子承父业吧？"
黎霖言平静应道："没有，这些年在和朋友一起做生意。"
"也好，也好，你父亲之前就说过，做警察虽然好，那是替旁人顾安稳，自己就天天让家人提心吊胆的。你不做这行也是好事。"顾远山的语气真诚得很。
黎霖言笑了一下，道："父亲这几年也打算退下来了，说是有个案子一直放在心上，舍不得退。"
顾远山的喉结滚动了一下，许久方才问道："什么案子？值得老黎怎么费心？"
"陈年的案子了，听说最近摸到了些眉目。"黎霖言平静道。
"之前黎骁也和我提过几句，听说和边境的犯罪分子有点关联？"顾远山忌惮什么似的，将声音压低了些，叹了口气道，"怎么说呢，在境内做警察其实还成。但是在边境就不一样了，那些犯罪分子，哪个不是脑袋别在腰带上的？这些人没什么顾忌出手也黑。我最近也没见到老黎，你帮我劝劝他，这个年纪该退就退了吧，别坚持。"
黎霖言点点头。
顾卿遥乖乖抬头，认认真真地看向黎霖言。
黎霖言也在暗自观察着眼前的小姑娘。顾卿遥长得娇小，打扮得相当软萌,一身鹅黄色的公主裙,下摆蓬蓬的看起来可爱得很,头发歪歪地盘了个发髻。

"小哥哥,"她的声音清脆,看了黎霂言片刻就笑了,"你真好看。"

黎霂言眉眼之间的神色微微凝滞。

他素来不喜欢孩子。可是这一刻,他惊讶地发觉自己竟然有点不擅招架。

他沉默半晌,还没来得及多加思考,手已经伸了出去,轻轻揉了揉顾卿遥的发顶:"你也很可爱。"

黎霂言的动作有那么一点僵硬,顾卿遥却是笑眼弯弯:"谢谢哥哥。"

"胡闹。"不知道为什么,看到黎霂言和顾卿遥如此亲近,顾远山的脸色先落了下来,伸手就要将顾卿遥拉过来,"一点都不懂事!这是你小叔叔!"

顾卿遥的脸上显出明显的紧张,黎霂言的脸色蓦地沉了下去,伸手护了一下身前的顾卿遥:"顾伯伯。"

他的语气满含警告意味。一时之间,顾远山也没能说出什么,只蹙眉看了一眼有恃无恐的顾卿遥,强行将到了嘴边的话咽了下去,冷着脸转头去招待其他客人了。

黎霂言这才松了口气,一低头就见顾卿遥正小心翼翼地拉着他的衣角。

她的动作太轻了,一时之间,黎霂言竟然有点没反应过来。许久,他方才不动声色地笑了一下,低头问道:"你怕顾伯伯吗?"

"爷爷不喜欢我。"顾卿遥小声说着。

黎霂言沉默片刻,心说这倒是奇了。

素来隔辈都会亲近几分,更何况,顾家还只有顾卿遥这样一个小辈。

小姑娘软萌软萌的,看起来不像是会惹顾远山生气的类型。

黎霂言微微蹙眉,想到的却是顾远山之前和父亲打电话时不经意间说过的:"还是男孩好,女孩有什么用?肩不能扛手不能提的,将来嫁出去了,也就不是我们家人了。"

他垂眸看向面前的小姑娘,没来由地心软了几分:"你不怕我?"

黎霂言眉眼之间尽是冷峻,他鲜少见哪家的孩子对他这么亲近。

顾卿遥无比认真地想了想,然后摇了摇头。"你长得好看,还温柔,"她似乎完全没有意识到自己说的这些话会在黎霂言心底掀起怎样的惊涛骇浪,只笑眯眯道,"我特别特别喜欢你。"

黎霂言的喉结微微滚动了一下,刚想开口,就见顾卿遥向远处看了一眼。"我得回去了,"小姑娘用手指在唇上比了个嘘声的手势,小声道,"爸爸看到我和陌生人说话会说我的。"

黎霂言一怔，还没来得及回应，就见顾彦之匆匆走了过来，见到黎霂言脸色也不好看，只蹙眉道："黎少也过来了。"

黎霂言神色平静地看过去："顾先生。"

顾彦之没再应声，甚至没有寒暄。

"爸爸。"顾卿遥似乎是看出了什么，轻轻拉了一下顾彦之的袖子摇了摇。

顾彦之的脸色果然缓和了几分，低头帮顾卿遥理好了衣服，道："黎少很忙，没事不要打扰，知道吗？"

"是爷爷介绍我认识的，"顾卿遥想了想，小声笑了一下，"我喜欢小哥哥。"

"论辈分，你该叫一声小叔叔。好了，差不多也该走了。"顾彦之起身，看向黎霂言道，"黎少，我先带小遥回去了。小遥胆子小，平时不常和陌生人说话，若是说错了什么，你多担待。"

黎霂言的目光在顾卿遥和顾彦之身上来回转了转，这才笑了下："无妨，小遥很可爱。"

这是黎霂言第二次说顾卿遥可爱。顾卿遥撑着下巴笑眯眯地看了黎霂言一会儿，这才小声道："小哥哥再见。"

黎霂言唇角微弯，点点头："再见。"

顾远山的家宴，黎霂言认识的人不多，偏偏因为是父亲世交不好随便离场。黎霂言倚在吧台，有一口没一口地喝着莫吉托，就听吧台的人笑着说道："黎少想不想尝尝这个？"

"什么？"黎霂言看过去。

"美国那边的玩意，是个禁酒。黎少成年了吧？"酒保问道。

黎霂言摆摆手："不必了。"

他对这些事情来敏感，或许也是因着黎骁的原因。

黎霂言将最后一口莫吉托喝完，一低头就见顾卿遥站在了面前。

他忍不住失笑："怎么过来了？"刚刚顾彦之和顾远山不是还不喜欢顾卿遥和他太过亲近吗？

顾卿遥犹豫了一下，拉了一下黎霂言的手："小哥哥，我想去花园玩。"

黎霂言微微蹙眉，道："外面天冷，出去做什么？"

顾卿遥似乎也说不出个所以然来，只是固执地拉着黎霂言的袖口轻轻晃了晃。

她似乎很习惯这样撒娇，黎霂言看着顾卿遥乖巧的样子，倒是难得地应允了："好，顾彦之先生呢？"

"父亲出去打电话了。"顾卿遥道。

黎霂言没多想，拉着顾卿遥的手往外走。

顾远山的花园很大，顾卿遥却像是第一回来似的，东张西望，好奇得很。

黎霂言站在不远处看过去，唇角带着三分笑。他没有过妹妹，或许是因为天生性子肃冷，那些小孩子也总是避之不及。这样亲近地和小孩子接触，黎霂言也是头一回。

"小哥哥，父亲好像不喜欢我和你接触，可是我喜欢小哥哥。"顾卿遥拉着黎霂言到凉亭坐下，若有所思地看过去，"我觉得你又好看又温柔，我以前从来没见过你这样好的人。"

只是一面之缘，顾卿遥却能给出这样高的评价，黎霂言有点错愕。顿了顿方才道："你还小，你父亲……顾先生大概也是担心你涉世未深，将来被有心人欺骗，稍微小心一点总是好事。"

顾卿遥似懂非懂地点了点头，犹豫了一下方才问道："小哥哥，你父亲对你也有很多限制吗？"

黎霂言认真想了想，还真是没想到什么。

他笑笑："从我有记忆开始，父亲就一直都很忙，后来……"后来母亲离世了，黎骁就更是变本加厉地忙了起来。黎霂言知道，黎骁心底有心结，没有查清真相时，这个心结是解不开的。当然，这些话是不可能对顾卿遥说的，黎霂言只是道："后来大概就没时间管我的事情了，我的想法和父亲有很多不一致的地方。父亲尊重我的想法，也放任我自由地做自己想做的事。"

顾卿遥羡慕地看过去。"我也希望能这样，父亲不让我和旁人接触。说我出身比他们高贵，所以根本就没必要理会他们，说他们接近我都是有目的的，"她小心地看了一眼黎霂言的神色，道："父亲还说，还说……"

黎霂言起初还没觉得如何，现在倒是觉出有点不对劲了。

顾彦之这是传递了什么三观？

出身高贵？

都什么年代了还出身高贵？

他之前就听说了不少传言，有人说顾家对顾卿遥太过骄纵，也有人说她总是趾高气昂的样子让人看着就难生好感……

黎霂言之前就觉得奇怪，一个不过十岁的孩子，怎么可能让人有这种印象？大抵是家里娇惯得太厉害了。

现在看来倒是有点蹊跷，黎霂言摸了摸顾卿遥的头，语气也温和了几分："那你现在觉得呢？"

"嗯？"顾卿遥疑惑地看过去。

"你真的觉得你比……司机或者保姆家的孩子高贵吗？"黎霂言温和地问道。

"我……"顾卿遥犹豫良久，这才下定了决心似的摇摇头，"我觉得父亲这件事说得不对，我和他们没什么不一样。"

"嗯，"黎霂言点点头，"你能这样想就对了。本身和旁人做朋友，就不该有这种想法，更何况在现代社会，没有什么高低贵贱之分。你只是恰好出生在这样的家庭而已，这不会是你未来的本钱，相反你自己努力创造的世界才会是你安身立命的本钱。"

黎霂言一番话说出口，其实就有点后悔了。

顾卿遥太小了，她未必能听懂自己想要表达什么。

可是顾卿遥还是认认真真地记下了。"谢谢小哥哥。"她的神色凝重几分，"你放心，我会记住的。"

黎霂言没来由地松了口气，轻轻摸了一下顾卿遥的头。

他很少和陌生人说这么多话，两人一旦沉默下来，黎霂言顿时就有点找不到话题。

顾卿遥阿嚏了一声，黎霂言这才回过神来，伸手将自己的外套脱了帮顾卿遥穿上，道："走吧，我们该回去了。"

"嗯。"顾卿遥乖乖地任由黎霂言牵着。她的小手软软的，落在黎霂言掌心。黎霂言的心没来由地也跟着动了动。"小哥哥，爷爷好像很喜欢你。"

"父亲和伯父是老战友了。"黎霂言平静道。

"可是爷爷不喜欢我。爷爷一直想让妈妈再生个小弟弟，这几年才开始不说了。"顾卿遥嘟着嘴小声道。

黎霂言沉默片刻，这才道："不用理会这些。"

顾卿遥诧异地抬眼。

"有些时候人就是要活得自我一点，不需要去想那么多。如果什么都去考虑，那岂不是活得太辛苦了？"黎霂言的笑容张扬而肆意。

直到后来黎霂言其实也没有想过，他的笑容在小小的顾卿遥心底，究竟烙印下了怎样的痕迹。

至少后来很多年，顾卿遥忘了所有的事情后，却还是清清楚楚地记得那个笑。

"你只需要做好你自己就够了。"

那天的最后，黎霂言如是道。

绕过花园小径，刚好撞见顾彦之在那边打电话："嗯，嗯，行，我知道了，你放心……哪年这个时候我不都过去了吗？什么？又病了？"顾彦之的语气焦灼了几分，"你怎么照顾的？"

顾卿遥微微一怔，脚步顿住了。

黎霂言眉头微蹙，就见那边的顾彦之脸色相当难看："我说过了，我没有办法照顾得那么周全。我让你过去你也不过去，你现在和我抱怨什么？"

"行了，知道了，我这边也需要照顾家庭。你让我天天去美国不现实。那谁给你们出钱？"

顾彦之骂了几句，将电话放下了，转头看过来，眼神掠过狐疑和焦灼，神色相当复杂："小遥，你怎么过来这边了？"

"里面太闷了，就出来走走。"顾卿遥乖乖走了过去。

顾彦之欲言又止地看了一眼顾卿遥身上披着的衣服，又看向黎霂言："黎少，小遥给你添麻烦了。这孩子就是不懂事……"

"我觉得小遥的性格很好。"黎霂言毫不犹豫地说道。

他没有错过顾卿遥眼底一闪而过的惊喜，微微笑了笑："顾先生，我之前在外面也听过不少流言。顾小姐现在的年纪多少也可以参加些社交活动了。这些话固然不该我多说，但是顾先生将顾小姐保护得太好，有时候外面的流言蜚语怕是会闹得更凶。"

"是啊爸爸！我真的觉得我和梁叔家的孩子没什么区别。爸爸上次那样呵斥梁叔的孩子，我也有点尴尬啊。"顾卿遥鼓起勇气道。

"好了！这些话出去乱说什么？"顾彦之显然不想多言，蹙眉将顾卿遥身上的外套脱了，冷声道，"和你小叔叔道谢。"

顾卿遥微微僵了僵，转头看向黎霂言，嘴唇微微抿紧。

"说话！这孩子越来越不懂事……"顾彦之的脸色相当难看。

"谢谢小叔叔。"顾卿遥只好哑声应了。

"都是我们娇惯小遥娇惯得厉害，这孩子和谁都撒娇。我也知道，黎少素来不喜欢和人有太多接触，今天麻烦黎少了。之后我一定不让小遥这样叨扰你。"顾彦之站直身。

看出了顾卿遥眼底的委屈和不甘，黎霂言蹙着眉头开口："顾先生不必如此，"他的语气相当疏冷，"小遥叫我一声小叔叔，我自然是要陪着的。更何况小遥很可爱，从不曾给我添过任何麻烦，我很喜欢小遥。"

顾彦之这才松了口气，将黎霂言的衣服递了过来："多谢黎少的衣服。"

黎霂言淡淡道："不必。"

他知道话题本该在这里截止，如果换做旁人，黎霂言素来性子淡漠，也肯定不会管这种闲事。

可是这一次，他看着顾卿遥委屈的神色，没来由地不想让事情在这里画上句号。

黎霂言冷声开口道："还有……"

顾彦之脚步微微一顿："黎少还有何指教？"

"指教不敢当，"黎霂言想到刚刚听到的电话，眉头微锁道，"顾先生，您的家事我的确是不该多过问。只是……您最近似乎心情不太好，外面有事太焦心了？有什么我能帮上忙的吗？"

顾彦之的脸色顿时风云变幻，许久方才恢复了平静，咬牙道："黎少多虑了，没什么事。"

"是么？我刚刚听说有人病了？我这边刚好认识几个军区医院的大夫，之前给家父看过，如果您这边……"

顾彦之简直觉得活见了鬼。

他以前从来都没见过黎霂言对旁人的事情这么感兴趣，这位今天是怎么了？

"没事，不过是一些小病，不必麻烦黎少。"顾彦之几乎是用尽了自己的耐心，这才努力挤出了三分笑容来，"谢谢黎少了。"

"不必，只是觉得小遥还小，顾先生还是要将家事和外面的事情分得开啊。对家里人总归是要多几分耐心的。"黎霂言意有所指地说着。

不知道为什么，顾彦之忽然觉得自己像是被黎霂言看穿了似的。

他咬紧牙关，许久方才点点头道："放心吧。"再次看向顾卿遥时，顾彦之的语气好多了，"好了，小遥，我们也差不多该回去了。"

离开时，顾卿遥的神色又恢复了从前无忧无虑的模样，对黎霂言挥着手笑："小哥哥再见。"

小姑娘显然已经忘记了刚刚还被人告知必须要叫黎霂言小叔叔，简直就是屡教不改。

黎霂言笑了笑，打心底松了口气，对顾卿遥挥挥手笑了笑："下次见。"

虽然黎霂言总觉得刚刚听到的一切没有那么简单，然而那时候时光那么慢，一切那么好，谁都没有想过后来的那么多风波。

然而黎霂言无论如何都没有想到，再次见到顾卿遥是十二年以后。

那时候早已物是人非事事休。

十二年后。

黎霂言站在偌大的玻璃窗前，神色冷得惊人。

"查到点眉目了吗？"他沉声问道。

"黎队出事之前，刚好发生了一件事。"萧泽将手中的东西推过来，低声道,"顾家的大小姐因为一场车祸失忆了。"

顾家的大小姐……

似乎是想到了什么,黎霂言微微蹙眉,伸手将那张照片拿了起来。

照片上的小姑娘还是原来的模样,却是躺在床上昏迷不醒。黎霂言的脸色不太好看,顿了顿问道:"什么时候的事?"

"十二年前。"

十二年前……

黎霂言闭了闭眼,没来由地想起了当年顾远山的生日宴。

生日宴上他和顾卿遥第一次见面,没想到第二次见面竟然已经是这样的光景。

"那之后她怎么样了?"黎霂言问道,轻轻敲了敲那张照片。

"听说不太好,骄横跋扈,在上流社会名声很差。"萧泽说着,"而且后来还追着一个暴发户的儿子到处跑,都快成了笑话了。"

"是么……"黎霂言盯着那张照片看了一会儿。

照片还是顾卿遥十岁的样子,无忧无虑的少女。黎霂言现在想起的,依然是那时顾卿遥拉着他的手,认认真真叫"小哥哥"的模样。

明明过去那么久了,明明他不太想记住那些年的事。

可是这些记忆像是烙印在他的脑海里,挥之不去。

"有现在的照片吗?"黎霂言问道。

"您该吃点东西了。"萧泽低声规劝道。

"没感觉饿。"黎霂言说着,摁了一下自己的胃。

黎骁出事后,黎霂言就像是变了个人似的。

他不再笑,也不再有太多情绪,更多的时候,他都是住在公司里面的。

公司上下都知道,他们的总裁黎霂言能力极强,赏罚分明。他们敬重他,却也畏惧他。

黎霂言将自己活成了一个机器人,无喜无悲。

萧泽跟着黎霂言这些年,心底也不是没有担忧的。他梗着脖子站在那里,蹙眉道:"我让秘书给你送过来,你必须要吃点东西。吃了东西,我再和你接着说。"

黎霂言微不可察地叹了口气,双手交握向后倒去,靠在椅子上看他:"你现在越来越唠叨了。"

萧泽面无表情:"我这是作为一个下属对你的身体表示合理担忧。"

黎霂言唇角微弯,眼底却没有几分笑意:"行,端来吧。一会儿和我说一下当年的车祸是怎么回事。"

"黎少怀疑是人为的？"萧泽问道。

黎霂言点点头："这一定是人为的，没有那么多巧合。"

萧泽见黎霂言吃了东西，这才道："我其实也有这种感觉。听说那次车祸以后，顾卿遥性情大变，后来名声就越来越差了。"

黎霂言没说什么，只是吃东西的手微微一顿。

那一瞬间，脑海中掠过的全都是顾卿遥小时候软萌的模样，是她那时候认真地说着自己和保姆保安的孩子也没有区别的样子。

那是个很好很好的小姑娘，性情俏皮，笑起来仿佛带着光。

可惜了。

黎霂言没有再说下去，只道："最近能安排见一面吗？"

萧泽一怔："能是能，但是失忆是她十岁时候的事情，估计现在也什么都想不起来了吧。"

"想不起来也不要紧，"黎霂言将手中的筷子放下，淡淡道，"如果是人为导致她失忆，那估计当年她看到的事情很重要。他们无论如何都不想让她被人发现。"

"啊，说起来……"萧泽似乎是想起了什么，道，"你以前是不是和她也认识啊？那现在岂不是都忘了？"

"她什么都忘了？"黎霂言若有所思地问道。

"不知道，没打听到那么详细的。"萧泽叹气。

"看看吧，"黎霂言道，"等见到了人，一切就都迎刃而解了。"

萧泽见黎霂言没动几下筷子也就不吃了，只好打心底叹了口气，将东西收了，转身出去了。

临关门时，萧泽看到黎霂言自然地拿起了桌上那张照片，又翻看了起来。

他的心底咯噔一下，没来由地想起了这些年顾家的变动。

萧泽是下午回来的，回来的时候脸色相当难看："黎少，我们可能迟了。"

"什么意思？"黎霂言抬眼看过去。

萧泽咬咬牙，将pad递过去："您看看这个。"

黎霂言看了一眼，脸色愈发沉了下去："什么时候的事情？"

"听说就是刚刚，顾小姐刚拿到驾照就开车出门，结果出了事。现在在医院人事不省，听说有很大可能是……"萧泽忽然有点说不下去了。他看着上面没打码的照片，顾卿遥无忧无虑地笑着。花季少女遭遇这样的事情，实在是说不出的不幸，他咬咬牙，还是低声道："听说就算是救过来，也是高位截瘫了。"

黎霂言的手不自觉地颤了一下。

他很快遏制住了自己不该有的情绪，盯着那张照片看了好一会儿，这才道："人在哪家医院？"

"什么？"萧泽一怔，有点没反应过来。

"我是说，人在哪家医院？"黎霂言重复了一遍。

"在安远医院。"萧泽这才意识到，"黎少，您这是要过去？您都多长时间没和顾家有联系了，您这是……"

他的语气微妙地顿了一下，想到上午黎霂言看向那张照片的眼神，又想到自己这些天查到的资料，犹豫了一下问道："您不会是还记得当年的顾小姐吧？黎少，这样说吧，顾小姐和当年大不相同了。很多人都说她性情大变，更何况这次又遭遇了车祸。不知道性格会变成什么样子，她就算是醒过来，也未必会配合你。"

黎霂言闭了闭眼，道："我只是过去看看。"

"如果她反过来利用你呢？"萧泽低声问道。

"利用我什么？你觉得她也和当年的事情有关系？"黎霂言轻笑一声，"她那时候才十岁。"

萧泽一哽："我没说她和当年的事情有关系，但是毕竟……"

"毕竟我是她名义上的小叔叔，这时候我过去看看也无可厚非。"黎霂言平静道，已经伸手去拿外套了。

萧泽知道劝不动黎霂言，只好退而求其次，尽可能多介绍一些近来的情况："这次顾小姐是自己开车出门的。不知道是车出了问题还是驾驶技术的问题，反正就直接撞了桥墩，听说车都差点撞报废了。这件事对于顾家而言可能算是丑闻。顾卿遥那辆车八成是超速了，他们不想让事情曝光。毕竟顾家公司现在情况也不算太好，消息封锁了。"

"嗯，"黎霂言脚步微顿，像是想起了什么似的，"现在动手术了吗？"

"听说是抢救过来了。"

"是么……"黎霂言闭了闭眼，这才抬手看了一眼时间。

"黎少现在过去吗？"萧泽问道。

"先不过去吧，顾彦之人呢？"

"顾彦之也没过去，听说还在公司那边开会。"

黎霂言的脸色愈发肃冷。

"哦，还有，"萧泽犹豫了一下，还是将事情尽数说了出来，"听说岳景峰听到了消息肝肠寸断，也意识到了自己这些年对顾小姐一直都有感情，正忙着准备向顾小姐求婚呢。"

黎霂言猛地转身看过去："求婚？"

他的脸上写满了戾色，萧泽缩了缩脖子，点头道："是啊，这些年也没听说岳景峰多喜欢那位顾小姐，倒是顾小姐为了岳景峰都快疯魔了吧……结果这倒是好，一场车祸下来，顾小姐听说眼瞅着不行了，这边想起来求婚了。你说人怎么都这么贱呢……"

黎霂言沉默半响，这才问道："顾卿遥手上有顾家的股份？"

"基本上没有了。"萧泽回过神来道，"我最初也觉得是不是人为的，可是如果顾家真的有什么忌惮，早在当初顾卿遥十岁的时候估计就动手了吧。哪里至于等了这么多年……现在对顾小姐动手，老实说，我想不出有什么好处。"

是啊……

黎霂言也觉得这件事说不出的蹊跷。

他和顾卿遥阔别已久。黎骁出事以后，黎霂言和顾家的关系就愈发寡淡了，这些年更是几乎断了联络。

他不擅长掩饰自己的情绪，尤其是现在……他本就怀疑顾家。黎霂言懒得去和顾家多加纠缠。

"顾卿遥的消息，记得及时告知我。"黎霂言沉声道。

萧泽怔了怔，点头道："那倒是没问题。他们现在虽然封锁得严密，但是也不至于密不透风，只是黎少……"

"你放心，我有分寸。"黎霂言平静道。

萧泽沉默良久，到底还是没有说出口。

黎霂言有分寸？

黎霂言纵横商场这么多年，可谓是最不讲规矩的人了。

人家都忙着给自己塑造形象，只有黎霂言，连媒体都尽数拒绝，甚至为此还和媒体闹过不少矛盾。

好在后来人们愈发认可黎氏的质量，口耳相传，这位年轻多金的总裁有那么点怪癖，也就不足一提了。

海城的迷妹们还有不少就喜欢黎霂言这样的风格，千里万里地要跑来偷偷瞧上黎霂言一眼，然后再满足地离开。

萧泽对此恨得咬牙切齿，心说这就是仗着自己长得好看为所欲为。

黎霂言在商场的风格也相当强硬，这么多年就是实打实靠着品牌打上来的，根本不屑于做任何带水分的宣传。

在外，黎霂言仿佛一个没有情绪的机器人一样无坚不摧。但是跟着黎霂言这么多年，萧泽比任何人都知道，黎霂言这人有多不知道爱惜自己的身体。

他有时候看着都觉得心惊胆战，总觉得黎霂言像是在燃烧自己一样。仿佛查清了当年的真相，他就再也不需要担心什么了似的。

这些话，萧泽从来都不敢说。

他的喉结滚动了一下，还是悄然将门掩上了。

第二天，萧泽方才再次找到了黎霂言："顾小姐醒了。"

"然后呢？"

"岳景峰向她求婚了，场面很大。听说……顾小姐感动得哭了。"萧泽面无表情地说着，"可能顾小姐是真的喜欢他。"

萧泽一边说，一边偷觑黎霂言的表情。

黎霂言顿了顿，无意识地将手中的面巾纸攥成了一团，这才道："我去一趟医院。"

"那边现在应该很混乱，黎少您一定要这个时候……"萧泽犹豫着问道。

"她现在怎么样？"

黎霂言没有指名道姓，可是萧泽知道他说的是谁，叹了口气道："不太好。的确是高位截瘫了，听说根本动不了。"

黎霂言沉默片刻，道："昨天车祸发生后两小时，就被诊断高位截瘫。那时候按理说，她还没有苏醒，医生拿什么确诊的？"

萧泽的眼神带着三分诧异："这样说来的确……有点蹊跷。"

"不只是蹊跷。"黎霂言冷笑一声，"顾彦之还没出现？"

"对。"

想到当年听到的话，黎霂言的神色愈发肃冷几分："行了，我这就过去。"

"好，我给您备车。"

"不必了，我自己开车过去。还有……"黎霂言微顿，道，"我过去的事情，不用和任何人说，也不用和医院那边打招呼。"

"是。"萧泽神色肃穆几分，点头应了。

那时候的黎霂言还没有想过，倘若那时候他没有去医院，事情会发生怎样的转变。

那时候的黎霂言想法很简单——

他想去见见顾卿遥。

见见那个十多年前让他心动过的小姑娘，那个让他情不自禁地主动维护过的小女孩。

他想知道，这些年究竟发生过什么，能让一个人产生那么大的变化。

如果有可能，他想要从顾卿遥身上，摸清当年的一切。

不管是以小叔叔的身份，以她"小哥哥"的身份，抑或是仅仅以黎霂言的身份。

这都不再重要——

在医院走廊里被顾卿遥拉住衣角的瞬间，黎霂言居高临下地看过去，看到了顾卿遥近乎绝望的眼神："救救我，她们要害我，我不想死……"

她在向他求助，一如十二年前。

记忆中的小姑娘眼底眉心全是欢颜，哪里有过这样脆弱的模样？

十二年了，她没有再找过他。

那句"再见"像是一块轻飘飘的石头，落入池底，只会掀起片刻的波澜，来不及产生任何反应，却已经都结束了。

再后来发生了那么多事，他们几乎山水不相逢。

再相会却是今天的光景，她似乎根本就没有记起他。

黎霂言心情复杂地看过去，一时之间竟然没有任何动作。

黎骁出事以后，他再也没有过这样的感觉。而此时，他看向顾卿遥，心底的情绪悄然蒸腾，仿佛死水已起微澜。

黎霂言伸手拉住了那辆手术床，寒声道："等等。"

彼端敞开的检查室门像是不可测的命运，而他伸手将送她前往的那辆车拉住了。所有的一切也就因此悄然改变了。

黎霂言垂眸看向病床上苍白的小姑娘，时光在他们身上都刻下了深深浅浅的痕迹，鬼使神差地，他却总觉得眼前的顾卿遥说不出的熟悉。

只可惜，她全部都忘记了。

忘记了他们的初相逢，忘记了他们的那一声"再见"。

黎霂言打心底叹了口气，伸手将顾卿遥从病床上抱了起来，无视了护士们惊疑不定的眼神，沉声道："如果有人问起，就说人我带走了。"

此时的黎霂言还不知道——

命运的丝线悄然缠绕，早在他们的小指上打了个缱绻的结。

从此山高水长，他们并肩跌跌撞撞披荆斩棘，却是再不曾分离。